일본 센고쿠시대(전국시대) 지도

1. 오스미 大隅
2. 사쓰마 薩摩
3. 휴가 日向
4. 부젠 豊前
5. 분고 豊後
6. 지쿠젠 筑前
7. 치쿠고 筑後
8. 히젠 肥前
9. 히고 肥後
10. 이키 壱岐
11. 쓰시마 対馬
12. 이요 伊予
13. 도사 土佐
14. 아와 阿波
15. 사누키 讃岐
16. 스오 周防
17. 나가토 長門
18. 아키 安芸
19. 이와미 石見
20. 빈고 備後
21. 이즈모 出雲
22. 빗추 備中
23. 비젠 備前
24. 미마사카 美作
25. 호키 伯耆
26. 아와지 淡路
27. 하리마 播磨
28. 다지마 但馬
29. 이나바 因幡
30. 오키 隠岐
31. 단고 丹後
32. 단바 丹波
33. 셋쓰 摂津
34. 이즈미 和泉

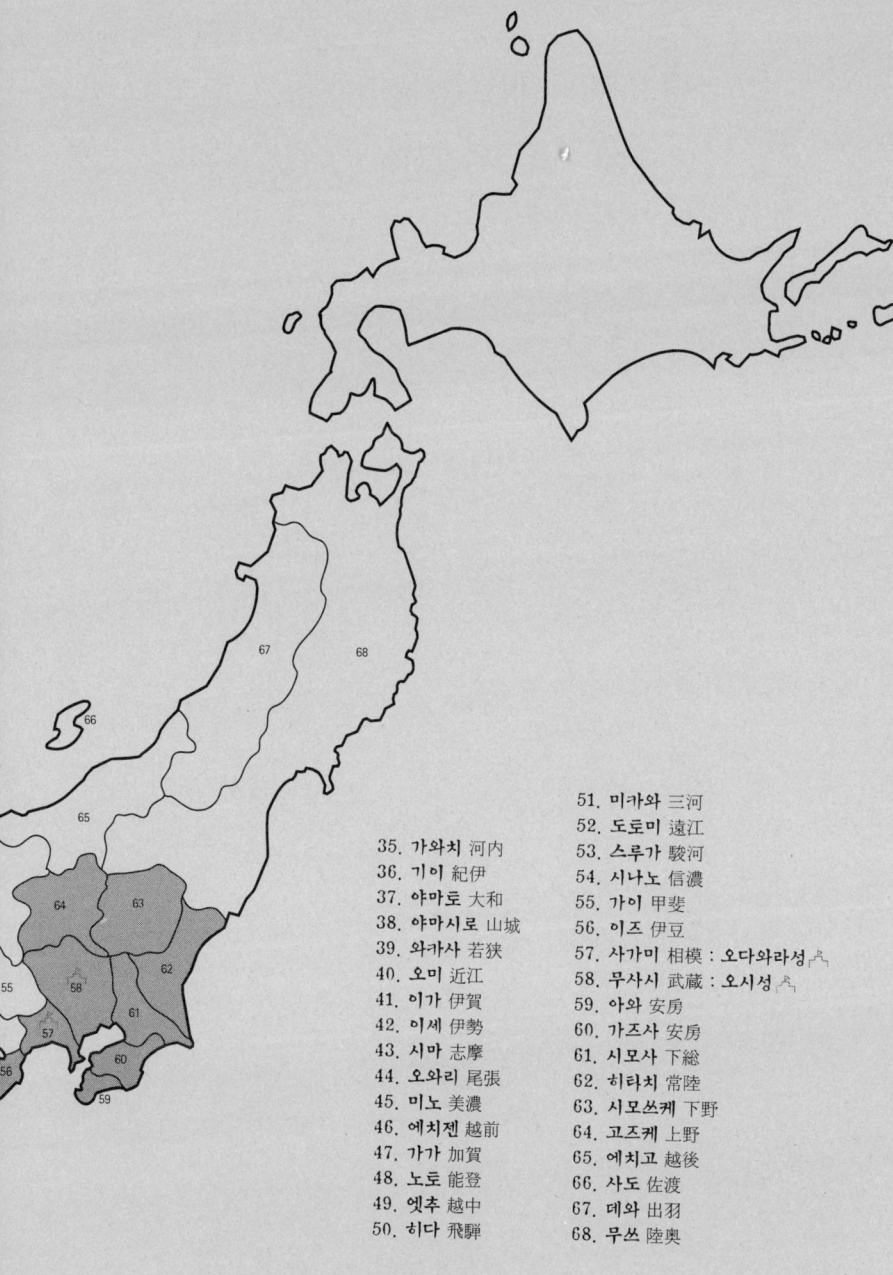

35. 가와치 河内
36. 기이 紀伊
37. 야마로 大和
38. 야마시로 山城
39. 와카사 若狹
40. 오미 近江
41. 이가 伊賀
42. 이세 伊勢
43. 시마 志摩
44. 오와리 尾張
45. 미노 美濃
46. 에치젠 越前
47. 가가 加賀
48. 노로 能登
49. 엣추 越中
50. 히다 飛騨
51. 미카와 三河
52. 도로미 遠江
53. 스루가 駿河
54. 시나노 信濃
55. 가이 甲斐
56. 이즈 伊豆
57. 사가미 相模 : 오다와라성
58. 무사시 武蔵 : 오시성
59. 아와 安房
60. 가즈사 安房
61. 시모사 下総
62. 히타치 常陸
63. 시모쓰케 下野
64. 고즈케 上野
65. 에치고 越後
66. 사도 佐渡
67. 데와 出羽
68. 무쓰 陸奥

* 56~64는 호조 가문의 세력권입니다.
  (오시 성 지도는 뒤쪽에 있습니다.)

노보우의 성

NOBO NO SHIRO
by WADA Ryo
Copyright ⓒ 2007 WADA Ryo
All rights reserved.
Originally published in Japan by SHOGAKUKAN INC., Tokyo.
Korean translation rights arranged with SHOGAKUKAN INC., Japan.
through THE SAKAI AGENCY and YU RI JANG LITERARY AGENCY.

이 책의 한국어판 저작권은 유·리·장 에이전시를 통한 저작권자와의 독점 계약으로 들녘에 있습니다.
저작권법에 의해 한국 내에서 보호를 받는 저작물이므로 무단 전재와 무단 복제를 금합니다.

노보우의 성
ⓒ들녘 2011

초판 1쇄 발행일 2011년 1월 17일
초판 3쇄 발행일 2014년 12월 12일

지 은 이 와다 료
옮 긴 이 권일영
펴 낸 이 이정원

출판책임 박성규
기획실장 선우미정
편집진행 김상진
편 집 유예림·구소연
디 자 인 김지연·김세린
마 케 팅 석철호·나다연
경영지원 김은주·이순복
제 작 송세언
관 리 구법모·엄철용

펴 낸 곳 도서출판 들녘
등록일자 1987년 12월 12일
등록번호 10-156
주 소 경기도 파주시 교하읍 회동길 198번지
전 화 마케팅 031-955-7374 편집 031-955-7381
팩시밀리 031-955-7393
홈페이지 www.ddd21.co.kr

ISBN 978-89-7527-960-7 03830

값은 뒤표지에 있습니다. 잘못된 책은 구입하신 곳에서 바꿔드립니다.

노보우의 성
のぼうの城

와다 료 지음
권일영 옮김

들녘

차례

프롤로그	9
1. '뜨거운 맛'은 일단 피하고 보자	33
2. 모두가 "아니오"할 때 "예"하는 열간이	109
3. 물바다 위에 벌어진 난장판이 기가 막혀	187
4. 도대체 누가 이기고 누가 진 거야?	265
에필로그	323
옮긴이의 말	356

등장인물

나리타 가문(오시 성)의 사람들

나리타 나가치카   나리타 가문의 당주인 우지나가의 사촌동생. 운동은 젬병인데다 말조차 제대로 타지 못하는 '몸치'. 농사꾼에게조차 '노보우(얼간이)'라 불리지만, 뜻하지 않게 오시 성의 운명을 책임지는 총사령관이 된다.

나리타 우지나가   나리타 가문의 당주. 준수한 외모를 자랑하지만, 성과 영지를 지킬 만한 큰 그릇을 지니지 못했다. 명분과 실리를 둘다 충족할 수 있는 묘안을 짜내기 위해 골몰한다.

나리타 야스타카   우지나가의 동생. 우지나가와 함께 오다와라 성 농성에 참가한다.

나리타 야스스에   나가치카의 부친. 아들인 나가치카와는 정반대로 전형적인 무인이다. 호조 가문을 위해 도요토미 군에 맞서 싸울 것을 강력하게 주장한다.

마사키 단바노카미   나가치카와 죽마고우이자 나리타 가문의 '에이스' 무장.

사카마키 유키에   나리타 가문의 스물두 살 젊은 가로. 수많은 병법서를 통달하고 스스로를 '비사문천의 화신'이라 칭하지만, 전투를 치러 보지 못한 풋내기 무사이다.

시바사키 이즈미노카미   덩치가 큰 거한. 최고 무사의 상징인 단바의 '개주창'을 실력으로 빼앗는 것이 삶의 최고 목표이다.

가이히메   우지나가의 딸. 아름다운 외모와 달리 무예의 달인으로 검술에도 능하다. 나가치카를 바라보는 시선이 심상치 않다.

다마   우지나가의 두 번째 부인. 전설적인 무장 오타 산라쿠사이의 딸로 남편 우지나가를 시시한 남자로 여기고 있다.

도요토미 군의 장수들

이시다 미쓰나리 오시 성 공략작전을 책임진 총사령관. 머리가 비상하지만, 융통성이 없을 정도로 강직하다.

오타니 요시쓰구 미쓰나리를 도와 오시 성 공략작전에 참여한 장수. 미쓰나리와 개인적으로도 친분이 두텁다.

나쓰카 마사이에 '산술의 천하무적'이라 불릴 정도로 머리가 좋은 장수. 하지만 강자에게 약하고, 약자에게 강한 거만하고 옹졸한 성품의 소유자.

도요토미 히데요시 관백. 천하 통일을 위해 간토 지역의 총 공격을 명한다.

덴쇼 18년(1590년).

간토 지역의 자그마한 오시 성에 거대한 역사의 회오리가 몰아친다. 여느 성과 달리 호수 위에 지어진 구조 때문에 100여 년 넘게 외부 세력의 침입을 꿋꿋이 이겨냈지만, 천하통일을 눈앞에 둔 도요토미 진영의 공격은 도무지 버텨낼 재간이 없다. 뾰족한 대책 없이 우왕좌왕하고 있는 사이, '히데요시의 오른팔' 이시다 미쓰나리가 병사 수만 명을 이끌고 성 앞까지 들이닥친다. 오시 성의 성주 나리타 우지나가는 별수 없이 히데요시의 군대에게 항복할 계획이었는데……

프롤로그

1

"치부 녀석, 내 심기는 안중에도 없는 건가. 감히 이 히데요시한테 대놓고 잔소리를 한단 말이야."

일본 천하를 통일한 도요토미 히데요시의 일생을 기록한 『호안 태합기甫庵太閤記(유학자 오세 호안이 지은 책―옮긴이)』에는 히데요시가 쓴 웃음을 지으며 이렇게 투덜거렸다고 기록되어 있다.

'치부'란 히데요시가 '나 못지않은 자는 미쓰나리뿐이다'라고 칭찬한 이시다 미쓰나리를 말한다. 미쓰나리는 이후 소보(통치 기구인 2관 8성 가운데 하나로 외교, 호적, 각종 의례 전반을 관할했다. '소보'는 이 부서의 차관급에 해당하는 벼슬―옮긴이) 자리까지 오른다.

때는 덴쇼 10년(1582년) 5월. 이시다 미쓰나리와 도요토미 히데요시는 빗추(지금의 오카야마 현 서쪽 지역)에 있는 다카마쓰 성을 공격하기 위해 쌓은 둑 위에 서 있었다.

"대체 어쩌려고 이러십니까? 어서 본진으로 돌아가십시오. 위험합니다."

미쓰나리는 키가 작은 히데요시에게 대들듯 소리쳤다.

"사키치, 네 녀석은 융통성이라곤 눈곱만큼도 찾아볼 수 없구나."

'사키치'란 이시다 미쓰나리의 어릴 적 이름이다. 미쓰나리는 열두 살 되던 해에 오우미(지금의 시가 현)에 있던 히데요시 밑으로 들어갔다. 그때까지 자식이 없었던 히데요시는 미쓰나리가 스물두 살이나 되었는데도 '사키치'란 아명으로 불렀다. 그는 때론 장난치듯 놀리며 미쓰나리에게 전술을 가르쳐왔다.

"자칫 둑이라도 무너지면 어쩌려고 이러십니까? 어서 본진으로 돌아가셔야 합니다."

미쓰나리가 다시 히데요시에게 소리쳤다.

히데요시는 껄껄 웃으며 미쓰나리의 옆에서 한쪽 무릎을 꿇고 있는 젊은이에게 물었다.

"넌 어찌 생각하느냐, 기노스케? 과연 이 둑이 무너지겠느냐?"

기노스케라 불린 젊은이는 한쪽 눈썹을 치켜뜨더니 눈빛을 익살맞게 누그러뜨렸다. 그는 나중에 형부(중대 사건의 재판, 감옥 관리, 형벌 집행 등 사법 전반을 관할하는 부서—옮긴이) 소보 자리에 오르는 오타니 요시쓰구이다.

세키가하라 전투(도요토미 히데요시가 죽고 도쿠가와 이에야스 파와 이시다 미쓰나리 파가 권좌를 놓고 벌인 센고쿠 시대 최대의 격전. 이 전투로 도쿠가와 이에야스가 천하를 장악하게 된다—옮긴이)에서 미쓰나리를 도와 도쿠가와 이에야스에게 끝까지 대항해, 에도 시대 서민들로부터 지혜와 용기를 지닌 무장으로 뜨거운 사랑을 받은 명장이다. 미쓰나리와 비슷한 시기에 히데요시 밑으로 들어왔다. 히데요시는 요시쓰구도 '기노스케, 기노스케' 하고 어릴 적 이름을 부르며 군사와 정치에 대해 직접 가르쳤다. 미쓰나리보다 한 살 위지만 둘은 어려서부터 친구처럼 지냈다.

"글쎄요."

요시쓰구가 고개를 갸웃거리며 말을 이었다.

"하지만 장군님께서 여기 계시지 않는다면 소인은 기막힌 구경거리를 놓치게 되겠죠."

(저 녀석이!)

미쓰나리가 요시쓰구를 노려보았다. 하지만 말투와 달리 요시쓰구의 표정에서는 둑이 무너지면 목숨을 걸고 히데요시를 지키겠다는 결의가 엿보였다.

히데요시는 요시쓰구의 어깨를 힘차게 두드리며 껄껄 웃더니 또 한 사내에게 물었다.

"어떻게 생각하느냐, 마사이에는?"

마사이에는 오다 노부나가의 휘하에서 히데요시와 함께 부장(部將)으로 있던 니와 나가히데의 가신이었다. '산술의 천하무적'이라는 명성이 자자했던 나쓰카 마사이에를 히데요시가 빗추 공격을 위해 억지로 빌려왔다. 훗날 대장(재물, 출납, 물가, 도량형 등을 관장하는 부서 — 옮긴이) 대보(차관급 벼슬 — 옮긴이) 자리까지 오른다.

마사이에는 슬쩍 웃더니 거침없이 대답했다.

"영락전(명나라의 동전, 영락통보. 1608년 사용 금지령이 내리기 전까지 일본에서 유통되었다. 당시 시세로 금 한 냥에 영락전 4관문 — 옮긴이) 8천 관문(1관문은 엽전 천 개 — 옮긴이)이나 들여서 쌓은 둑 아닙니까? 끄떡없을 테니 걱정 마십시오."

(또 숫자를 내세우는 건가?)

미쓰나리는 마사이에 못지않게 계산에 밝았지만, 이 사내의 아부하는 듯한 웃음은 도무지 마음에 들지 않았다.

(요시쓰구만한 각오도 없는 주제에 아부나 하려고 장군님을 위험에 내몰다니. 저 녀석이!)

미쓰나리가 머릿속의 생각을 말하려 할 때였다.

"그래?"

히데요시가 불쑥 큰 목소리로 말했다.

"뭐니뭐니 해도 이 세상에서 가장 큰 힘을 발휘하는 건 돈이니라. 내가 그걸 보여주마."

그러더니 뱃속 깊숙이 숨을 들이쉬었다.

(이제 시작인가?)

미쓰나리는 재빨리 히데요시의 다리를 붙들고 그의 몸이 움직이지 않도록 힘을 주었다.

"물을 풀어라!"

히데요시가 우렁차게 외쳤다.

당시 오다 노부나가 밑에서 부장으로 있던 히데요시는 추고쿠 지방을 평정하라는 명령을 받고 전투를 벌이고 있었다. 히데요시는 5년 동안 치열한 싸움을 거듭한 끝에, 추고쿠를 장악하고 있던 모리 진영의 성을 하나하나 함락하며 서쪽으로, 서쪽으로 진군하고 있었다.

(아니다. 단순히 점령만 한 건 아니다.)

미쓰나리는 히데요시의 공성법을 그렇게 보고 있었다.

히데요시는 확실한 의도를 가지고 있었다. 번듯한 거점이 될 만한 큰 성은 다시 저항할 꿈도 꾸지 못할 만큼 철저하게 유린했다. 병사 수만 명으로 성을 완전히 포위하고, 성 안의 적들이 굶어죽을 때까지 기다리기도 했다. 특히 돗토리 성이 끔찍했다.

히데요시의 군사(軍師)였던 다케나카 한베에의 아들 다케나카 시게카도는 돗토리 성의 참상에 전율하며 히데요시의 전기 『도요카가미』에서 '아사자의 시체를 베어 먹었다'고 기록하기도 했다.

돗토리 성 공략에 따라나섰던 미쓰나리도 함락된 성 안으로 들어갔다. 그는 이때의 경험으로 나중에 다이묘(바쿠후로부터 1만석 이상의 영지를 받은 장수 —옮긴이)가 됐을 때 영지의 백성을 끔찍하게 아꼈다고 한다.

"조금씩 먹어라. 갑자기 너무 많이 먹으면 죽을 수도 있다."

미쓰나리는 그렇게 외치며 큰 솥에 끓인 죽을 적이었던 병사들에게 손수 떠주었다. 그리고 성 안을 둘러보았다.

(아귀지옥이 따로 없구나.)

눈앞에 펼쳐진 광경을 보고 미쓰나리는 소름이 끼쳤다. 한편으로 그런 지옥을 만들어낸 히데요시가 두려워졌다.

돗토리 성 점령 후, 히데요시는 모리 진영이 펼쳐 놓은 빗추 방어선을 압박하기 시작했다. 이 방어선을 깨면 지금의 히로시마 현에 이르는 지역까지 손에 넣게 된다. 모리 진영의 빗추 방어선은 북쪽에서부터 모두 일곱 개의 성에 걸쳐져 있었다. 미야지 산성, 간무리 산성, 다카마쓰 성, 히바타 성, 마쓰시마 성, 니와세 성. 이 가운데 가장 중요한 곳이 다카마쓰 성이었다.

여기서도 히데요시는 눈이 휘둥그레지고 입이 쩍 벌어질 전술을 꺼내들었다.

"수공!"

인공 둑을 둘러쌓아 강에서 물을 끌어들인 뒤 성을 통째로 물에 담가버린다는 것이다.

다카마쓰 성은 하치만야마 산, 류오산 산, 산코잔 산, 이시이야마 산으로 둘러싸여 세 방향이 막혀 있다. 남은 한쪽은 평야다. 히데요시는 이 평야에 인공 둑을 쌓아 인근에 흐르는 아시모리가와 강, 스나가와 강은 물론이고 산속의 크고 작은 개울물까지 모두 끌어들여 적군을 익사시키겠다는 계획을 세웠다.

(과연 이런 전술이 성공할 수 있을까?)

미쓰나리는 도저히 믿을 수 없었다.

히데요시는 수공을 매우 좋아해서 그 뒤로도 오와리의 다케하나, 기슈의 오타 성을 공격할 때도 이 전술을 썼다.

일찍이 오우미 지역을 장악하고 있던 록카쿠 요시카타가 자신의 아들 요시스케와 싸움을 벌일 때 히다 성에 수공한 것이 수공의 시초였다고 한다. 오우미에서 태어난 미쓰나리는 아버지로부터 록카쿠의 수공에 관한 이야기를 들어 잘 알고 있었다.

(하지만 이번 수공에 비하면 록카쿠의 수공은 어린애 물장난이다.)

히데요시가 쌓은 인공 둑은 밑변이 12간(약 22미터), 윗변이 6간(약 11미터)이나 되는 엄청난 두께에 길이 3.5리(약 14킬로미터)로 정신이 아득해질 규모다. 이렇게 어마어마한 공격을 시도한 장수가 어디 있단 말인가.

(있을 리 없지.)

미쓰나리는 그렇게 생각하면서도 마음 한구석에서 고개를 드는 불안을 떨쳐낼 수 없었다. 공사 기간이 너무 짧았다. 겨우 열이틀 만에 이 엄청난 공사를 해치운 것이다.

(물이 밀려오면 그 힘이 엄청날 텐데……. 둑이 무너지기라도 하면 어쩌지?)

그런데도 히데요시는 성이 물에 잠기는 광경을 인공 둑 위에서 지켜 보겠다고 고집을 부렸다. 미쓰나리가 히데요시에게 끈질기게 잔소리를 해대고 있는 까닭은 바로 그 때문이었다.

독 안에 든 쥐가 되어버린 다카마쓰 성. 그 뒤로 병풍처럼 펼쳐진 산을 향해 히데요시가 크게 소리를 지르자 거대한 인공 둑 위에 있던 병사 수만 명도 일제히 함성을 내질렀다. 히데요시와 병사들이 쏟아낸 함성은 다카마쓰 성 뒤의 산속으로 빨려 들어가더니 이윽고 정적이 흘렀다.

(글렀나?)

하지만 걱정은 잠시뿐이었다. 곧 천지를 뒤흔드는 굉음이 미쓰나리의 귓전을 때렸다. 주위를 둘러싼 산들이 여기저기서 강물을 뿜어대기 시작했다. 미쓰나리는 재빨리 고개를 숙이고 히데요시의 다리를 잡은 팔에 힘을 주었다. 히데요시는 다리를 잔뜩 벌리고 인공 둑에 못 박힌 듯 우뚝 서 있었다.

물줄기는 거대한 파도처럼 내달려왔다. 흙으로 쌓은 보루를 쓸어버리고, 성벽을 무너뜨리고, 성루를 뿌리째 뽑아버릴 기세로 돌진해왔다.

"온다!"

다리를 붙들고 있는 미쓰나리의 근심을 아는지 모르는지 히데요시는 크게 외치더니 밀려오는 파도를 향해 도전하듯 가슴을 쭉 내밀었다.

큰 파도는 폭음을 쏟아내며 길이 3.5리나 되는 인공 둑에 거세게 부딪혔다. 그 충격이 미쓰나리의 두 다리에도 전해졌다.

(완전히 날려버릴 기세로군.)

팔에 잔뜩 힘이 들어간 미쓰나리를 강물이 덮쳤다.

히데요시는 물보라를 맞으면서도 환호성을 질렀다. 병사 수만 명도 그를 따라 소리를 질렀다. 키가 큰 요시쓰구는 물에 흠뻑 젖은 채 히데요시의 어깨를 꽉 누르고 있었다. 마사이에는 귀를 막고 쭈그리고 앉아 있었다.

"사키치, 사키치. 저걸 봐라!"

고개를 숙인 미쓰나리의 어깨를 마구 두드리며 히데요시가 어린아이처럼 소리쳤다.

미쓰나리는 수려하게 생긴 얼굴을 들고 천천히 일어섰다. 눈앞에는 평생 동안 잊을 수 없는 광경이 펼쳐져 있었다. 인공 둑에서 내려다본 풍경은 조금 전과 완전히 다른 세상이었다. 산과 인공 둑으로 포위되었던 그곳은 호수로 변했다. 그나마 성에서 제일 높은 곳에 자리 잡은 혼마루(성의 중심부. 전투 때는 최후 방어선이 된다—옮긴이)만 겨우 남아 있었다.

(역시 천하를 손에 넣으실 분이셔.)

미쓰나리의 명석한 두뇌에 뜻밖의 생각이 스쳐 지나갔다.

"기노스케, 히데요시 님은 천하를 손에 넣으실 거다."

여전히 굉음이 이어지는 가운데, 미쓰나리는 무엇엔가 홀린 듯이 소리쳤다.

그 말을 들은 기노스케, 즉 오타니 요시쓰구는 간담이 서늘해졌다. 배짱이 두둑한 그가 듣기에도 깜짝 놀랄 소리였다.

"멍청한 녀석, 우대신(조정 최고기관인 태정관의 직책 가운데 하나 — 옮긴이) 쪽 사람들 귀에 들어가면 어쩌려고 그런 소리야?"

우대신이란 오다 노부나가를 말한다. 5년 전에 우대신에 임명된 뒤 존칭으로 사용되고 있었다(하지만 노부나가는 반년도 지나지 않아 우대신 자리를 그만두고 말았다). 그때까지 히데요시는 우대신 노부나가의 밑에 있는 일개 부장에 지나지 않았다.

(나도 이런 전투를 하고 싶다. 이런 장대하고 호탕한 전투를 꼭 해보고 싶어.)

불쑥 열망처럼 치밀어 오르는 생각이 미쓰나리의 머릿속을 가득 채웠다.

"나도 이런 전투를 하고 싶다!"

미쓰나리는 소용돌이치는 물살을 보며 외쳤다.

다카마쓰 성을 수공으로 함락한 지 한 달 뒤, 오다 노부나가는 교토에 있는 혼노지에서 아케치 미쓰히데의 습격을 받아 스스로 목숨을 끊고 말았다.('혼노지의 변' 혹은 '혼노지 사건'으로 불린다 — 옮긴이)

2

 노부나가가 혼노지에서 세상을 떠난 지 8년이 지난 덴쇼 18년(1590년) 정월. 히데요시는 도읍인 교토에 있는 주라쿠다이(도요토미 히데요시가 지금의 교토 가미교 구에 지어 1587년에 완공한 정청 겸 저택—옮긴이)의 넓은 복도를 걷고 있었다. 온몸에 황금빛 의상을 걸치고 있었다.
 (보라, 저 당당한 모습을.)
 환희에 차 가슴을 편 사람은 히데요시가 아니었다. 쉴 새 없이 지껄이며 걷고 있는 히데요시의 뒤를 쫓는 미쓰나리였다.
 (내 인생의 스승께서 천하를 손에 넣으셨다. 그것도 겨우 8년 만에!)
 미쓰나리는 그렇게 외치고 싶었다.
 히데요시는 노부나가가 죽은 지 8년 만에 천하를 대부분 손에 넣었다.
 오다 노부나가마저도 해내지 못한 시코쿠(四国)와 규슈를 평정했다. 또한 도쿠가와 이에야스를 비롯해 오다 노부나가로부터 정권을 찬탈하려고 호시탐탐 기회를 노리던 옛 중신들을 모두 항복시키거나 제거했다. 당연히 계승자의 자격을 지닌 노부나가의 차남 노부카쓰—장남인 노부타다는 혼노지 사건 때 자살마저 휘하에 끌어들였다. 그뿐 아니었다. 이 기간 동안 히데요시는 종1위 관백(일본의 천황 대신 정치를 하는 직책 —옮긴이)에 취임해 도요토미라는 새로운 성을 받았다. 이리하여 관백 도요토미 히데요시가 탄생한 것이다.

히데요시가 요란을 떨면서 걷고 있는 주라쿠다이 또한 관백의 업무를 처리하는 정청이었다. 히데요시가 관백에 취임하면서 미쓰나리도 신분에 변화가 있었다. 제대부(관백을 곁에서 보필하는 역할을 맡은 자로 4위, 5위까지 오른 관리 —옮긴이) 열두 명 가운데 한 명으로 뽑힌 것이다. 미쓰나리는 조정으로부터 '종5위하'(일본 율령제에서의 위계는 정1위, 종1위부터 시작해 정4위부터는 각 위계마다 상하를 나누며 대초위, 소초위까지 합쳐 모두 30등급의 위계로 나뉜다 —옮긴이) 치부 소보에 임명됐다.

미쓰나리와 나란히 히데요시의 뒤를 따르는 요시쓰구와 마사이에도 각각 '종5위하 형부 소보'와 '종5위하 대장 대보'에 임명되었다.

"이봐, 형부."

미쓰나리는 요시쓰구를 관직명으로 불렀다. 요시쓰구 또한 미쓰나리를 '치부' 혹은 '치부소'라고 불렀다. 그렇다고 해서 미쓰나리가 그런 호칭을 들을 때마다 자신의 높아진 지위와 명예에 도취한 것은 아니다.

(당연한 일이다.)

자부심 강한 이 사내는 자기의 지위가 마땅하다고 생각했다. 하지만 주라쿠다이의 넓은 복도를 걸으며 미쓰나리가 생각하는 건 그런 자부심 따위가 아니었다.

(천하통일을 위해서는 쓰러뜨려야 할 세력이 하나 더 있다.)

간토 지방의 왕, 호조 가문이었다.

사가미노쿠니(지금의 가나가와 현) 오다와라에 본거지를 둔 이 가문은 호조 소운 이래 거의 100년이나 되는 역사를 지닌 간토 지방의 맹주였다. 그 세력은 초대 소운, 2대 우지쓰나를 거쳐 3대인 우지야스 때 급속하게 커졌다.

우지야스 휘하에 있는 가와고에 성을 이시카가 바쿠후의 구보('구보'는 쇼군의 공권력을 대행하는 지위 —옮긴이) 이시카가 하루우지와 연합하여 간토 관령('관령'은 쇼군 다음 가는 최고 관직 —옮긴이) 우에스기 노리마사가 연합하여 8만 6천 명으로 포위한 적이 있다. 우지야스는 서둘러 오다와라를 출발해 야간 기습을 감행하여 겨우 8천 명의 병사로 8만 명이 넘는 적의 포위망을 뚫었다. '가와고에 전투'로 불리는 이 싸움에서 거둔 대승으로 우지야스는 호조 가문의 명예를 크게 높였을 뿐 아니라, 주변 영주들의 신망을 얻어 무사니노쿠니를 더욱 확고히 지배하게 되었다.

우지야스가 세상을 떠난 뒤에도 호조 가문은 계속 세력을 넓혀 지금은 고즈케노쿠니, 시모쓰케노쿠니, 히타치노쿠니, 무사시노쿠니, 사가미노쿠니, 이즈노쿠니, 가즈사노쿠니, 시모우사노쿠니, 아와노쿠니를 두루 장악하여 당당한 세력이 되었다. 지배 지역에는 백 개도 넘는 크고 작은 성이 있었다.

(그냥 둘 수 없다.)

미쓰나리는 호조 가문의 판도를 조감하듯 머릿속에 그렸다.

(관백 전하는 호조 씨 세력권만 지배하고 있지 못하고 있다.)

사실 히데요시가 마음만 먹으면 일개 지방 세력에 지나지 않은 호조 가문 정도야 박살 내는 건 식은 죽 먹기일 것이다.

히데요시가 주라쿠다이로 여러 차례 불렀건만, 호조 가문의 5대 당주(가문의 현재 우두머리 —옮긴이)인 우지나오는 뺀질뺀질 성에 틀어박혀 있기만 했다. 주라쿠다이로 달려오지 않는 것은 히데요시에게 충성하지 않겠다는 뜻이나 마찬가지였다.

황금빛 의상으로 치장한 히데요시가 전국의 다이묘들이 모여 있는 접견실로 향하는 까닭은 호조 가문을 토벌하기 위한 군령을 내리기 위해서였다. 히데요시가 방 안으로 들어가 상석에 자리를 잡고 앉자 다이묘들이 일제히 엎드려 절을 올렸다.

노부나가와 동맹 관계에 있던 도쿠가와 이에야스도, 노부나가의 차남인 노부카쓰도, 히데요시와 동료였던 마에다 도시이에도 참석했다. 일찍이 노부나가를 두려움에 떨게 했다던 우에스기 겐신의 양자, 가게카쓰도 있었다. 시코쿠 전체를 정복한 초소카베 모토치카도 자리를 잡고 있었다. 규슈 정복을 눈앞에 두고 있다가 히데요시에게 패한 시마즈 요시히사의 모습도 보였다. 8년 전 노부나가 휘하의 부장으로 히데요시와 싸웠던 모리 가문의 당주 모리 데루모토도 참석했다. 그야말로 기라성 같은 지장, 맹장들이 방을 가득 메우고 있었다.

(천하가 히데요시 앞에 엎드렸다.)

미쓰나리는 요시쓰구, 마사이에와 함께 상석 아래에서 떨리는 마음으로 이 광경을 지켜보았다.

물론 아이즈구로카와 성(지금의 후쿠시마 현 아이즈와카마쓰 시에 있는 와카마쓰 성 —옮긴이) 성주 다테 마사무네를 비롯해 오슈(도호쿠 지방) 지역 다이묘들은 아직 히데요시에게 충성을 맹세하지 않았지만, 시간 문제일 뿐이었다. 실제로 호조 가문을 공격하는 와중에 그들 대부분이 히데요시에게 알현을 청하고 오다와라 공격에 가담한다.

"호조는 요 근래 조정을 무시할 뿐 아니라 내가 불러도 도읍에 올라오지 않는다. 특히 간토 지역에서 제멋대로 행패를 부리는 일이 한두 가지가 아니다. 이제 그냥 두고 볼 수가 없다."

히데요시는 독특한 목소리를 높여 낭랑하게 선언하기 시작했다.

"하여 올 3월 1일을 기해 궁궐에 모여 폐하로부터 셋토(일본 천황이 전쟁에 나가는 쇼군이나 중국으로 가는 견당사에게 임명의 표시로 내리는 큰 칼―옮긴이)를 받아 오다와라로 출진한다."

히데요시는 각 다이묘들의 진군 경로를 지시했다. 이미 장수들에게 진군 경로와 역할 분담을 문서로 지시해 놓은 터라 오늘 모임은 시위에 지나지 않았다.

히데요시는 호조 가문과 영토가 인접한 도쿠가와 이에야스와 우에스기 가게카쓰 그리고 도요토미 진영의 대들보 역할을 하는 마에다 도시이에를 주라쿠다이로 불러들여 전력과 정략을 이미 검토했다. 미쓰나리 또한 그 회의에 참석하여 내용을 알고 있었다. 하지만 히데요시가 내린 군령를 접하는 순간, 미쓰나리는 새삼 눈이 휘둥그레지지 않을 수 없었다.

─도카이도 방면에서는 도쿠가와 이에야스가 미카와, 도토우미, 가이, 시나노, 스루가에서 군사 2만5천을, 오다 노부카쓰가 이비, 오와리에서 군사 1만5천을, 히데요시의 양자로 장차 천하를 물려받게 되어 있었던(나중에 히데요시의 노여움을 사 할복하라는 명령을 받게 되지만) 도요토미 히데쓰구가 야마시로, 야마토, 가와치, 이즈미, 셋쓰, 난카이, 산인, 오우미, 이가에서 군사 12만을 동원해 함께

16만 병력이 호조 가문의 방위권인 하코네의 험준한 지형을 뚫고 오다와라 앞까지 공격해 들어간다.

-호쿠리쿠도 방면에서는 마에다 도시이에, 마에다 도시나가 부자와 우에스기 가게카쓰를 비롯하여 사나다 마사유키, 오가사와라 노부미네 등이 함께 3만5천의 군사를 동원해 도산도를 거쳐 간토평야로 진입하여 호조 가문 휘하의 성들을 공략한다.

-오다와라 성 앞바다인 사가미 만은 초소카베 모토치카, 구키 요시다카, 와키자카 야스하루, 가토 요시아키 등이 이끄는 수군이 봉쇄한다.

-히데요시가 비운 오사카 성과 주라쿠다이는 모리 데루모토가 4만 병사를 이끌고 교토로 올라와 수비한다.

이밖에도 규슈 사쓰마의 시마즈 요시히사는 조카인 히사야스가 병사를 이끌고 오사카에 진주할 수 있게 조치를 취하겠다고 약속했다.

호조 가문을 공격하기 위해 동원된 병력은 어마어마했다. 실제로 간토 지역으로 공격해 들어가는 군사만 해도 25만 명이나 되었다. 나중에 참전할 오슈의 병사와 주라쿠다이를 수비할 군사, 그밖에 동원될 병력까지 합하면 모두 50만 명에 이르렀다.

『모리 가문 문서』는 호조 진영의 군세가 3만4,250명이었다고 적혀 있다. 호조 가문은 본성과 작은 성들의 병력을 모두 긁어모아도 4만 명이 채 되지 않았던 것이다.

말하자면 이 공격은 일본 각지에서 모여든 장수들이 합세하여 간토 평야에 틀어박힌 호조 가문과 그 휘하의 세력에게 뭇매를 놓는 것이나 다름없었다. 역사를 들춰봐도 비슷한 예를 찾아볼 수 없는 엄청난 전략이었다.

"상세한 내용은 가로(무가武家의 가신들 가운데서도 지위가 높은 이들로 합의를 통해 정치나 경제 문제를 보좌하고 운영한다 —옮긴이)를 보내 여기 있는 치부 소보 이시다, 형부 소보 오타니, 대장 대보 나쓰카와 의논하도록 하라."

히데요시는 미쓰나리 일행을 가리키며 다이묘들에게 명령을 내렸다.

미쓰나리는 히데요시에게 살짝 고개를 숙였다. 도요토미 가문의 실무를 장악한 미쓰나리에게는 영광스러운 순간이었다. 하지만 회의를 마치고 히데요시의 뒤를 따르는 미쓰나리는 마음이 가볍지 않았다.

(또 봉행이란 말인가?)

'봉행'이란 사무 처리를 뜻한다. 3년 전 규슈의 시마즈 가문을 공격할 때도 미쓰나리는 요시쓰구, 마사이에와 함께 군량 업무를 맡았다. 그는 규슈 공격에 참전한 여러 장수들에게 군량을 제때 정확하게 분배하여 뛰어난 재능을 발휘했다. 하지만 당시에는 무장이 지녀야 할 최고 덕목은 전투능력이었다. 때문에 이러한 업무 능력을 지닌 무장은 드물거니와 그 의미 또한 가볍게 여겨졌다. 미쓰나리는 '혼노지의 변'으로부터 8년이 지난 지금까지 이렇다 할 무공을 세운 적이 없었다.

"3월 1일에 오다와라를 향해 출진한다."

히데요시는 전국의 다이묘들 앞에서 선언했다. 예전 규슈를 점령하기 위해 출진한 날이 3월 1일이었기에 길일로 여겼던 것이다.

(또 군량을 조달하는 일이나 맡게 되는 건가?)

규슈 공격 때 맡은 업무를 반복하는 건 아닌지 미쓰나리가 낙담한 것도 당연한 노릇이다.

"사키치, 잠깐 이리 오너라."

히데요시는 뭔가 깜짝 놀랄 선물을 준비했다는 듯 손짓을 하며 미쓰나리를 방 안으로 불렀다.

(무슨 일일까?)

히데요시는 기노스케와 마사이에도 함께 들어오라고 명령했다. 미쓰나리는 의아한 표정을 지으며 두 사람과 함께 방 안으로 들어갔다.

"사키치, 기노스케, 그리고 마사이에. 너희 셋은 오다와라 부근까지 나와 함께 간다. 우쓰노미야, 사타케 등이 이끄는 간토 쪽 군사들이 도착하면 곧바로 호조 가문의 주변 성들을 공격해라."

히데요시는 미쓰나리가 방으로 들어오자마자 진중에서처럼 엄명을 내렸다.

"군사는 2만을 내주마. 총대장은 사키치가 맡는다."

미쓰나리는 말문이 막혔다.

우쓰노미야는 시모쓰케노쿠니 우쓰노미야 성의 성주인 우쓰노미야 구니쓰나, 사타케는 하타치노쿠니 아마나오 성의 성주 사타케 요시노부를 말한다. 우쓰노미야는 이때 호조 가문에 항복했지만, 비밀리에 히데요시에게 충성을 맹세한 상태였다. 사타케는 오래전부터 호조 가문과 대립해온 집안이다. 히데요시가 호조를 공격한다고 하면 기꺼이 참전할 것이다.

(드디어 나한테 장수로서의 직무가······?)

미쓰나리는 아무 말도 하지 못하고, 얼굴만 붉게 물들어갔다.

"사키치, 염려할 건 없다. 호조의 조그마한 시골 성들이야 어차피

보잘것없을 게다."

히데요시는 미쓰나리가 긴장한 것으로 판단했는지 자애로운 아버지 같은 눈빛으로 바라보았다.

"도라노스케나 이치마쓰에게 계속 '삼헌다(三獻茶)'라고 놀림을 당해서야 안 되지. 이시다 미쓰나리가 무장으로서도 뛰어나다는 걸 그 녀석들한테 보여줘라. 그러면 놈들도 네가 유능하다는 걸 알게 될 거고, 우리 도요토미 가문은 하나가 될 게다."

히데요시가 또박또박 말했다.

(삼헌다.)

이제는 돌이키기도 싫은 소년 시절, 미쓰나리가 재능을 드러낸 일화로 널리 알려져 있는 이야기였다.

히데요시가 노부나가 휘하의 부장으로 오우미에 있는 나가하마 성의 성주로 있었을 때의 일이다. 처음으로 만석의 영토를 받은 다이묘가 된 히데요시는 말을 타고 부지런히 영내를 돌아다니며 백성들의 진언에 귀를 기울이곤 했다. 돌아오는 길에 나가하마 성에서 1.5리쯤 떨어진 근교에 있는 '간논지'라는 절에 들렀다.

"차를 한 잔 다오."

히데요시가 말하자 한 소년이 미지근하게 데운 차를 큰 찻잔에 3분의 2가 넘게 따라 가지고 왔다.

"차 맛이 참 좋구나."

멀리 나갔다 돌아오는 길에 심한 갈증을 느꼈던 히데요시는 찻잔을 단숨에 비웠다.

"한 잔 더 다오."

그러면서 찻잔을 내밀었다.

소년은 처음에 내온 차와 비교하면 반도 안 되는 양을 잔에 담아 가지고 왔다. 게다가 더 뜨겁기까지 했다. 찻잔을 마저 비우고 다시 한 잔을 부탁했다. 소년은 날도 더운 한여름에 김이 모락모락 오르는 뜨거운 차를 조그마한 찻잔에 담아 왔다.

(제법이군.)

히데요시는 차를 마시며 미소를 지었다.

(갈증이 가시니까 점점 뜨거운 차로 양을 줄여서 내온 건가?)

히데요시는 소년에게 "왜 세 번이나 차를 내오는데, 양도 다르고 온도도 다르냐?"라고 물었다. 소년은 히데요시가 예상했던 대로 자랑스럽게 대답했다. 그것도 스스로 판단한 것이라고 했다.

히데요시는 소년의 기지에 감탄했지만, 그보다 자신의 재능을 거침없이 주장하는 시원스러운 성격과 영주라는 걸 알면서도 당당하게 대답하는 그 담력이 더욱 마음에 들었다.

(마치 내 어린 시절을 보는 듯하구나.)

히데요시는 틀림없이 그렇게 생각했을 것이다.

"이름이 뭐냐?"

히데요시가 물었다.

"이시다 사키치."

소년이 대답했다. 열두 살 무렵의 미쓰나리였다. 히데요시는 미쓰나리를 거두어들이기로 했다. 이 이야기가 세상에 널리 퍼지면서 세 차례 차를 바쳤다고 하여 '삼헌다'라고 불렸다.

미쓰나리와 비슷한 시기에 히데요시의 휘하로 들어온 장수들이 있었다. 오와리 출신으로 히데요시의 친척이기도 한 가토 기요마사나 후쿠시마 마사노리가 그러했는데, 이들은 전투 실력을 자랑하기 좋아하는 사내들이었다. '삼헌다' 이야기를 듣고는 '전투에서 무공을 세우지도 못한 주제에 잔재주만 좋다'며 미쓰나리에게 반감을 드러냈다. 자연히 미쓰나리와 기요마사는 사이가 좋지 않았다. 둘은 결국 나중에 세키가하라 전투에서 동군과 서군으로 갈라서서 싸우게 된다.

어쨌든 미쓰나리의 재능을 칭찬할 때마다 입에 오르던 삼헌다 일화가 이제는 기요마사와 같은 이들에 의해 도리어 혹평의 대상이 되고 있었다. 다른 이들도 기요마사의 평가에 공감하는 분위기여서 결국 삼헌다 일화는 미쓰나리의 잔재주만 드러내는 이야기가 되고 있었다.

"치부 소보 이시다가 전투에서도 얼마나 뛰어난지 보여줘라."

히데요시가 이렇게 말하는 까닭은 바로 그 때문이었다. 하지만 미쓰나리는 히데요시의 격려에는 아무런 관심이 없었다.

(기요마사건 마사노리건 바보 같은 녀석들이야 제멋대로 지껄이라고 해라.)

미쓰나리의 머릿속은 오직 하나뿐이었다.

(8년 전, 빗추 다카마쓰 성에서 품은 그 열망을 드디어 이룰 수 있게 되었다.)

"예."

미쓰나리는 짧게 대답했다.

"간토에서 온 병사들을 이끌고 오다와라로 출발하면 먼저 조슈의 다테바야시 성을 함락시켜라."

히데요시는 그렇게 명하더니 곧이어 미쓰나리의 인생을 결정 지을 운명적인 지시를 내렸다.

"다테바야시 성을 점령한 다음에는 부슈(무사시노쿠니의 또 다른 이름—옮긴이)의 오시 성을 쳐부쉬라."

히데요시의 이 한 마디로 오시 성은 센고쿠 시대(다이묘들이 난립한 15세기 후반부터 16세기 후반—옮긴이) 전투사상 가장 특별한 자취를 남기는 성으로 운명 지어졌다.

부슈 오시 성은 지금의 사이타마 현 교다 시에 있다. 나리타 가문의 본거지다. 북쪽으로는 도네가와 강, 남쪽으로는 아라카와 강 사이에 낀 교다 시 일대를 차지하고 있었다.

나리타 가문의 업적을 기록한 『나리타기』에 따르면 오시 성은 15대 당주 나리타 치카야스가 쌓았다. 그는 '지혜, 용기, 너그러움'이라는 세 가지 덕을 갖춘 장수'로 칭송을 받으며 나리타 가문의 영토를 크게 넓혔다. 당시 그는 본거지(지금의 사이타마 현 구가마야 시 가미노)를 떠나 오시 땅을 정복하고, 그곳으로 이주했다.

우에스기 겐신과 일전을 겨루었던 16대 나리타 나가야스도 4년 전에 세상을 떠났다. 지금은 나가야스의 아들 나리타 우지나가가 17대 당주가 되어 있었다. 병력은 겨우 1천 명. 미쓰나리가 이끌게 될 2만 명의 군사를 당해낼 수 있는 병력이 아니었다.

"부슈 오시 성을 쳐부쉬라."

히데요시는 미쓰나리에게 명령을 내린 뒤 100년 전에 지었다는 오시 성의 그림지도('덴쇼 연간 무사시 오시 성 지도'로 지금도 존재한다)를 보여주었다.

(아니, 성이 호수 위에 떠 있다니.)

미쓰나리는 살짝 놀랐다.

오시 성은 홍수가 잦은 이 일대에 생긴 호수와 그 안에 만들어진 섬들을 요새화 시켜놓고 있었다.

그림지도를 들여다보니 혼마루를 비롯해 니노마루(혼마루를 방어하기 위해 혼마루 바깥쪽에 쌓은 성곽 —옮긴이), 산노마루(니노마루 바깥쪽을 둘러싼 성곽 —옮긴이), 주민들이 사는 성곽 등 성의 주요 부분이 제각각 독립된 섬이었다. 넓은 호수 위에 섬이 떠 있고, 섬은 다리로 연결된다. 혼마루를 비롯한 성의 주요 부분을 사무라이들의 집이 둘러싸고 있었다. 이 또한 독립된 몇 개의 섬으로 구성되어 있었다. 성 동쪽에는 육지로 이어진 길 한 가닥이 뻗어 있고, 그 양쪽에 민가가 늘어서 마을을 이루고 있었다. 하지만 이 성하촌(城下村)마저도 호수에서 흘러나오는 수로가 해자처럼 파여 있어 성의 일부분처럼 보였다.

(참으로 이상한 성이로구나.)

미쓰나리는 그림지도를 뚫어지게 들여다보았다.

"이런 성을 부성(浮城)이라고 하지."

히데요시는 의미심장한 표정을 지었지만, 사실 그 말에는 별 뜻이 담겨 있지 않았다. 그저 성의 모양을 가리켜 그렇게 말했을 뿐이었다.

치카를 말한다.

"노보우 님 말씀입니까?"

문지기는 고개를 갸웃거렸다.

"이쪽 성문으로 나가시진 않았습니다만."

(또 노보우 님이라고 부르는군.)

단바는 화가 치밀었지만, 문지기 녀석이나 꾸짖고 있을 때가 아니었다. 말을 조금 더 몰아 활짝 열린 동쪽 성문 밖을 바라보았다. 나중에 오타니 요시쓰구와 전투를 벌일 격전장이 될 곳이지만, 지금은 한가롭기 그지없었다. 성문 밖으로 오시카와 강이 흐르고, 강을 가로지른 다리 너머로 보리밭이 펼쳐져 있었다. 나가치카는 보이지 않았다.

단바는 말 머리를 돌려 문지기에게 나가치카를 발견하면 혼마루로 오시라 하라고 말하고, 다시 성하촌을 향해 말을 달렸다. 마을을 지나 호숫가에서 왼쪽으로 길을 접어들어 성 정문에 이르렀다.

"나가치카 님이 이쪽으로 지나갔느냐?"

단바는 문지기에게 또 호통을 쳤다.

"노보우 님은 지나가지 않으셨습니다."

(이 녀석도 노보우 님이라고 부르는군.)

문지기의 대답을 들으며 단바는 나가치카에게 화가 났다. 단바는 오시 성에 있는 여덟 개의 문을 일일이 돌며 나가치카를 찾았다.

히데요시의 선전포고 소식을 들은 호조 가문은 오시 성의 당주인 우지나가에게 사자를 보내 독촉했다. 오시 성의 병사들을 이끌고 본성인 오다와라 성으로 들어와 성을 방어하라는 것이었다. 그 사자가 혼마루에서 답변을 기다리고 있는 가운데, 나리타 가문의 무사들이 속속 모여들고 있었다.

(그런데 이 멍청이 녀석은 어디 있는 거야.)

단바는 고개를 오른쪽으로 돌려 반짝반짝 빛나는 호수 수면을 바라보며 나가치카에게 욕을 퍼부었다.

도대체 무슨 취미인지 나가치카는 농사를 너무 좋아했다. 오늘도 이렇게 중요한 때에 어느 마을의 농사일을 거들기 위해 훌쩍 성을 나선 모양이다.

(아무리 생각해도 멍청해. 멍청한 녀석이야.)

단바는 성격이 원래 침착하고 의연했다. 하지만 어렸을 때부터 친구인 나가치카만 생각하면 자꾸만 화가 치밀어 올랐다.

정문을 지나 세이젠지 절에 이르렀다. 문 앞에서 늙은 중이 길을 쓸고 있었다.

(묘료로군.)

단바는 '골치 아픈 영감을 만났네' 하며 내심 혀를 찼다. 세이젠지의 6대 주지인 묘료였다.

세이젠지에는 감나무가 한 그루 있다. 가을이 되면 신분 고하를 가리지 않고 개구쟁이들이 묘로의 눈을 피해 몰래 감을 땄다. 아이들은 감 따기를 배짱 겨루기 시합으로 여겼다.

세이젠지는 성문을 통해야만 갈 수 있다. '묘료의 감을 훔치러 간다'고 하면 문지기는 히죽 웃으며 통과시켜주었다. 묘료는 감나무에 몰래 접근하는 개구쟁이를 잡으면 어느 집안 자식인지 따지지 않고 반쯤 죽여놓았다. 고승이 저지르는 깜짝 놀랄 처사에 대해 성 안에서는 "거참, 저 세이젠지 절의 주지는 여간내기가 아니야" 하는 평판이 나돌았다.

가신은 말할 것도 없고 졸병, 나아가 영내 농사꾼에 이르기까지 모든 이들이 나가치카를 그렇게 불렀다. 그것도 본인 앞에서.

단바가 졸병들을 꾸짖지 않는 까닭은 당사자인 나가치카가 그런 호칭에 전혀 개의치 않았기 때문이었다. 부르면 반드시 대답했다. 오히려 나가치카라는 본명으로 부르는 사람은 당주인 우지나가와 중신들뿐이었다.

단바는 이윽고 오시 성 동남쪽문인 사마구치를 지나 성 밖으로 나왔다. 나중에 단바 자신이 나쓰카 마사이에의 군사들과 격돌하는, 오시 성 전투 가운데 최대의 격전지가 될 곳이다. 확 트인 보리밭에서 10정(1킬로미터 남짓)쯤 더 간 곳에 불쑥 솟아난 작은 산들이 보였다.

단바는 그 가운데 작은 산 하나를 주목했다. 마루하카야마 산이다. 그때도 사람들은 그 작은 산들을 무덤이라고 생각했는지 산 이름에 '하카(墓, 무덤 묘)'라는 글자를 넣었다.

이 산들은 오늘날 국가 사적지로 지정되어 있는 '사이타마 고분군'이다. 1978년에 이 고분군에 속한 이나리야마 산에서 출토된 철검에 야마토 조정의 지배가 이 간토 지역까지 이르렀을 가능성을 보여주는 문자가 새겨져 있어 고고학계를 들끓게 했다.

마루하카야마 산은 고분군 가운데서 가장 높다. 아니, 원형 고분으로는 일본에서 규모가 가장 크다. 기복이 없는 간토평야에 쌓은 오시 성을 공략하기 위해 진을 칠 때 이보다 좋은 곳은 없을 것이다.

실제로 마루하카야마 산에 진을 치고 오시 성을 공격한 이가 있었다. 다름 아닌 에치고(지금의 니가타 현—옮긴이)의 용, 우에스기 겐신이다. 나리타 나가야스가 당주였던 시절이니 30년도 더 지난 일이다.

단바도 어린 시절에 겐신을 본 적이 있다. 단바도 그때 본 겐신으로부터 큰 영향을 받았다.

호조 씨의 부슈 지배를 결정지은 '가와코에 성 야간 전투'에서 패배한 간토 관령 우에스기 노리마사는 뒷감당은 생각도 않고 다케다 신겐에게도 싸움을 걸었다가 호되게 당했다. 결국 간토에는 머물 곳도 없어져 야반도주하듯 에치고로 도망쳤다.

노리마사는 주색에 빠진, 대책 없는 사내였다고 한다. 노리마사는 에치고로 도망치면서 조정에서 하사한 비단 깃발은 물론이고 간토 관령 자리와 우에스기라는 성에 이르기까지 갖고 있던 모든 것을 나가오 가게토라에게 몽땅 내주었다. 이렇게 해서 나가오 가게토라는 우에스기 겐신이라는 이름을 쓰게 되었다.

우에스기 겐신은 이미 유명무실해진 아시카가 바쿠후의 권위를 중시한 남자였으며, 의협심 또한 강한 사내였다. 그가 보기에 아시카가 바쿠후의 간토 관령을 쫓아내고 간토 지배를 노리는 호조 씨는 날강도나 마찬가지였다. 그는 노리마사의 부탁을 선선히 받아들이고 간토 지배의 권한을 넘겨받았다. 그러고는 호조 가문 편으로 기울어진 간토 지역의 성들을 가볍게 함락해나가기 시작했다. 당연히 호조 씨에게 충성을 맹세한 오시 성도 공격을 받았다.

오시 성의 당주 나리타 나가야스는 성 안에 틀어박혀 방어하는 농성 전략을 택했다. 마루하카야마 산에서 오시 성을 내려다본 겐신은 겨우 몇 십 기의 병사만 이끌고 몸소 오시 성을 공격했다. 사건은 겐신이 사마구치를 지나 시모오시구치에 이르렀을 때 벌어졌다.

간토 지역의 전란을 기록한 『간핫슈고전록』에 따르면 오시 성 병사들이 화승총 10정을 들고 겐신을 향해 난사했지만, 어느 누구도 겐신의 털끝 하나 건드리지 못했다고 한다. 화승총 소리가 시끄러웠는지 겐신은 성을 등지고 그 자리를 떠났다.

성 안에 있던 병사 하나가 겐신에게 호통을 쳤다.

"대장이란 놈이 등을 보이고 달아나느냐!"

난세였다. 당시 무사들은 이런 모욕에 매우 민감했다. 게다가 겐신은 후에 뇌일혈로 뒷간에서 쓰러질 정도로 흥분을 잘하는 인물이었다. 그는 말을 멈추더니 말 머리를 돌려 성 안의 병사들을 향해 섰다. 그리고 "어디 한번 쏴봐라" 하듯 전혀 움직이지 않았다.

높이 쌓아올린 보루에서 어린 단바는 고개를 살짝 내밀고 겐신의 용감한 모습을 지켜보았다.

당시 사람들은 적이고 아군이고 가리지 않고 이렇게 엄청난 용기를 지닌 자를 칭송했다. 오시 성 병사들도 박수갈채를 보냈다. 그러면서도 병사들은 화승총을 계속 발사하는 것은 잊지 않았다. 하지만 단 한 발도 겐신의 몸을 건드리지 못했다.

병사들은 동요하기 시작했다. 이런 무사는 군신(軍神)의 가호를 받고 있어 죽이면 재앙이 내린다고 믿었다. 무슨 미신인지는 알 수 없지만, 『간핫슈고전록』에 따르면 오시 성 화승총 부대의 우두머리가 '황금 탄환'을 세 발을 준비해 정예 사격수를 골라 조준하게 했다고 한다.

(신이다. 전투의 신이야.)

소년 단바는 보루 위에 세운 통나무 울타리를 꼭 쥐며 말 위의 군신을 뚫어지게 바라보았다.

(저 남자처럼 될 수 있을까? 도저히 안 되겠지?)

단바는 체념했다. 단바가 일편단심으로 스스로를 단련하기 시작한 것은 그때부터였다.

사실 단바는 원래 성격이 얌전한 편이었다. 하지만 겐신의 용감한 모습을 마주한 뒤부터 매일 무술을 익히고 병서를 가까이했다. 어디에 강한 자가 있다는 소리를 들으면 신분고하를 막론하고 일전을 겨루기 위해 찾아다녔고, 정신과 육체를 강철처럼 단련했다.

단바는 혼자 힘으로 스스로를 무사로 길러낸 사내였다. 하지만 '그 사람처럼 될 수는 없을 것이다'라는 패배감은 여전히 떨칠 수 없었다. 물론 이러한 열등감은 자신만의 생각일 뿐, 주위에서는 단바를 용맹스럽고 강한 사나이로 평가하고 있었다. 뿐만 아니라 단바는 나리타 가문에서 무예가 가장 뛰어난 자에게만 허락되는 '개주창'을 지닌 장수가 되었다.

그러나 지금 마루하카야마 산을 바라보는 단바의 머릿속에는 감상적인 상념을 떠올릴 여유가 없었다.

(이번엔 겐신 때보다 더 많은 적들이 쳐들어올 거다.)

도요토미 히데요시의 병사들이 오시 땅을 가득 메우고 성난 파도처럼 밀려들 게 틀림없다. 단바는 말을 달리며 전율했다. 이윽고 말 두 필이 가까스로 지나갈 수 있는 좁은 논두렁길에 이르자 오른쪽으로 길을 꺾어 시모오시 마을로 향했다.

(에잇, 멍청이!)

단바는 나가치카를 생각하며 몇 번이고 '멍청이'라고 욕을 했다.

4

 멍청이는 논두렁길에 우두커니 서 있었다. 남쪽 성문, 시모오시구치 밖에 있는 시모오시 마을의 논두렁길이었다.
 오시 성 일대는 가마쿠라 시대(1185년~1333년 무사 정권의 통치가 본격적으로 시작된 시대 —옮긴이)부터 1년에 보리와 쌀을 이어서 재배하는 이모작이 보급되어 있었다. 덴쇼 18년(1590년) 2월, 시모오시 마을에서도 온 마을 사람들이 나와서 보리밟기 작업에 한창이었다.
 "눈을 마주쳐서는 안 된다. 명심해라, 결코 눈을 맞춰선 안 돼."
 시모오시 마을의 촌장 다베에는 조금 떨어진 논두렁길 위의 '노보우 님' 나가치카를 훔쳐보고 있었다. 그는 며느리 치요에게 밀명이라도 내리듯 작은 목소리로 속삭였다.
 "잘 알겠습니다."
 고된 농사일 때문에 지저분하기는 했지만, 가지런한 얼굴이 매력적인 치요는 진지한 표정을 지으며 고개를 끄덕였다.
 "아버지, 상관없잖아. 노보우 녀석이 거들고 싶다고 하면 실컷 부려먹지, 뭐."

치요의 남편 가조가 넓고 다부진 턱을 언짢은 듯이 씰룩거리며 말했다.

"그게 무슨 돼먹지 않은 소리냐."

다베에는 아들 가조를 날카롭게 꾸짖었다.

"지난해에 노보우 님이 나가노 마을 모내기에서 무슨 짓을 했는지 그새 잊었느냐?"

나가노 마을은 단바가 말을 타고 들어갔던 나가노구치 밖에 있는 마을이다. 작년 초여름에 노보우 님, 즉 나가치카는 오늘 아침과 마찬가지로 나가노 마을 논두렁길에 우두커니 서서 늘 그렇듯 깜짝 놀란 표정을 지은 채 누가 말을 걸어주기를 이제나저제나 기다리고 있었다. 나가치카의 소문을 듣지 못했는지, 나가노 마을로 시집 온 다른 마을 출신의 아낙네가 그만 그에게 힐끔 눈길을 주고 말았다.

그게 사건의 발단이었다. 나가치카는 일을 거들겠다며 첨벙첨벙 논에 들어와 함께 모내기를 했다.

나가치카는 농사일을 구경하는 것만이 아니라 몸소 하는 것도 즐겼다. 하지만 이 사내는 일부러 그러는가 싶을 정도로 무능한 육체노동자였다. 물론 농사꾼들이 나가치카에게 '집어치워'라고 호통을 치는 것은 문제도 아니었다. 센고쿠 시대의 농부들은 그만큼 용감했다.

하지만 노보우 님은 정말 선의로 농사일을 거들고 있는 듯했다. 그 갸륵한 뜻 앞에서는 용감한 농사꾼도 벙어리 냉가슴을 하고 지켜볼 수밖에 없었다.

"잊지 않았겠지? 나가노 마을이 사흘씩이나 들여 모내기를 다시 했다는 소리도 들었을 테고."

흥분한 다베에가 쏘아붙였다.

"노보우 님은 일이 서투니까."

치요는 나가치카가 어린 딸보다 농사일에 서툴다는 생각에 그만 웃고 말았다.

"웃을 일이 아니다."

시아버지가 꾸짖는데, 치요는 웃음을 지우고 딴 데를 보고 있었다. 그러더니 눈이 휘둥그레져서 손가락으로 그곳을 가리켰다.

"왜 그러느냐?"

다베에가 돌아보니 올해 네 살 난 손녀 치도리가 논두렁길을 아장아장 걸어가고 있었다. 몇 걸음 앞에는 나가치카가 서 있었다.

"……!"

다베에는 입이 쩍 벌어졌다. 하지만 아무 말도 하지 못했다.

"치도리!"

치요가 작은 목소리로 힘주어 불렀지만 들릴 리가 없다.

"어, 아저씨."

치도리가 나가치카에게 말을 걸었다.

"왜?"

나가치카는 아주 진지한 표정으로 치도리를 내려다보았다. 그러더니 눈높이를 맞추듯 허리를 잔뜩 구부려 얼굴을 낮추었다. 허리는 꼿꼿이 세우고 목을 쭉 내민 그 모습이 무척이나 민망하고 어색해 보였다.

(……아이고, 노보우 님, 무릎을 구부리면 되잖아요, 무릎을.)

다베에는 나가치카의 어색한 자세를 보며 불길한 예감에 휩싸였다. 울고 싶은 심정이었다.

"아저씨, 할 일 없으면 거기 멍하니 서 있지 말고 일이나 거들어."

치도리가 그렇게 말하고 말았다.

(저런! 결국······.)

다베에는 속으로 비명을 질렀다. 두 사람의 대화가 들리지는 않지만 나가치카의 표정이 밝아지는 것으로 보아 무슨 말이 오갔는지 뻔히 알 수 있었다. 평소에는 표정 변화가 거의 없는 남자가 활짝 웃음을 지었다.

"그래? 그렇다면 거들어야지."

나가치카는 아이를 상대로 마치 생색을 내는 사람처럼 중얼거렸다.

"중얼거리지만 말고 이리 와."

치도리는 나가치카의 손을 잡고 보리밭으로 내려섰다.

키가 큰 나가치카와 자그마한 치도리가 함께 다베에를 향해 걸어왔다. 다베에의 눈에는 둘의 모습이 잔뜩 신바람이 난 큰 도깨비와 작은 도깨비처럼 보였다.

"할아버지, 이 아저씨가 도와줄 거래."

잘하지 않았느냐는 듯이 치도리는 다베에 앞에 다가가 가슴을 쭉 폈다.

다베에는 보리밭에 머리를 처박고 싶은 심정이었다.

"이런. 노보우 님, 황송합니다. 영주님 친척 분께서 보리밟기를 도와주신다니, 가당치도 않습니다."

"괜찮아요, 괜찮아. 그런 건 염려 마시오."

나가치카는 환한 얼굴로 대꾸했다.

다베에는 힘이 쭉 빠졌다.

"아저씨, 그럼 부탁해."

치도리의 말을 듣고 나가치카는 고개를 끄덕였다.

이윽고 다베에의 뿌연 시야에 보리밭에서 일하는 마을 사람들에게 다가가는 나가치카의 모습이 보였다.

"영차."

다베에는 울고 싶은 심정으로 마을사람들을 향해 소리쳤다. 보리밟기는 말 그대로 싹이 트기 시작한 보리를 밟아주는 것이다. 잘 밟아주면 보리가 쑥쑥 잘 자란다. 그러기 위해서는 마을 사람들이 한 줄로 늘어서서 빠트리는 곳 없이 싹을 잘 밟아주어야 한다.

하지만 농사꾼에게는 너무 쉬운 이 일마저도 나가치카에게는 말할 수 없이 어려운 노동이었다. 뒤뚱뒤뚱 어색한 동작으로 큰 발을 들었다 디뎠다 하며 흥에 겨워 일을 하지만, 밟지 않고 보리 싹을 지나치는가 하면 애꿎은 싹을 꺾어버리기도 했다.

(……에휴, 그래도 오늘 날씨는 좋군.)

나가치카가 거의 망쳐 놓은 보리밭을 바라보고, 다베에는 허허롭게 한숨을 내쉬었다.

치도리가 나가치카에게 다가가 뭐라고 부탁을 하는 듯했다. 다베에는 손녀에게 일말의 희망을 담아 작업을 중지시켰다.

"아저씨, 제대로 해."

"나? 지금 열심히 하잖아."

나가치카는 진지한 표정으로 치도리에게 대답했다.

"나처럼 못하겠어? 이렇게 하란 말이야."

치도리는 자기가 밟은 곳을 가리켰다. 보리 싹이 아주 잘 밟혀 있었다. 나가치카는 그걸 보며 "으음" 하고 엄숙한 표정을 지으며 고개를 끄덕였다.

"노보우 님, 부탁이 있습니다."

다베에가 간신히 용기를 내서 나가치카에게 다가갔다.

"아, 뭐든지 말해보세요."

"보리밟기 하지 마십시오."

다베에의 말이 떨어지기가 무섭게 생기 넘치고 반짝이던 나가치카의 눈빛이 빛을 잃어갔다.

"……아아, 그래?"

나가치카는 딱한 생각이 들 정도로 시무룩한 표정을 짓고, 터벅터벅 논두렁길 쪽으로 걸어 나갔다.

"노보우 님, 저희는 노보우 님이 구경만 하고 계시는 것이 더 좋습니다."

치요가 다독이듯 말을 건넸지만, 나가치카는 돌아보며 힘없이 고개만 끄덕일 뿐 시무룩한 표정은 여전했다.

(너무 심했나?)

다베에와 치요만이 아니었다. 시모오시 마을 사람들 모두 어깨가 축 늘어진 나가치카의 뒷모습을 보며 그런 생각을 했다.

"에휴, 도와주려면 좀 제대로 하든가."

가조가 큰 소리로 나가치카에게 투덜거렸다.

"이놈아!"

다베에가 아들에게 버럭 화를 냈다. 무슨 그런 무정한 말을 하느냐는 소리였다.

하지만 그런 가조에게조차 나가치카는 돌아서서 "……정말 면목 없어"라고 말하고는 논두렁으로 무거운 발걸음을 옮겼다.

바로 그때 단바가 말을 타고 달려왔다.

"나가치카!"

단바의 호통소리를 들으며 마을 사람들은 바짝 긴장했다. 나가치카와는 달리 단바는 영주처럼 행세하는 사내다. 마을 사람들에게 단바는 영주의 친척인 나가치카보다 훨씬 두려운 존재였다.

나가치카는 말 위의 단바를 쳐다보았다.

"어? 단바, 자네로군. 무슨 일인가?"

"무슨 일인가가 아닐세. 우지나가 님께서 빨리 혼마루로 오라고 하셨네. 어서 타."

"응."

대답은 하면서도 나가치카는 말을 타지 않았다. 이 덩치 큰 남자는 마술뿐만 아니라 검술, 창술, 격투술 등 모든 운동에 젬병이었다.

단바는 새삼스러울 것도 없다는 듯 능숙하게 나가치카의 손을 잡고 말 위로 끌어올려 자기 앞에 태웠다. 덩치 큰 나가치카가 앞에 앉으면 시야가 가리지만, 이렇게라도 하지 않으면 말에서 굴러 떨어질 것이 뻔하다.

"방해해서 미안하오."

단바는 농부들을 내려다보며 한 마디 말을 남기고, 채찍을 휘둘러 바람처럼 달려갔다.

(어릴 적부터 친구였는데 저렇게 다를 수가 있나.)

다베에는 성 쪽으로 점점 멀어져가는 두 사람의 모습을 바라보며 생각했다. 곧이어 갑작스럽게 머릿속을 무엇인가가 스치고 지나가는가 싶더니 땅이 흔들리는 듯한 충격이 느껴졌다.

(설마……! 관백 도요토미 히데요시라는 사람이 오다와라를 공격해 들어온다는 소문이 진짜였나?)

오시 성 주변에 사는 농사꾼들 사이에도 도요토미 히데요시에 대한 풍문이 돌고 있었다. 원숭이같이 생긴 사내가 천하를 집어삼키고 있다고 했다.

(히데요시의 군사들이 오시 성에 몰려오면 얼마 버티지 못할 거야.)

농사꾼인 다베가 보기에도 불을 보듯 뻔한 사실이었다.

"사자가 왜 온 건가?"

시모오시구치를 향해 달리는 말 위에서 나가치카가 뒤에 앉은 단바를 돌아보며 무뚝뚝한 얼굴로 물었다.

"뭘 원하는 거지?"

단바는 호조 가문이 오시 성에 요구한 것들을 큰 소리로 설명해주었다.

사실 호조 가문이 보낸 사자는 작년 말부터 몇 차례나 오시 성을 찾아왔다. 그때마다 우지나가는 답변을 미루었다. 호조 가문은 히데요시가 3월 1일에 오다와라를 향해 출발한다는 소식을 듣자마자 또 사자를 보냈다.

사자를 맞이하기 전에 우지나가는 가신들을 불러 모아 의견을 듣고자 했다. 하지만 회의에 참석한 가신들은 묵묵부답이었다.

(히데요시에게 항복해야 한다.)

이러한 분위기가 농후했다. 당연한 일이었다. 싸우면 질 게 뻔하다. 그렇지만 히데요시에게 항복한다는 것은 그동안 자신들을 보호해준 호조 가문을 배반하는 짓이다. 그런 까닭에 누구도 항복하자는 소리를 차마 입에 올리지 못했다.

단바는 당주인 우지나가가 그런 분위기에 만족하는 모습을 보여 화가 나기도 했지만, 그런 자신 또한 히데요시와 싸움은 피해야 한다고 생각했다.

(싸우면 가신들은 물론이고 백성들까지 지옥 밑바닥으로 내동댕이쳐질 거야.)

그런 생각 때문에 단바는 항복해야 한다고 판단했다. 하지만 한편으로는 목숨을 걸고 간파쿠와 싸우고 싶었다. 언젠가 간토 지방의 성들이 하나하나 히데요시에게 항복할 것이다. 그러면 후세 사람들은 '간토 지방에는 사내가 없었구나' 하고 비웃을 게 틀림없다.

센고쿠 시대의 사나이들은 겁 많고 나약한 모습 때문에 조롱당하는 걸 죽기보다 싫어했다. 단바 또한 예외가 아니었다. 때문에 회의에서 항복을 주장하지 않았는지도 모른다.

하지만 항복으로 기울어가는 분위기를 대번에 뒤엎은 사람이 있었다. 일흔다섯 고령인 나리타 야스스에였다. 나가치카의 아버지로, 우지나가에게는 아버지의 동생이니 숙부가 된다.

"저런 얼뜨기."

야스스에는 일이 있을 때마다 못난 아들 나가치카에게 불만을 늘어놓았다. 야스스에와 나가치카는 정말 피를 이어받은 부자지간이 맞는지 의심이 들 정도로 기질이 정반대였다. 나가치카도 이 늙은 무사에게만은 꼼짝하지 못했다. 아버지 앞에서는 늘 얌전한 표정을 짓고 있었다.

야스스에는 무장으로서 걸출한 업적을 쌓아왔다. 선대 당주였던 나가야스가 세상을 뜬 뒤로 '가문의 대들보' 혹은 '제2의 당주'로 불리고 있었다. 이 나이 든 무사의 발언은 당주인 우지나가의 말보다 영향력이 컸다.

야스스에는 예의 그 기질을 여지없이 발휘했다.

"그러고도 천하에 이름을 떨친 반도(지금의 시즈오카 현 슨도 군과 가나가와 현 미나미아시가라 시 사이에 있는 아시가라 고개를 기준으로 동쪽이란 뜻으로 간토 지방을 가리키는 말—옮긴이) 무사라고 할 수 있단 말인가!"

버럭 소리를 지르며 그 자리에 모인 한 명 한 명의 목을 조르듯 호통을 쳤다. 그는 호조 가문 진영에 가담해야 한다고 주장했다.

"자네도 그 자리에 있었잖아!"

단바가 나가치카의 귀에 대고 소리쳤다.

"아아, 그거 말인가?"

나가치카는 그제야 기억이 난 모양이었다.

"그때 참 시끄러웠지."

이야기의 핵심을 요리조리 피해 나간다. 아마 조만간 있을 다른 마을 보리밟기나 떠올리고 있을 것이다.

(역시 멍청한 건 어쩔 수 없는 걸까?)

단바는 나가치카의 큼직한 등짝을 보며 어처구니없는 녀석이라는 생각을 했다.

5

나가치카와 단바를 태운 말은, 나중에 총대장 이시다 미쓰나리가 7천 명 남짓한 병사를 이끌고 공격해 올 남쪽 성문인 시모오시구치를 지나 산노마루로 들어섰다.

오시 성은 가장 중요한 부분인 혼마루뿐 아니라 니노마루, 산노마루 모두가 밀림처럼 우거져 있었다. 오시 성 근처에서 태어난 한학자 기요미즈 세쓰오는 메이지 시대에 펴낸 『북무팔지』라는 책에서 당시 오시 성 혼마루의 모습을 '오래된 삼나무가 빽빽하여 낮에도 어두컴컴하다'라고 적었다. 최근 발굴 조사에서도 혼마루뿐만 아니라 니노마루, 산노마루가 밀림처럼 활엽수가 우거져 있었다는 사실이 밝혀졌다.

나가치카와 단바를 태운 말은 산노마루의 어두컴컴한 숲 속을 질주했다. 그때 두 사람 등 뒤에서 불쑥 말 한 마리가 나타났다.

(뭐지?)

뒤를 돌아볼 틈도 없이, 그 말 옆구리에 달라붙어 몸을 숨기고 있던 한 사내가 목도를 치켜들더니 단바를 향해 휘둘렀다. 사카마키 유키에였다. 유키에는 스물두 살의 청년으로 단바와 마찬가지로 나리타 가문의 가로였다. 그는 나중에 이시다 미쓰나리가 이끄는 병사들과 격돌하게 된다.

"이 애송이가!"

단바가 잽싸게 피했다. 그러자 목도는 자연히 나가치카의 뒷덜미를 강타했다.

"……!"

나가치카는 비명을 지를 새도 없이 말 머리에 털썩 엎어졌다.

"아, 실패했네!"

유키에는 환하게 웃으며 말했다. 그리고 말에 박차를 가하더니 "마사키 영감님, 전 이만 실례"라며 혼마루 쪽으로 쏜살같이 달려갔다.

"야, 유키에. 이런 멍청이 같으니!"

단바는 소리를 지르며 유키에를 뒤쫓았지만 두 사람이나 태운 말로 따라잡을 수는 없었다.

단바와 축 늘어진 나가치카를 태운 말은 니노마루를 지나 혼마루로 향했다. 니노마루와 혼마루는 다리로 연결되어 있었다. 말은 지대가 약간 높은 곳에 자리 잡은 다리를 건넜다.

"틈만 나면 공격하라고 한 건 마사키 영감님이잖아요."

유키에는 혼마루 현관 앞에서 기다리고 있다가 다가오는 단바에게 말을 건넸다. 유키에는 단바를 '마사키 영감님'이라고 불렀다. 단바는 마흔을 넘겼지만, 아무리 보아도 30대 초반으로 보였다. 또래인 나가치카도 뱃속 편하게 놀기만 했기 때문인지 마찬가지였다. 그렇지만 유키에는 자기보다 단바가 나이가 많다고 '마사키 영감님'이라고 놀리는 것이다.

(요 녀석은 병서를 너무 많이 읽었어.)

단바는 유키에의 행동을 그렇게 받아들이고 있었다. 유키에가 탐닉하듯 병서에 몰두하고, 그 식견 또한 높다는 사실은 널리 알려져 있다.

(병서를 읽다 보니 모든 걸 안다고 생각하는 건가? 그래서 자기보다 나이 많은 어른도 우습게 보이고?)

뛰어난 무예를 최고의 가치로 삼는 센고쿠 시대. 전투를 잘하는 자일수록 지위가 높았다. '나를 따라잡을 사나이는 없다.' 유키에는 그렇게 자부하고 있을 것이다.

단바가 보기에는 가소롭기 짝이 없었지만, 젊은이다운 기백이 밉지만은 않았다. 하지만 우습게도 유키에는 아직 실전 경험이 없었다. 오시 성의 마지막 전투는 지금으로부터 8년 전의 일이었다.

중앙에서 오다 노부나가가 힘을 얻자 그를 대신하여 간토 관령이라며 다키가와 가즈마스가 고즈케노쿠니(지금의 군마 현)에 들어와 호조 가문과 맞섰다. 그러나 두 달여 뒤에 '혼노지의 변'이 일어나면서 다키가와는 노부나가라는 후원자를 잃게 되었다. 그런 다키가와를 호조 가문과 손잡고 간토에서 쫓아낸 전투가 나리타 가문의 가신들이 겪은 마지막 싸움이었다.

당시 유키에는 겨우 열네 살이었다. 관례도 치르기 전이라 유키에의 아버지는 아들이 전쟁터에 나가는 것을 허락하지 않았다. 낙심한 유키에에게 단바는 "나라도 공격해봐라. 빈틈이 보이면"이라며 놀렸던 적이 있다. 그 뒤로 유키에는 어디서건 틈만 나면 단바에게 덤벼들었다. 물론 단바가 그 공격에 당한 적이 한 번도 없었다.

"나가치카 님이 그 모양이라 참 곤란하시겠네요."

유키에는 계속 입을 나불거렸다. 유키에가 보기에 나가치카는 멍청이 이외에 아무것도 아닐 것이다.

"그럼 못써."

나가치카는 화도 내지 않고 머리를 긁적이며 말에서 내렸다.

"관백의 군대가 우리 성에도 올까요?"

유키에가 눈빛을 반짝이며 단바에게 물었다. 유키에는 호조 가문 진영에 가담하기를 주장하는, 몇 안 되는 가신 가운데 하나였다. 지난 회의에서도 관백과 싸우자고 주장했다. 그렇다고 이 젊은이가 호조 가문에 강한 애착을 가진 것은 아니었다.

(천하의 도요토미 히데요시를 상대로 첫 전투를 치르겠다.)

개인적인 소망 때문이었다.

"오겠지. 예전에 우에스기 겐신이 공격했을 때보다 더 많은 병사들이 몰려올 거야."

약간 심각한 표정으로 대답하는 단바에게 유키에는 코웃음을 치며 말했다.

"걱정 마세요. 비사문천(불교의 사천왕 가운데 하나 —옮긴이)의 환생인 사카마키 유키에가 있으니까."

(이 녀석은 세상 무서운 줄 모르고 남을 너무 무시하는군.)

단바는 새삼 유키에의 체격을 유심히 살펴보았다. 키는 작고 무예를 하기 위해서 갖춰야 할 어깨에서부터 등에 이르는 근육이 발달하지 못했다. 눈은 맑고 콧날도 우뚝해 잘생겼지만, 도톰해야 할 눈썹 부분이 밋밋해 얼굴은 꼭 계집아이 같았다.

(전투에서 무훈을 세울 만한 골격이 아니야.)

솔직한 단바의 평가였다.

"비사문천의 환생이라니, 그게 무슨 뜻인가?"

나가치카가 제발 가르쳐달라는 표정으로 물었다.

(그걸 또 물어보네, 이 녀석.)

단바는 나가치카가 그런 질문을 하는 걸 몇 번이나 본 적이 있다. 하지만 나가치카는 답을 듣고 나면 바로 까먹는지 매번 똑같은 질문을 해댔다.

유키에는 나가치카를 바라보며 대꾸했다.

"전투의 천재라는 소리죠."

마침 잘 물어주었다는 듯이 유키에가 똑같은 대답을 했다.

(까불고 있네.)

비사문천에 관해 설명하려는 유키에에게 연방 감탄한 듯이 몇 번이나 고개를 끄덕이는 나가치카를 보며 단바는 내심 불쾌했다.

바로 그때, 붉은 말을 탄 남자가 니노마루에서 다리를 건너 모습을 드러냈다.

"아, 단바."

붉은 말 위에서 도전적인 눈빛으로 단바를 내려다보는 남자는 나리타 가문의 가로인 시바자키 이즈미였다. 나중에 오타니 요시쓰구의 병사와 나가노구치에서 공방전을 벌인다.

단바는 말 위의 이즈미를 쳐다보았다. 말도 컸지만, 그 위에 앉은 이즈미 또한 못지않은 거구였다. 키는 나가치카와 비슷해도 체격이 비교가 되지 않았다. 온몸을 뼈와 근육으로 만든 갑옷을 두른 듯한 그는, 거대한 바위를 떠올리게 했다. 철사 같은 수염이 얼굴을 반쯤 덮었고, 눈썹과 눈, 코, 입이 큼직하게 자리잡아 전체적으로 시원시원하게 생겼다. 그러나 이목구비는 서로 어울리지 못하고 제각기 자기주장을 하는 듯했다. 도깨비 같은 얼굴이었다. 전쟁터에서 이즈미가 노려보자 심약한 적군이 정신을 잃었다는 이야기도 있었다. 무사다운 외모는 전쟁터에서 살아온 사나이의 표본이었다.

(골치 아픈 녀석이 왔군.)

단바는 강한 상대를 찾아다니던 시절부터 이즈미를 알고 있었다.

"모치다 마을에 도저히 손쓸 수 없는 망나니가 있다."

서쪽 성문 모치다구치 밖 모치다 마을 외곽에 그런 아이가 있다는 이야기를 들었다. 게다가 부근 무사 집안의 악동들에서부터 농사짓는 집안 아이들까지 모조리 제압해 부하로 삼은 소년이라고 했다. 그가 가로 시바자키 집안의 맏아들, 시바자키 이즈미노카미였다.

늘 그랬듯이 단바는 나가치카에게 도전장을 전달하게 했다. 이즈미노카미가 '수락한다'는 답변을 보내왔다. 거친 성격이 글씨체에도 드러나 있었다. 단바는 바로 모치다 마을 외곽으로 나갔다. 소년 이즈미노카미는 자기 집 앞에서 소문대로 여러 부하들을 거느리고 기다리고 있었다. 단바는 혼자였다.

어린아이들의 일이었다. 아이들끼리 정하는 서열은 싸움 실력이 결정한다. 이즈미도 자기가 시바자키 집안의 맏아들이라는 사실을 들먹이는 짓은 하지 않았다. 이즈미는 어렸을 때부터 누구든 자기 위에 군림하는 꼴을 보지 못했지만, 자기를 따르는 아이들에게는 무척 부드러웠다. 그 때문인지 소년 단바가 보기에도 부하라는 아이들은 진심으로 이즈미를 따르는 듯했다.

"너희는 절대 끼어들면 안 돼."

어렸을 때부터 거구였던 이즈미는 다른 아이들에게 엄명을 내리고 단바에게 맨손으로 덤벼들었다. 그때부터 날이 저물 때까지 싸움이 이어졌지만, 승부를 가릴 수가 없었다.

길고 긴 싸움은 성에 갔던 이즈미노카미의 아버지가 집으로 돌아오면서 일단락됐다. 하지만 이즈미의 아버지도 싸움을 말리지 않았다. 자기 아들과 맞붙은 상대가 마사키 집안의 맏아들이라는 걸 확인하더니 "오오" 하며 어린아이처럼 밝은 표정을 지었다. 허둥지둥 집으로 들어갔다가 일손이 비는 머슴이며 여자애들까지 거느리고 나왔다. 급기야 그는 술상까지 준비시켜 싸움을 안주 삼아 술을 마시기 시작했다.

두 소년은 어안이 벙벙했다. 이즈미의 아버지가 아예 관전할 준비를 하자 두 소년은 더 이상 싸움을 계속할 의욕을 잃었다. 그 뒤 둘은 서로에게 싸움을 걸지 않았다. 얼마 뒤 둘은 관례를 치르고 전쟁터에서 무공을 다투게 되었다. 단바는 이미 철이 들어 이즈미를 상대하지 않았지만, 이즈미는 생각은 어리고 몸집만 어른이 된 듯했다. 틈만 나면 단바보다 낫다는 소리를 들으려고 애를 썼다.

그런 상대였던 단바에게 가장 큰 무공을 세운 장수만 지닐 수 있는 개주창이 허락됐다. 자기보다 뛰어난 장수는 없다고 자부하는 이즈미로서는 도저히 받아들일 수 없었다.

지금도 이 거한은 전쟁터에서나 보일 만한 눈빛으로 단바를 노려보고 있었다. 그러나 단바는 그런 눈빛에 주눅 들 사내가 아니었다.

"이즈미 아닌가? 가지 말라고 매달리는 아내를 뿌리치고 또 전투를 훼방 놓으러 왔나?"

단바는 표정 하나 바꾸지 않고 말했다. 전투를 훼방 놓는다는 이야기는, 이즈미가 영주인 우지나가마저도 자기 위에 군림하는 게 거슬리는지 자주 군령을 어기는 것을 비꼬는 말이었다.

"뭐라고!"

이즈미는 발끈 화부터 내고 말에서 내려와 단바를 향해 다가갔다. 그 틈을 나가치카가 휘적휘적 끼어들었다.

"또 아내를 울렸구나. 그럼 못써."

(참 이상한 양반일세.)

이즈미는 한숨을 내쉬며 나가치카를 바라보았다. 예전에 자신의 꼬마 부하들을 대할 때처럼 부드러운 눈빛이었다.

"또 쓸데없는 말씀을 하시네."

이즈미는 표정까지 누그러뜨리고 마누라가 울면서 말리기에 호통을 쳐줬더니 조용해졌다며 껄껄 웃었다.

8년 전, 이즈미가 서른 중반의 나이에 스무 살 넘게 터울이 지는 아내를 얻은 일은 오시 성 인근에 널리 알려진 이야기다.

"계집만큼 번거로운 건 없어."

아내를 얻은 뒤로 이즈미는 늘 이런 소리를 입에 달고 다녔다. 말은 그러면서도 자식은 매년 낳아 이제 여섯이나 두었다.

"내 마누라는 전투에 나가거나 싸우러 가려고 하면 울며불며 말려 댄다니까."

이즈미의 말에 따르면 늘 호통을 쳐 아내 입을 다물게 하고 집을 나온다고 한다. 다른 사람들은 별 관심도 없는데 이즈미는 실없는 소리를 계속 늘어놓았다.

이즈미는 설명할 필요도 없이 관백과 한판 붙기를 고대하고 있었다.

관백에게 백기를 들면 전투는 없다. 전투가 가져다주는 짜릿한 흥분을 그 무엇보다 좋아하는 이즈미에게 항복이란 애당초 머릿속에 존재하지 않았다. 하지만 그는 지난 회의에는 출석하지 않았다. 울며불며 말리는 아내에게 호통을 치기는 했을 텐데.

"피비린내와 화약 연기로 가득한 전쟁터에는 반드시 시바자키 이즈미가 모습을 드러내노라."

아내에게 호통을 쳐야 전쟁터에 나올 수 있는 사내는 가슴을 쭉 펴며 호탕하게 웃었다.

"쓸데없는 소리 말고 얼른 갑시다."

유키에가 무시하는 투로 말했지만, 이즈미는 그런 자잘한 일에 신경 쓰는 사내가 아니었다.

"그래야지."

시원스럽게 대답하고 호조 가문의 사자가 기다리는 영주의 저택으로 향했다. 유키에도 그 뒤를 따랐고, 단바와 나가치카도 현관을 들어섰다.

6

　영주의 저택 접견실에는 이미 주요 가신들이 빼곡하게 자리잡고 있었다. 사자가 앉을 가운데 자리만 비어 있었다.

　상석 가까운 쪽에 있는 친척의 자리에는 나리타 우지나가의 동생 야스타카가 앉았다. 나가치카의 아버지인 야스스에는 새빨개진 얼굴로 지각한 나가치카를 노려보고 있었다. 나가치카, 단바, 이즈미, 유키에 네 명은 나리타 가문의 친척과 가로들이 앉은 뒤편에 책상다리를 하고 앉았다.

　이윽고 영주인 우지나가가 나타났다. 명문의 당주답게 이목구비가 수려하고 행동거지가 시원스러웠다.

　(하지만 능력이 그리 뛰어나지는 않다.)

　단바는 자신의 성주를 그렇게 평가하고 있었다.

　나리타 우지나가는 정략이나 전략에는 나름 식견이 있었지만, 무장으로서 지녀야 할 철학이 결여되어 있었다. 우지나가가 전략보다 더 좋아하는 것은 렌가(엄격한 규칙에 따라 짓는 일본의 전통적인 시 형식 —옮긴이)였다.

렌가는 귀족들 사이에서 유행하기 시작한 글짓기 놀이였다. 차(茶)와 함께 널리 퍼져 있었다. 여러 사람이 한자리에 모여 앞사람이 지은 구절을 이어받아 다음 사람이 또 읊는, 일종의 지적 릴레이 놀이였다. 우지나가는 이 렌가 애호가로 성 안에 '료이'라고 하는 렌가 전문가까지 거느리고 있었다.

"이런 식으로 지으면 어떻겠소?"

시선을 허공에 던지고 중얼중얼 시구를 다듬다가 마음에 드는 표현이 떠오르면 료이에게 묻곤 했다.

렌가로 갈고닦은 화려한 표현으로 평범한 정략과 전략을 이야기한다? 전투에는 쓸모 없는 재능으로 난세를 헤쳐나간다는 것이 얼마나 위험한 짓인지 우지나가는 모르고 있었다.

우지나가가 상석에 모습을 드러내자 호조 가문에서 보낸 사자가 접견실로 안내되었다. 나리타 가문의 업적을 기록한 『나리타기』에 따르면 호조 가문이 보낸 사자는 야마카쿠 모모와 나루오 모모라는 자였다. 이 두 사람은 작년 말부터 오다와라 농성 참여를 설득하기 위해 몇 차례나 오시 성을 찾았다.

두 사자는 우지나가가 거듭해서 답변을 연기한 것에 애가 탔는지, 나리타 가문의 가신들이 양쪽으로 나누어 앉은 접견실 한복판을 가로질러 자리에 앉자마자 언성을 높였다.

"호조 가문은 오다와라 성에서 농성하기로 결정했소. 그러니 지성의 성주는 지난번 기준에 따라 서둘러 병사를 이끌고 오다와라에 입성하라는 하명이오."

그러더니 "병사 수와 시기에 대한 답변을 바라오"라며 구체적인 계획까지 요구했다. 우지나가는 여전히 답변을 망설이고 있었다. 좌중의 모든 가신들은 우지나가가 망설이는 심정을 잘 이해하고 있었다.

하지만 단바는 우지나가가 머뭇거리는 모습이 정말 싫었다.

(이미 정해진 일인데, 왜 대답을 안 하고 지체하는 걸까.)

호조 가문에 가담하기로 결정한 이상 어쩔 수 없는 것 아닌가.

"그런데 말이야."

분위기를 제대로 파악하지 못하는 바보의 목소리가 들렸다. 물론 나가치카였다.

"호조 가문에 붙지도 않고, 관백 편을 들지도 않고, 그냥 지금처럼 지낼 수는 없는 건가?"

불평하듯 중얼거렸다. 너무도 갑작스러운 그런 발언에 가신들은 모두 깜짝 놀랐다. 야마카쿠와 나루오도 화가 잔뜩 난 듯 안색이 붉게 변했다.

나가치카는 지난 회의에서도 그런 소리를 했다. 물론 다들 무시하고 상대해주지 않았지만, 어찌된 까닭인지 이 바보는 같은 소리를 반복하고 있는 것이다.

(그냥 지금처럼 지낼 수는 없는 건가?)

물론 누구나 바라는 일이다. 나가치카는 단지 그런 생각을 입에 올렸을 뿐이다.

(그게 가능하다면 이런 고생은 하지 않지.)

단바가 나가치카의 망언을 꾸짖으려고 할 때였다.

"이런 바보 천치 같은 녀석이!"

버럭 소리를 지른 사람은 나가치카의 아버지 야스스에였다.

그는 나가치카의 뒷덜미를 잡고 바닥에 몇 번이나 머리를 짓찧으며 호조 가문의 사자들에게 거듭 사과했다. 일흔 살이 넘은 노인에게 마흔이나 먹은 사내가 꼼짝도 못하고 있었다. 그렇지만 웃을 수도 없는 상황이었다. 호조 가문의 사자는 화내는 것도 잊은 채 연방 눈을 깜빡였다.

하지만 어찌된 영문인지 나가치카는 화도 내지 않고, 그렇다고 사과도 하지 않았다. 그저 말없이 아버지가 누르는 대로 바닥에 머리를 찧고 있을 뿐이었다.

(또 저런 식이로군.)

단바는 가끔 나가치카에게서 묘한 위화감을 느꼈다. 어렸을 때부터 나가치카와 가까이 지내오면서 간혹 느껴온 감정이었다. 뭘까? 나가치카에게 도저히 어울리지 않는 이 느낌은?

하지만 단바의 생각은 아랑곳하지 않고 접견은 계속 진행되고 있었다.

"병사 수는 지난번 기준에 따라 우리 병력의 반인 5백 기를 당주 우지나가께서 몸소 이끌고 입성할 것이오. 오늘 당장."

야스스에는 나가치카를 엎드리게 한 채 우지나가가 입을 열기 전에 대답했다.

지난 회의에서 결정된 사항이었다. 우지나가마저 이의를 제기할 수 없었다. 이미 병사들까지 성 아래 막사에 집합해놓은 상태였다.

"말씀 감사합니다."

야마카쿠와 나루오는 나리타 가문의 답변에 손뼉을 치며 칭찬을 하더니 '어서 오다와라에 보고하러 가야겠다'며 서둘러 방을 나갔다.

사자가 물러간 뒤, 접견실에 모인 사람들은 그 누구도 입을 열지 않았다.

(이제 가문의 명운도 다했다.)

모두가 그렇게 생각했다. 호조 진영에 가담하기를 바랐던 유키에, 이즈미마저 표정이 심각했다.

"다들 왜 그리 시무룩하냐."

야스스에 혼자 화를 버럭 냈다.

"우리 나리타 가문이 지난 당주이셨던 나가야스 공 이래 존속할 수 있었던 것이 누구 덕이냐. 호조 가문이 보호해준 덕에 이만큼 지내오지 않았느냐. 싸우자. 관백은 틀림없이 오시 성에도 군대를 보낼 것이다. 구덩이를 깊게 파고, 울타리를 세우고, 군량미를 모아 전투 준비를 게을리하지 말라."

좌중을 노려보며 소리쳤다.

(당연한 노릇이지.)

단바는 일찍이 용맹을 자랑했던 야스스에가 차마 눈 뜨고 볼 수 없을 정도로 야위고 쇠약해진 몸으로 고래고래 소리를 지르는 모습이 몹시 안쓰러웠다. 야스스에는 편치 않은 노구를 이끌고 회의에 참석한 것이다.

나리타 가문은 선대인 나가야스 시절에 여러 번 호조 가문을 배신했다. 우에스기 겐신의 침공을 받아 한 차례 호조 가문에 구원을 청해 위기를 모면했는데, 두 번째 공격을 당했을 때는 항복했다. 하지만 1년도 지나지 않아 우에스기 겐신의 휘하에서 벗어나게 되었는데, 호조 가문은 나리타 가문을 거둬주었다. 결국 겐신이 재침략을 강행했고, 나리타 가문은 다시 항복을 하고 말았다. 그 뒤 또 다시 호조 진영으로 복귀하겠다고 요청을 했는데, 그때에도 호조 가문은 흔쾌히 받아주었던 것이다.

모두 선대 당주인 나가야스와 당주인 형님을 잘 보필한 야스스에가 중심이 되어 결정한 일들이었다. 간토 지방에서 우에스기 겐신과 호조 가문이 쟁탈전을 벌이던 시대, 병력이 1천 기 정도밖에 되지 않는 작은 성의 영주로서는 어쩔 수 없는 선택이었다.

(그런 까닭에 이번에는 무리를 해서라도 호조 가문에 충성을 다하고 싶을 것이다.)

단바는 노인 특유의 고집으로 호조 가문과 운명을 함께하려는 야스스에가 부럽기도 했다.

하지만 그러한 단바의 생각도 단숨에 박살 났다. 발언을 마친 야스스에가 그만 바닥에 털썩 엎어지고 말았던 것이다.

"아버님!"

옆에 있던 나가치카가 소리쳤다. 재빨리 곁으로 다가갔지만 어찌할 바를 모르고 허둥댔다.

접견실이라 몸을 눕힐 침구가 있을 리 없었다. 단바는 서둘러 이즈미와 유키에에게 "어서 안으로 옮겨"라고 날카로운 목소리로 지시했다. 이즈미는 마루를 쿵쿵 울리며 달려오더니 정신을 잃고 쓰러진 야스스에를 가볍게 안아들었다.

"단바, 나한테 명령하지 마."

이즈미는 그렇게 내뱉고는 야스스에를 안고 복도로 나갔다. 이즈미를 바라보며 단바는 그가 마음속에 만용만 품고 있지 않다는 것을 알게 되었다. 그의 또 다른 일면을 본 듯하여 흥미롭기까지 했다.

단바는 우지나가에게도 어서 들어가보라고 재촉했다.

우지나가는 웅성거리는 가신들과 함께 서둘러 안쪽으로 사라졌다.

여느 시골 성과 달리 오시 성에는 안채와 바깥채가 있었다. 바깥채는 영주인 우지나가가 집무하는 공간과 공식 접견장이 있다. 공인으로서의 집무실이다. 안채는 아내와 자식들이 기거하는 사적인 공간이다. 그곳에는 우지나가를 제외한 남자들이 들어갈 수 없게 되어 있다.

바깥채와 안채는 짧은 다리로 연결되어 있었는데, 다리는 자연스레 경계선 역할을 했다. 평소에는 안에서 몸종들이 마중 나와 우지나가와 함께 안으로 들어간다.

규칙에 따라 이즈미는 야스스에를 안은 채 선뜻 안채로 들어가지 못하고 서 있었다. 몸종들도 다리 건너편에 서서 어찌할 바를 모르고 있었다.

"괜찮겠습니까?"

다리에 이르자마자 단바가 우지나가에게 물었다.

이즈미를 이대로 들여보내도 괜찮겠느냐는 물음이었다. 단바가 우지나가에게 들어가보라고 재촉한 것도 다리 건너는 것을 허락받기 위해서였다.

우지나가는 판단을 내리지 못하고 괴로운 표정을 지었다.

그때 여자 목소리가 들렸다.

"나가치카, 뭘 꾸물거리고 있어?"

칼날처럼 날카롭고 맑은 계곡물처럼 청아한 음성이었다. 몸종들을 헤치고 목소리의 주인이 모습을 드러냈다. 우지나가의 딸 가이히메('히메'는 지체 높은 사람의 딸을 뜻한다―옮긴이)였다. 올해 열여덟. 한 나라의 운명을 들었다 놨다 할 만큼 뛰어난 외모가 오시 성 안은 물론 다른 영지에도 널리 알려져 있었다.

유키에는 가이를 바라보느라 정신이 팔려 꼼짝도 않고 있었다. 윤곽은 갸름하지만 뺨이 오동통한 얼굴에는 매력이 흘러넘쳤다. 약간 큰 입과 도톰한 입술은 막 따낸 과일 같았다. 코는 오똑하고 끝이 조금 치켜 올라간 것이 귀여운 동물 같았다. 그러나 살짝 올라간 눈초리와 눈썹을 치켜세운 모습을 보면 성격이 여간 아닐 것이란 인상을 주었다. 이목구비가 제각각이지만 개성 있는 얼굴이 묘한 매력을 발산하고 있었다.

특히 눈동자가 인상적이었다. 깜빡이면 소리가 날 것처럼 눈이 컸다. 눈동자가 유난히 큰데 거의 눈빛이라는 게 없었다. 새까맣다. 시선이 마주치면 머릿속 생각이 멈출 정도로 그윽한 눈동자였다.

행동은 말할 수 없이 거칠었다. 마치 야생동물처럼 끊임없이 움직였다. 성큼성큼 걸을 때마다 미끈한 다리가 드러날 정도로 박력이 있었다. 물론 그렇게 거친 행동거지도 가이가 지닌 매력을 가리지는 못했다.

가이는 제 아버지 앞인데도 소리를 버럭 질렀다.

"나가치카, 안채로 건너오지 않고 뭐해. 빨리 이부자리도 깔아."

나가치카는 그제야 갈 곳을 발견한 사람처럼 안채로 통하는 다리를 후다닥 건넜다.

"이즈미도 어서. 꾸물거리지 말고."

가이는 이 무뢰한에게도 거침없이 하대했다.

이즈미는 의외라는 듯이 "예" 하고 살짝 고개를 숙이고 안채로 건너갔다.

(거참.)

 단바는 가이가 지시를 내리는 모습을 멍하니 바라보다가 다리를 건넜다. 뒤에서 여전히 어찌 할 바를 모르는 우지나가를 내버려둔 채.

7

 단바의 뒤를 이어 우지나가, 유키에를 비롯한 중신들이 안채에 있는 방으로 들어섰다. 가이와 몸종들이 벌써 이부자리를 깔고 있었다. 가이가 물러서 있으라고 했는지 나가치카는 손을 내밀었다 거두었다 하면서 그 주위를 빙빙 돌고 있었다.

 이즈미가 야스스에를 이부자리에 눕혔다.

 나가치카는 "아버님, 아버님" 하며 야스스에에게 매달렸다. 그는 이런 사내였다. 당시 무사라면 목에 칼이 들어오더라도 겁을 먹거나 당황한 모습을 보이지 않았다. 하지만 그는 고스란히 드러냈다. 야스스에가 아무런 반응도 보이지 않자 나가치카는 어찌 할 바를 모르고 단바에게 애원하는 듯한 눈빛을 보냈다.

 "전투를 앞두고 있는 상황일세. 그렇게 허둥대지 마."

 단바가 버럭 소리를 질렀다.

 "단바 말이 옳다."

 그제야 정신을 차렸는지 야스스에가 말했다. 그는 눈동자만 겨우 움직여 안도의 한숨을 내쉬는 주위 중신들을 둘러보았다.

"어머, 아직 저승사자가 오진 않았나봐요?"

모여든 사람들을 화들짝 놀래는 소리가 방문 밖에서 들려왔다. 곧이어 화려한 지팡이를 짚은 여자가 나타났다. 살짝 미소를 머금고 있었다.

"그게 무슨 망발이오!"

꾸짖는 우지나가를 아랑곳하지 않고 바닥에 앉는 여자는 그의 아내 다마였다. 다마는 약간 통통하기는 하지만 체구가 아담하기 때문인지 마흔을 앞둔 나이인데도 서른 살도 안 된 것처럼 보였다. 또한 여전히 향기가 풍길 듯한 아름다움을 간직하고 있었다.

하지만 딸인 가이의 미모는 다마의 아름다움과 확연히 달랐다. 다마는 가이의 친어머니가 아니었다. 우지나가의 두 번째 아내였다.

우지나가의 전처는 요코세 나리시게라는 고즈케노쿠니(지금의 군마현—옮긴이) 가네야마 성 성주의 딸이었다. 가이는 전처소생이다.

『나리타기』에는 우지나가가 가이의 친모가 될 아가씨와 혼담이 오갈 때 '미인이면서도 남자보다 훨씬 힘이 세다'라는, 현대인들은 이해할 수 없는 이유로 그녀를 선택했다고 적혀 있다. 남자보다 훨씬 힘이 센 여인의 딸이기 때문인지, 가이는 무예를 매우 좋아하여 어린 시절부터 늘 성 안을 이리저리 뛰어다녔다.

친어머니는 가이가 두 살 때 우지나가와 헤어져 오시 성을 떠났다. 그 뒤에 맞이한 아내가 다마였다. 다마는 생전에 전설적인 무장으로 추앙받았다는 오타 산라쿠사이의 딸이었다.

산라쿠사이는 에도 성을 쌓은 오타 도칸의 증손자인데, 호조 씨가 간토 지방을 석권하고 있을 때도 간토 관령인 우에스기 노리마사를 따른 강골의 사내였다. 노리마사가 에치고로 야반도주하며 우에스기 겐신에게 간토 관령이란 자리와 우에스기라는 성씨까지 몽땅 바친 뒤에도 에치고의 겐신과 손을 잡고 간토 지방에 머물렀다. 호조 씨 쪽에서는 늘 골칫거리였다.

당시 산라쿠사이는 예순아홉의 고령이었지만 생존해 있었다. 사정이 있어 히타치노쿠니(지금의 이바라키 현) 야마오 성의 성주 사타케 요시시게의 보호를 받는 상태였다. 사타케 요시시게는 나중에 미쓰나리와 함께 오시 성 공격에 참가하게 되는 사타케 요시노부의 아버지다.

히데요시는 한창 오다와라 성을 공략하던 중 충성을 맹세한 사타케 가문의 진중에 산라쿠사이가 있다는 말을 듣고, 그 고명한 무장을 만나고 싶어했다.

간토 지역의 전란을 기록한 『간핫슈고전록』에 따르면 산라쿠사이는 사타케 가문의 체면을 세워주기 위해 초대에 응했다. 그는 오다와라 성이 내려다보이는 이시가키야마 산에 있는 본진에서 히데요시를 대면했다. 히데요시는 만나자마자 산라쿠사이에게 오다와라 성을 공격할 방법을 물었다.

"천하의 성패는 이번 싸움 한판에 달려 있다. 우리 군사들이 많이 죽고 다치더라도 강공으로 나가 호조 가문을 뿌리째 뽑을 작정이다. 산라쿠사이, 그대가 생각하는 바를 기탄없이 이야기하라."

히데요시는 애당초 그럴 생각이 없었다. 그냥 오다와라 성을 포위해 제풀에 지치게 만들면 그만이었다. 하지만 전설적인 무장을 만난 자리에서 '천하인'으로 불리는 히데요시는 무용을 과시하고 싶어 저도 모르게 말이 그렇게 나오고 말았다.

그 말을 들은 산라쿠사이는 천하를 손안에 넣을 히데요시를 이렇게 비웃었다고 한다.
"그런 건 멧돼지를 잡자는 짓이지 훌륭한 장수가 취할 방법이 아니오."
옆에서 대답을 들은 사람들이 식은땀을 흘렸다.
히데요시는 자신이 실언했다는 것을 깨닫고 말문이 막혔지만, 껄껄 웃으며 대범하게 넘기는 척했다. 하지만 상한 기분은 추스르지 못해 그 뒤로 다시는 산라쿠사이를 부른 일이 없다고 한다.
산라쿠사이가 히데요시의 군사들에게 공격을 받을 딸을 걱정했는지 어땠는지 알 수 없다. 어쨌든 다마는 그런 무장의 딸이었다. 나리타 가문의 당주 우지나가는 우에스기 겐신에게 항복했을 때 그의 권유를 받아들여 아내로 맞아들였다.
하지만 다마는 우지나가를 탐탁지 않게 여겼다.
(어쩜 저렇게 한심할 수가 있을까.)
이렇게 생각하고 있었다.
명문가의 아들답게 잘생기기는 했지만, 우지나가는 시원시원하게 생긴 얼굴로 싯구나 다듬을 뿐 사내가 갖추어야 할 패기가 느껴지지 않았다. 다마는 이런 부류의 남자들을 경멸했다.
우지나가에게는 잔인한 이야기일 것이다. 그도 못난 남자는 아니었다. 하지만 다마는 아버지인 산라쿠사이를 남자의 전형으로 여기고 남편과 비교했다.
산라쿠사이의 증조부 오타 도칸은 쇼군인 아시카가 요시마사의 자문에 응할 정도로 와카(일본의 오래 된 시가 형식 —옮긴이)에 뛰어났다.

산라쿠사이 또한 증조부 못지않게 와카에 정통한 인물이었던 것 같다. 우지나가는 비교가 될 수 없었다. 하지만 무엇보다 산라쿠사이는 '모두 79차례의 전투를 치르고, 맨 먼저 전투에 나가 무훈을 세운 것이 23차례, 맞붙어 싸워 이기기를 34차례'(『명장언행록』)에 이르는 무사였다. 이렇듯 산라쿠사이는 문무를 겸비한, 완벽한 남자 중의 남자였다.

(이 남자는 왜 이렇게 따분할까.)

다마가 우지나가를 이렇게 여기는 것도 무리는 아니었다. 그녀는 오히려 옛 무사처럼 보이는 야스스에를 더 남자답다 여기고 있었다.

야스스에도 조카며느리와 마음이 맞았다. "아직 저승사자가 오진 않았나봐요"라는 말을 듣고 다른 이들은 깜짝 놀랐지만, 야스스에는 그 말이 우스갯소리라는 걸 알고 빙긋 웃었다.

"집 안에만 편히 있으니 여전히 아름답구나."

"이리 되셨다고 이 안채에 눌러앉을 속셈이시군요. 수많은 전쟁터에서 헤아릴 수 없이 많은 적의 목을 거둔 야스스에 님께서 다다미에 누워 세상을 하직하려 들다니, 염치없네요."

다마는 주위 사람들의 눈에 냉혹하게 보일 정도로 싸늘한 표정을 지으며 대꾸했다.

"허허, 거참."

야스스에가 웃으며 우지나가를 바라보았다.

"어서 출진 준비를 하시오. 형님 나가야스 공이었다고 해도 그리 했을 게요."

그 말을 들은 우지나가는 더욱 내키지 않는 표정을 지었다.

우지나가가 순조롭게 가문을 이어받은 것은 아니다. 아버지인 선대 나가야스를 성에서 몰아내고, 나리타 가문의 재산을 억지로 제 것으로 만든 역사가 있다. 우지나가가 스물네 살 때의 일이다.

나가야스는 측실이 낳은 막내아들에게 가문을 물려주려고 했다. 자연히 가신들은 우지나가파와 막내아들파로 갈렸다.

(예로부터 상속을 둘러싸고 수많은 가문들이 겪어온 일이다.)

야스스에는 그렇게 받아들였다.

나가야스와 함께 나리타 가문을 목숨 걸고 지켜온 이 사내는 형을 진심으로 존경하면서도 가문의 존속을 위해 배반할 결심을 했다. 우지나가를 설득해 형이 출타한 틈을 노려 모든 성문을 닫아버린 것이다.

말하자면 우지나가와 야스스에는 나리타 가문의 당주 자리를 찬탈한 공범이기도 했다. 그럼에도 야스스에는 형 나가야스에 대한 존경심을 평생 유지했다. 틈만 나면 나가야스 공의 이름을 들먹였다. 하지만 우지나가에게 나가야스는 가문을 자신에게 물려주지 않으려고 했던 매정한 아버지였다.

"아버님 이야기는 듣고 싶지 않소이다."

그렇게 내뱉고 방을 나가버렸다. 단바를 비롯한 중신들도 우지나가의 뒤를 따랐다.

나가치카는 머리맡에서 아버지를 뚫어지게 바라보며 꼼짝도 하지 않고 있었다.

"너도 어서 가거라."

야스스에가 엄한 표정을 지으며 호통을 쳤다. 그제야 나가치카가 일어섰다.

(묘한 사람이야.)

다마는 눈물까지 글썽이는 나가치카를 바라보며 생각했다. 산라쿠 사이로부터 물려받은 영리한 두뇌로도 나가치카를 파악할 수 없었다.

(야스스 님의 피를 이어받은 아들인데 어쩜 저렇게 허둥댈까.)

저 커다란 남자는 누구나 당연하다고 여길 소리를 자주 입에 올렸다. 그리고 대개의 경우 상황과 전혀 맞지 않은 뜬금없는 말들이었다.

(정말 바보인가?)

다마가 살아오는 동안 한 번도 본 적 없는 유형의 남자였다. 그런데 가이가 저 바보 같은 남자를 가리키며 속된 표현으로 이렇게 이야기했다.

"저 남자한테 홀딱 빠져버렸어."

가이는 나가치카가 일어서기를 기다렸다는 듯이 뒤를 쫓았다.

"나가치카, 기운 내. 괜찮아."

시무룩한 표정을 한 나가치카의 등을 두 손으로 툭툭 두드리며 따라 나갔다.

다마는 늘 원숭이처럼 이리저리 뛰어다니는 가이를 재미있어 하며 자기가 낳은 딸처럼 사랑했다. 고집 센 가이도 다마의 말은 잘 들었다. 다마도 교육이라고 할 만한 것은 거의 하지 않고 오히려 기이한 행동을 부추기곤 했다.

(저 애가 참 이상한 남자한테 반했어.)

그런 생각이 들자 다마는 치밀어 오르는 웃음을 참을 수가 없었다.

바깥채 복도에서 현관으로 걸어가며 이즈미와 유키에는 대화를 나누고 있었다.

"그게 정말인가요? 가이히메가 나가치카 님한테 반했다니, 거짓말이죠?"

유키에는 몇 번이나 물었다.

안채와 연결된 다리를 건널 때 이즈미는 유키에가 배웅하러 나온 가이를 넋 놓고 바라보는 모습을 보았다. 이즈미는 "딴 맘 먹지 마, 가신인 주제에. 쟤래 뵈도 대단한 무예를 지녔어" 하고 못을 박았다.

"너는 성 안에서 지내는 시간이 적어서 잘 모를 테지만……."

이즈미는 복도를 걸으며 그렇게 이야기를 시작했다.

무예가 뛰어난 한 사람이 있었다.

당시 나리타 가문에서는 '가세 사무라이'라고 해서 재능을 지닌 사람에 한해 녹을 주었다. 그 남자도 가세 사무라이였다.

"어리석기 짝이 없는 사내였지."

이즈미도 그를 잘 알고 있었다.

우지나가가 자기를 아낀다는 걸 빌미로 이 사내는 아랫사람들에게 항상 난폭하게 굴었다. 우연히 마주칠 때마다 이즈미는 그에게 호통을 쳤지만, 그는 비굴한 웃음을 흘리며 도마뱀처럼 잽싸게 도망쳤다.

"그런 놈이었어."

하지만 그 남자의 행패는 더욱 심해져 성 밖에 나가서도 농부들을 때리고 부녀자들을 겁탈하기까지 했다. 시모오시 마을 촌장의 며느리 치요도 봉변을 당한 적이 있었다.

이즈미는 치요라는 이름은 까먹었지만 "남편 이름은 기억해. 기겁을 해서 시모오시구치 문을 쾅쾅 두드렸으니까"라며, 그 농부의 이름은 가조라고 했다. 보리밟기 때 나가치카에게 욕을 퍼부은 농부다.

가조의 하소연을 전해 듣고 "뭐라고?" 하며 버럭 화를 낸 사람은 가이였다. 가이는 그 이야기를 듣자마자 벌떡 일어나 옷자락을 단단히 여미고 칼을 집어 들었다. 두 다리의 맨살을 드러낸 채 신발도 신지 않고 안채를 뛰쳐나가 바깥채 현관 쪽으로 달려갔다.

가이는 우지나가와 담소를 마치고 돌아가는 사내를 니노마루에서 붙잡았다.

"네놈이 한 짓을 기억하고 있을 테지?"

가이가 소리를 버럭 지르자 이 강간범은 "아니, 무슨 말씀이신가요?"라며 아부를 떨 듯 웃음으로 얼버무렸다. 실제로 농부의 아내인 치요에게 몹쓸 짓을 한 일을 까먹었는지도 모른다. 설마 농사꾼 아낙네를 범했다는 이유로 영주의 딸이 화를 내리라고는 생각도 못했을 것이다.

하지만 녀석은 명색이 무예로 녹을 받는 가세 사무라이였다. 가이가 사납게 나오자 칼을 뽑으려는 자세를 취했다. 사태를 알아차린 가신들이 모여들기 시작했다. 하지만 말리는 사람이 아무도 없었다고 한다. 가이의 실력은 다들 알고 있었을 것이다. 사내가 사람들에게 얼마나 미움을 샀는지 짐작이 가는 대목이다.

"동작이 굼뜨군."

가이는 칼을 휘둘러 칼자루를 잡은 남자의 팔뚝을 베었다. 이어서 목까지 베어버렸다. 하지만 잘린 목은 바로 떨어지지 않았다. 가이가 칼을 칼집에 넣고 돌아선 뒤에야 목이 떨어졌다고 한다. 보통 검술이 아니었다.

"대단했어."

이즈미도 그 광경을 목격했다.

"농사꾼의 원수를 몸소 갚아줬지."

유키에는 어안이 벙벙했다. 그다음 이야기를 듣고 더 놀라지 않을 수 없었다.

가이는 치요가 사는 시모오시 마을 촌장 집으로 가 사내의 목을 보여주며 용서해달라며 사죄했다고 한다. 치요는 깜짝 놀라며 고맙다고 했지만, 가조는 결코 용서하려고 들지 않았다. 그 뒤로 가조는 나리타 가문의 사무라이들을 증오하게 되었다.

가이는 그 강간범 때문에 어지간히 화가 났던 모양이다.

"아무 데나 내다버려."

따라온 몸종들 쪽으로 그 머리를 휙 내던졌다고 한다. 몸종들도 어찌 할 바를 몰랐을 것이다.

"하지만 그 사내의 제자들도 가만히 있지 않았어."

이즈미가 말을 이었다.

제자들이 그 사내가 머물던 집에 모여 나리타 가문에 대적할 태세를 보였던 것이다.

"그걸 수습한 사람이 나가치카 님이지."

나가치카는 밤중에 홀로 어슬렁어슬렁 그 집을 찾아가서 뭐라고 열심히 떠들어댄 모양이다. 한참 후 그 집을 나와 성으로 돌아와서는 가이에게 밑도 끝도 없이 "이제 됐어. 괜찮아"라는 말만 남겼다고 한다.

이튿날 사내가 살던 집에 모여 있던 제자들은 모두 떠났다. 무엇에 놀랐는지 가재도구며 값나가는 옷가지까지 그대로 두고 도망치듯 사라졌다.
 그 집에서 나가치카가 무슨 이야기를 했는지는 이즈미도 모른다. 『나리타기』에도 그런 기록은 없다.
 "나가치카 님이?"
 너무 뜻밖의 이야기였다. 유키에는 도저히 믿을 수 없었다.
 "나도 믿기지 않아. 하지만 이건 사실이야."
 이즈미는 저도 모르게 선망의 눈빛을 띠었다.
 "그 뒤로 가이는 나가치카 님한테 홀딱 반했지."

8

 호조 가문의 사자가 온 그날 한밤중에, 당주인 우지나가와 그의 아우 야스타카가 이끄는 병력 5백 기는 오시 성 누마바시몬에 있는 작은 섬에 집결했다. 나리타 가문의 병력 절반이었다. 말할 필요도 없이 오다와라 성으로 갈 군사들이다. 이미 무장을 마치고 집합했다.
 오다와라로 출발하기 전에 우지나가는 뜻밖의 인사를 발표했다.
 '마사키 단바, 시바자키 이즈미, 사카마키 유키에. 이상 세 가로는 오시 성의 수비를 맡을 것.'
 오다와라 성으로 출발할 병사들은 나리타 가문의 주력이어야 했다.
 (대체 어찌 이런 인사를?)
 이즈미와 유키에는 흥분했다.
 몸져누워 있는 야스스에도 성대(성을 비운 성주를 대신해 관리하는 가신—옮긴이)를 맡았다. 선대 나가야스 때부터의 관례를 따른 것이라고 하지만.
 (나가치카 님이야 물을 필요도 없이 성에 남겠고.)
 이즈미는 태평하게 누마바시몬까지 배웅하러 나온 나가치카를 바라보았다. 나가치카가 오다와라 성에 가봤자 기껏해야 청소 이외에는 쓸모가 없을 것이라는 게 모든 사람들의 생각이었다.

(하지만 왜 내가 성에 남는 거지?)

뒤쫓아 온 단바가 말리는데도 이즈미는 우지나가에게 대들 듯이 물었다. 막 출발하려는 우지나가는 이미 말까지 올라 타 있었다.

"왜 제가 성에 남아야 하는 겁니까?"

유키에도 따라와 "제발 저도 데리고 가주십시오"라고 필사적으로 애원했다.

"다 생각이 있어 내린 결정이다."

우지나가가 심각한 표정으로 말했다. 그는 다른 사람들에게 잠시 물러서 있으라고 지시하고 네 사람을 가까이 불렀다. 그리고 놀라운 사실을 털어놓았다.

"나는 관백과 내통할 생각이다."

"그게 무슨 말씀입니까?"

이즈미는 말뜻을 이해하지 못하고 소리쳤다.

"떠들지 마라."

우지나가는 이즈미를 제지했다.

"오다와라 앞에 도착하면 나는 바로 야마나카 나가토시 님을 통해 관백에게 내통하겠다는 뜻을 알릴 작정이다."

(야마나카 나가토시?)

단바는 그 이름을 들은 적이 있다.

야마나카 나가토시는 히데요시의 우필(祐筆. 비서 역할을 하는 문신─옮긴이)로 그의 명에 따라 문서를 작성하는 일을 한다. 그와 관련해 나중에 이런 일화가 남겨진다.

  히데요시 휘하의 무장 가토 요시아키가 조선을 공격하여 무훈을 세운 적이 있다. 히데요시는 그의 성과를 격찬했다.
  "일본에서 비교할 상대가 없을 정도로 강한 장수다."
  그런 내용을 넣은 감장(전투에서 특별한 무훈을 세운 아랫사람에게 칭찬하는 글을 적어 발급하는 문서 —옮긴이)을 내리라고 야마나카에게 명령했다. 하지만 히데요시는 예전 규슈 정벌 때 미야베 젠쇼보에게도 '일본에서 비교할 상대가 없다'는 내용을 담은 감장을 내렸다. 히데요시는 이런 사람이었다. 칭찬할 때는 잔뜩 부풀려 칭찬하며 '일본 무적'이니 '천하제일'을 연발했다.
  (전하의 '일본 무적'은 대체 몇 명이나 되는 걸까?)
  야마나카는 어처구니가 없었을 것이다. 히데요시에게 "그 표현은 좀 그렇지 않겠습니까?"라고 진언하자 히데요시는 쓴웃음을 지으며 "그럼 다른 표현을 생각해보라"라고 했다고 한다. 궁리 끝에 야마나카는 이런 표현을 감장에 넣었다.
  '불가승계(不可勝計)'
  『무변돌문서』에 나오는 이야기다. '불가승계'란 '이루 헤아릴 수 없다(그렇게 많은 무훈을 세웠다)'라는 뜻이다. 간단하게 이야기하면 '무공이 대단하다'는 이야기다. 히데요시는 "그런 표현이라면 누구에게나 쓸 수 있겠구나"라며 매우 기뻐했다고 한다. 야마나카가 히데요시와 얼마나 가까운 사이인지 알 수 있는 이야기다.

야마나카 나가토시와 나리타 가문의 당주 우지나가는 렌가를 통해 서로 알게 되었다. 직접 만난 적은 없지만 우지나가는 그에게 철마다 안부를 전했다. 야마나카에게 전하면 히데요시와 내통할 뜻을 쉽게 알릴 수 있을 것이었다.

"관백의 군사들이 공격해 들어오면 신속하게 성문을 열도록 해라."

우지나가가 작은 목소리로 말했다. 모두들 어처구니가 없었다.

"전투를 전혀 하지 않고 그냥 성문을 열라는 겁니까?"

이즈미는 버럭 소리를 지르고 싶었지만 애써 참고 물었다. 우지나가는 "그렇다"라고 또렷하게 말했다.

(그렇다면 그 회의는 무엇이었다는 말인가.)

히데요시에게 항복해야 한다고 생각하는 단바도 깜짝 놀라기는 마찬가지였다. 호조 가문에 가세하기로 회의에서 결정하지 않았느냐고 우지나가를 압박했다.

우지나가는 차갑게 웃었다.

"숙부를 배려해서 그랬을 뿐이야."

우지나가는 고집쟁이 노인인 야스스에가 막무가내로 호조 가문에 가담하기로 결정해버릴 걸 예측하고 다른 수단을 마련해 놓았던 것이다. 작년 말—그러니까 히데요시가 여러 장수들에게 호조 가문의 성들을 공격하라는 군령을 문서로 보낼 무렵이다—에 나리타 가문에서 신세를 진 적이 있는 렌가 전문가인 료이를 교토로 보내 렌가계의 중진인 사토무라 조하를 만나게 했다(우지나가는 자기가 지은 렌가를 조하에게 보내 첨삭 지도를 청했다. 요즘으로 치면 통신교육을 받은 셈이다). 그리고 자신을 대신해 조하가 히데요시를 알현해달라고 요청했다.

'뜨거운 맛'은 일단 피하고 보자 85

만남이 성사되면 조하에게 '비밀리에 충성을 다하겠다' 는 뜻을 전해 달라고 부탁했던 것이다.

(이 무슨 잔꾀란 말인가!)

단바는 우지나가의 잔머리에 속이 매슥거렸다.

"그렇다면 애당초 관백에게 항복하기로 결정했으면 될 문제 아닙니까."

"오다와라 농성에 가담하지 않으면 천하의 다이묘들이 어떻게 보겠느냐? 호조 가문의 보호를 받아온 우리가 의리를 저버리고 관백에게 백기를 들겠다고 하면 나중에 나리타 가문이 어떤 취급을 받을 거라고 생각하느냐? 관백에 맞섰지만 엄청난 군사들 앞에 저항하지 못하고 성문을 여는 모양새를 보여야 납득하겠지."

우지나가는 노기를 띠면서도 낮은 목소리로 단바에게 대꾸했다. 일리가 있는 말이었다.

배반이 횡행하는 센고쿠 시대라고는 하지만, 무장들은 이런 지저분한 계략을 무척 싫어했다. 배신자 가운데는 목숨은 부지해도 멸시당하거나 뜻밖의 재난을 당해 비명횡사한 이들도 적지 않았다. 때문에 배신을 할 때도 무장들은 체면과 대의명분을 얻으려고 했다.

단바도 이런 상황을 모르는 것은 아니었다. 하지만 말문이 막혔다.

이즈미는 마음을 가라앉히지 못했다.

"어떻게 화살 하나 날리지도 않고 성을 열 수 있단 말입니까?"

우지나가를 다그쳤다.

이즈미뿐만 아니라 오시 성의 중신들은 영주에 대해 말투가 조심성이 없고 거칠었다. 센고쿠 시대의 사내들은 주군이 마음에 들지 않으면 말다툼을 하거나 일전을 겨루었다. 혹은 그 주군을 포기하고 떠나 버렸다. 떠날 때도 주군이 보낸 추적자와 싸워야 했다. 때문에 단단히 무장을 하고 백주대낮에 당당하게 나가는 자까지 있었다. 말하자면 이 시대의 남자들은 무척 독립적인 사고를 지니고 있었다. 특히 오시 성의 중신들은 그런 경향이 강했다.

우지나가가 지금 설득하고 있는 상대는 그렇듯 거친 사내들이었다.

"이게 너희를 오다와라에 데려가지 않는 까닭이다. 이길 수 있겠는가? 호조 가문은 천하를 적으로 돌리고 있는데, 관백은 오시 성 공격에도 병사 수만 명을 보낼 것이다. 오시 성의 병사 5백 기로 과연 막아낼 수 있다는 건가?"

우지나가는 살짝 노기를 띠고 되물었다.

내통에 방해가 될 것 같은 주전파들은 오다와라로 가는 병력에서 제외한 것이다. 히데요시에게 항복해야 한다고 생각하면서도 싸우자고 주장한 단바 역시 우지나가에는 주전파로 보였다.

"지면 어떻게 되겠나? 너희 가신들도 길거리에 나앉게 될 거야. 이건 가신들 걱정도 조금은 염두에 두고 내린 결정이다. 어떻게 하겠느냐, 단바, 이즈미, 유키에."

우지나가는 못을 박듯이 세 사람과 나가치카의 얼굴을 쭉 훑어보면서 말을 이었다.

"관백과 싸우면 우리는 진다. 그러니까 싸우지 않는 것이다. 그것도 나리타 가문의 체면은 세우면서."

우지나가는 어린아이 같은 소리를 했다. 단바와 이즈미, 유키에는 할 말을 잃었다.

'뜨거운 맛'은 일단 피하고 보자 87

(잔머리를 굴린 계략이지만, 맞는 말이다.)

우지나가의 논리에 단바가 굴복했다.

"지당하신 말씀입니다."

단바는 계속 대들려는 이즈미를 말리면서 우지나가에게 고개를 숙였다.

"결코 관백과 싸워서는 안 된다."

우지나가는 다시 한 번 강조했다.

그는 문을 열라고 큰 소리로 외치고, 진군 명령을 내렸다.

문이 열리자 말 두 필이 지나갈 정도로 폭이 좁은 길이 나타났다. 양옆에는 횃불을 든 병사들이 듬성듬성 늘어서서 길을 밝히고 있었다. 병사들은 횃불로 밝힌 길을 조용히 걸었다.

"오다와라 성에 들어가면 성주님은 어떻게 되는 겁니까?"

단바는 진군하는 병사들을 바라보며 중군에서 출발을 준비하는 야스타카에게 물었다.

"관백과 연결되면 성이 함락되더라도 형님은 무사하실 거야. 하지만 성이 함락되기 전에 내통 사실이 호조 가문에 발각되면 신변은 장담할 수 없다. 이 이야기는 다른 가신들한테는 비밀로 해라. 숙부님 귀에도 들어가지 않도록 주의하고."

야스타카가 명령했다.

호조 가문 진영에 가담해야 한다고 고집스럽게 주장하던 야스스가 이 사실을 알게 되면 어떻게 될까.

"알겠습니다."

단바가 대답했다.

우지나가는 전투를 벌이지 말라는 것 이외에 또 다른 명령을 내렸다.

"전투 준비를 게을리하지 마라."

호조 가문은 오다와라 주변의 다른 성들이 적과 내통할까 염려하고 있었다. 틀림없이 다른 성을 점검하러 올 것이다.

"호조 가문의 의심을 사서는 안 된다."

우지나가는 그렇게 내뱉고 말을 출발시켜 이윽고 성 정문 밖으로 사라졌다.

"단바."

멀어져가는 행렬을 바라보며 이즈미가 옆에서 불렀다.

"결국 네 개주창을 빼앗지 못하게 되겠구나."

전투가 없으면 단바를 능가하는 무공을 세울 수 없다.

"쓸데없는 소리."

단바는 내뱉듯이 대꾸하며 나가치카를 보았다.

(이 녀석 표정이 원래 이랬나?)

나가치카는 우지나가의 이야기를 들을 때도 한 마디 말이 없었다. 그저 조용히 병사들의 행렬을 지켜보고 있었다.

횃불에 비친 나가치카의 얼굴은 평소보다 더욱 무표정했다. 멍해 보이는 듯하면서도, 뭔가 열심히 머리를 굴리고 있는 것 같기도 했다. 나가치카의 표정은 도무지 파악하기 힘들었다.

『나리타기』에 따르면 나리타 우지나가, 야스타카 형제가 오시 성을 출발한 날은 덴쇼 18년(1590년) 2월 12일이었다. 나리타 형제는 이튿날 오다와라 성에 도착했다.

"정말 거대하군."

동생인 야스타카는 한숨을 내쉬며 중얼거렸다.

나리타 가문의 병사 5백 기는 농가가 몰려 있는 마을을 지났다. 성하촌을 거쳐 무사들의 집이 몰려 있는 곳에 이르렀다. 그래도 저 멀리 보이는 혼마루까지는 아직 한참 더 가야 할 것 같았다.

성곽을 둘러싼 해자는 이미 건넜다. 그렇다면 여기는 성곽 안이라는 이야기다.

"이게 그 유명한 오다와라 성 외곽인가?"

야스타카가 또 한숨을 내쉬었다.

"오모리 시키부로부터 빼앗은 뒤 호조 가문이 정성들여 일군 성이다."

호조 휘하의 명문가 당주답게 우지나가는 오다와라 성의 역사에 대해 잘 알고 있었다.

오다와라 성은 호조 가문의 창업자인 소운이 지금으로부터 약 100년 전에 오모리 시키부라는 무장에게서 빼앗은 이래 본거지가 되었다. 성의 규모는 과거와는 비교할 수 없을 정도로 거대해졌다.

호조 가문은 5대에 이르는 세월을 들여 이 성을 확장했다. 북쪽으로 사카와가와 강, 남쪽으로는 하야카와 강, 동쪽으로는 사가미 만으로 둘러싸인 천혜의 요새다. 성 안 농가, 민가, 무사들이 거주하는 집을 해자와 구덩이가 둘러싸고 있으며, 성곽 중심부에 몇 겹이나 되는 해자로 둘러싸인 혼마루, 니노마루, 산노마루 등이 배치되어 있다. 센고쿠 시대의 성 가운데서도 최대 규모로 꼽히는 성곽으로 성장해 있었던 것이다.

"형님, 이런 정도면 호조 가문이 이길지도 모르겠군요."
"무슨 말도 안 되는 소리냐."
우지나가는 동생의 말을 일축했다.
"야마나카 님께 연락은 되었느냐?"
"예."

야스타카는 입성하기 전에 밀사를 보내 다시 내통할 뜻이 있다고 히데요시의 우필인 야마나카 나가토시에게 전했다.

오다와라 성의 혼마루에서 나리타 가문의 군사들이 성 안으로 들어오는 모습을 내려다보는 이가 있었다. 호조 가문의 5대 당주 우지나오와 그의 아버지이자 선대 당주인 우지마사였다.

호조 우지나오는 스물여덟, 우지마사는 쉰두 살이었다. 우지마사는 10년 전에 아들에게 자리를 물려주었지만 여전히 실질적인 성주로 군림하고 있었다.

오늘날에도 우지마사를 그린 그림이 전해지는데, 그의 얼굴은 위엄 있게 묘사되었다. 하지만 그 능력은 겉보기와 정반대였다.

"그 원숭이처럼 생긴 녀석이."

우지마사는 지난해 말 히데요시에게서 실질적인 선전포고장이 왔을 때 그렇게 내뱉었다.

유학자 나리시마 모토나오가 고쳐 쓴 『개정 미카와 후풍토기(도쿠가와 가문의 초창기에 관한 42권의 역사책. 1837년 완성 —옮긴이)』는 당시 우지마사가 "원숭이처럼 생긴 녀석이 오래 진을 치고 있다 보면 군량미가 떨어질 것이다. 그때 우리 군사들이 쫓아내면 간단하게 끝낼 수 있다" 하며 말했다고 적고 있다. 우지마사는 이렇게 호언장담하며 제대로 방어 준비를 하지 않았다.

우지마사가 농성하겠다는 전략에 자신감을 품은 근거는 있었다. 이 성은 일찍이 센고쿠 시대의 손꼽히는 명장 다케타 신겐과 우에스기 겐신이 공격했지만, 함락하지 못한 견고한 성이다. 호조 가문은 농성 전략으로 싸움을 장기전으로 끌고 가 상대를 물리쳤던 것이다.

자신만만한 우지마사는 히데요시를 얕잡아보았다.

(이번에도 농성 전략을 쓰면 이길 수 있다.)

하지만 히데요시는 겐신이나 신겐과는 차원이 다른 사내였다. 신겐이건 겐신이건 오다와라 침공은 자신의 영토에서 멀리 떨어진 곳을 향한 '원정'이었다. 즉 배후의 적이 본거지에 언제 들이닥칠지도 모를 상황에서 이루어지는 군사행동이었다. 국지전이라면 신겐이나 겐신에게 뒤질지 모르지만, 히데요시는 전쟁을 대국적으로 운영하는 전략과 정략에서는 걸출한 명장이었다. 규슈까지 손아귀에 넣은 히데요시가 배후를 찔릴 염려 따위는 할 필요가 없었다.

그뿐만이 아니다. '원숭이처럼 생긴 녀석'은 쌀 20만 석(거의 3만 톤)을 스루가노쿠니(지금의 시즈오카 현 동부 지역)의 에비 부두, 시미즈 부두에 모인 오다와라 공격에 참가할 여러 장수에게 나누어주었다. 또한 두 부두에 쌀이 떨어지지 않도록 황금 1만 매(枚. 타원형 모양으로 큼직하게 눌러 만든 금인 대판을 세는 단위—옮긴이)를 가지고 각지에서 쌀을 사 모았다. 이 직무를 담당한 사람이 '산술의 천하무적'이라던 나쓰카 마사이에였다.

히데요시는 수많은 군사로 오다와라 성을 포위했을 뿐만 아니라 50만 명에 이르는 엄청난 병사들에게 영양 공급을 할 준비를 다 갖추어

놓았던 것이다.

우지마사가 큰소리쳤다.

"진을 오래 치고 있다 보면 군량미가 떨어질 것이다."

하지만 히데요시는 그 상황에 대비했던 것이다. 우지마사가 헛된 자신감에 차 있는 것을 당시 호조 휘하의 무장들도 어처구니없어 했다고 한다.

히데요시의 선전포고장이 도착하자 오다와라 성에서는 전략 회의가 열렸다. 농성 전략으로 히데요시와의 결전을 치르기로 결정되었다. 회의를 마치고 나오면서 "이제 호조 가문의 운도 다했다"고 들으라는 듯이 소리친 이도 있었다.

이런 사태를 훨씬 전에 예견한 이가 있다. 우지마사의 아버지이자 호조 가문의 당주인 우지나오에게는 할아버지인, 호조 우지야스. 그는 '가와코시 성 야간 전투'로 무사시노쿠니를 호조 가문의 지배 아래 놓은 인물이다.

『명장언행록』에는 이런 이야기가 적혀 있다. 우지마사가 아직 스무살 때의 일이다. 우지야스가 아들 우지마사를 데리고 가신들과 함께 식사를 했다. 우지야스가 아들이 식사하는 모습을 보고 느닷없이 눈물을 흘리기 시작했다고 한다. 가신들이 깜짝 놀라 무슨 영문인지 묻자 우지야스는 이해하기 힘든 소리를 했다.

"지금 보았는가? 밥에 국을 두 번 말았다."

가신들이 무슨 의미인지 몰라 다시 물었다.

"알고 싶은가?"

그제야 이유를 설명하기 시작했다.

우지야스가 말하기를, 밥은 하루에 두 번 먹는다(이 시대에 간토 지방에서는 점심을 먹는 습관이 아직 없었을 것이다). 국의 양을 가늠하지 못해 두 번이나 담았다. 그 나이면 한 번에 딱딱 할 줄 알아야 하는데 그것도 제대로 못하다니.

"어리석기 때문이다."

그러면서 우지야스는 '내가 죽으면 호조 가문도 끝장'이라 예언했다고 한다. 예언이 과연 근거 있는 것인지는 알 수 없지만, 우지야스의 말이 옳았다는 사실은 역사가 증명한다.

나리타 우지나가의 군대가 입성하는 모습을 내려다보던 우지마사는 5개월 뒤에 자살하고, 아들인 우지나오는 고야산 산으로 추방당한 뒤 이듬해에 죽고 만다.

"우지나오, 방심하지 마라. 저 녀석은 몇 차례나 우리를 배신하고 우에스기 쪽에 붙은 나리타 나가야스의 아들이다."

다섯 달 뒤에 죽을 우지마사는 산노마루로 들어오는 나리타 우지나가의 병사들을 내려다보며 입에 담지 못할 말을 아들에게 하고 말았다. 농성 전략은 대개 자기편에 대한 의심 때문에 깨지고 만다. 아들이라 하더라도 해서는 안 될 말이었다.

"만약 관백과 내통한다면 가차 없이 죽여라."

우지마사는 이런 명령까지 내렸다.

"예."

우지나오는 아버지와 마찬가지로 잔뜩 위엄 있는 표정을 지으며 열심히 고개를 끄덕였다. 나리타 우지나가는 입성할 때부터 의심을 받고 있었던 것이다.

9

우지나가가 오다와라 성을 출발한 뒤, 오시 성에서는 방어 준비가 한창이었다.

"나가치카, 자네도 일을 해야지."

성의 동쪽 문인 사마구치에 급히 쌓는 보루 위. 단바가 진흙이 묻은 얼굴을 내밀며 말했다. 그는 보루 바로 아래에서 농부들과 함께 흙 자루를 만들고 있었다.

보루 위에서 가부좌를 틀고 앉은 나가치카는 따돌림 당한 어린아이 같은 얼굴로 단바를 바라보았다.

"나도 거들려고 했지만 사람들이 그만두라는군. 이러고 있을 수밖에 없네."

"엥?"

단바는 보루로 올라가 나가치카 옆에 털썩 앉더니 농성에 대비해 일하고 있는 사람들을 내려다보았다. 눈 아래로 간토 평야가 펼쳐졌다. 논 사이로 난 가느다란 길에서는 무기며 군량미를 가득 실은 농부들의 수레가 줄지어 사마구치로 들어오고 있었다. 성루 바로 아래에서는 수백 명이나 되는 농부들이 해자의 둑을 막고 바닥에 문창살 같은 격자 모양의 요철을 내고 있었다. 적이 해자로 뛰어들면 예상과 다른 깊이에 당황할 것이다. 파낸 흙은 자루에 담았다.

(측은하군.)

단바는 답답했다.

"전투가 없다는 사실을 알게 되면 다들 어떻게 나올까?"

단바가 혼잣말을 하듯 중얼거렸다.

"단바."

나가치카는 여전히 평야를 내려다보며 입을 열었다.

"관백에게 항복해서 전투를 피할 수 있다면 다들 기뻐할 걸세."

그의 목소리가 밝았다.

(그럴지도 모르지.)

농부들에게 나리타 가문은 100년 가까이 영주였지만, 따지고 보면 수탈자에 지나지 않았다. 나리타 가문이 이대로 계속 눌러 앉건, 새로운 영주가 나타나건 머리통만 바뀔 뿐 농부들의 삶은 앞으로도 마찬가지일 것이다.

(목숨이 위태로워지는 전투는 하지 않는 게 제일 낫지.)

단바는 그렇게 생각했다.

"나가치카, 난 말이야."

그렇게 입을 연 단바는 결코 어느 누구 앞에서도 발설하지 않겠다고 다짐한 말을 입 밖에 내고 말았다.

"전투가 두렵네."

처음 전투를 치른 뒤부터 늘 머릿속 한구석에 자리 잡은 생각이었다.

"조금 전까지만 해도 살아 있던 자가 잠시 뒤면 시체가 되어 돌아오기도 하지."

(무예의 차이가 아니다. 무운武運의 차이일 뿐.)

몇 십 발이나 되는 탄환도 비켜가던 겐신의 무운. 하지만 단바는 자신에게 그런 운이 없다는 사실을 알고 있었다.

"나는 아버지께 물려받았기 때문에 이처럼 운에 맡기고 살아가는 짓을 계속하고 있네."

단바는 말을 마치고 나가치카의 얼굴을 바라보았다.

(전투가 두렵다.)

사무라이라면, 특히 센고쿠 시대의 사무라이라면 결코 입에 담아서는 안 될 말이었다. 하지만 나가치카는 전혀 관심이 없다는 듯 하늘만 멀뚱멀뚱 쳐다보고 있었다. 잠시 뒤 그가 입을 열었다.

"그 때문인가?"

나가치카는 이해가 간다는 표정을 지으며 단바를 바라보았.

"그래서 자네는 전쟁터에 나가기만 하면 그렇게 무서워지는 거로군."

맞는 말이었다. 전쟁터에서는 간발의 차이로 목숨을 부지하기도 하고 죽기도 한다. 단바 또한 그 사실을 통감하고 있었기에 스스로를 극단적이리만치 단련하고, 전쟁터에서는 자신이 지닌 능력을 쏟아 부었다. 그러다 보니 전투에 임하는 단바의 기세는 무시무시할 정도였고, 항상 두드러진 무공을 세웠다.

단바는 예상과는 다른 나가치카의 말에 깜짝 놀랐지만, 그것도 잠시뿐이었다.

"아는 척하지 마."

단바는 나가치카의 말을 일축했다.

그때 성루 아래서 한 병사가 절박하게 외치는 소리가 들려왔다.

"마사키 님, 위에 계십니까?"

"무슨 일인가?"

나가치카가 위에서 고개를 내밀자 병사는 "아, 노보우 님. 안 됩니다, 노보우 님은……. 마사키 님, 거기 계시지 않습니까?"라고 쓸데없는 소리까지 끼워 넣으며 물었다.

나가치카에겐 늘 있는 일이다.

"있네."

단바는 날랜 짐승처럼 쏜살같이 내려갔다.

듣자 하니 산노마루에서 이즈미와 유키에가 칼을 빼들고 소동을 부린다는 것이었다.

(무슨 짓들인가, 이 녀석들.)

단바는 속으로 혀를 끌끌 차면서 산노마루로 달려갔다. 병사가 도저히 따라가지 못할 정도로 빨랐다. 나가치카는 더 말할 것도 없겠지만.

"칼 뽑아."

산노마루에서는 농부와 가신들이 둘러싼 한가운데에서 유키에가 큰 칼을 빼들고 덩치 큰 이즈미와 맞서고 있었다.

"집어치워."

이즈미는 강아지가 짖는 정도로밖에 여기지 않는지 수염을 벅벅 긁으며 외면하고 있었다.

"그럼 다시 일을 시작해."

"바보 같은 짓이라서 싫다."

이즈미가 유키에를 향해 소리를 버럭 질렀다. 단바가 산노마루로 달려온 것은 바로 그때였다.

"무슨 일이냐?"

주위에 있던 가신에게 물었다.

이즈미가 유키에와 함께 군량미를 창고로 옮기다가 불쑥 "중지. 너희, 이제 그만 돌아가라" 하고 소리치며 농부들을 쫓아내기 시작했다. 하지만 유키에는 작업을 계속하라고 명령했다. 그러다 보니 둘이 언성을 높이기 시작했고, 싸움까지 벌어지게 되었다고 한다.

(이런 멍청한 녀석들!)

단바는 불쾌한 표정을 지었지만, 두 사람의 심정은 충분히 이해가 갔다. 전투를 포기했는데도 싸울 준비를 하다니 어처구니없고 속이 터질 노릇이다. 그러다 보니 이런 식으로 울화통이 터지고 말았을 것이다.

나가치카는 뒤늦게 산노마루에 도착해 숨을 헐떡거리며 싸움을 말리려고 들었다.

"괜찮네."

단바는 못 볼 것을 구경하는 듯한 투로 말했다.

"이즈미에게 맡겨 두면 될 걸세."

단바는 이즈미의 실력을 잘 알고 있었다.

유키에가 칼을 치켜들자마자 바로 내리쳤다.

"흥."

이즈미는 성인 남자도 쉽게 다루지 못할 큰 칼을 아무렇지도 않게 대충 뽑아들더니 유키에의 칼을 쳐냈다. 힘에서 밀렸는지 유키에는 칼을 놓치고 말았다. 손을 떠난 칼은 곡선을 그리며 멀리 날아갔다.

"엥?"

깜짝 놀라는 유키에의 얼굴에 이즈미의 바위 같은 주먹이 순식간에 날아들었다.

"……!"

이즈미는 나가떨어진 유키에의 멱살을 잡아 일으켰다.

"네가 전투의 천재라고? 웃기지 마라."

유키에는 허공에 뜬 발을 허우적거렸지만, 입만은 살아 있었다.

"힘을 이야기하는 게 아니다. 군사 전략을 말하는 거야."

"싸우지도 않을 텐데 군량미를 쌓아 들이는 게 네 녀석 전략이란 말이냐?"

(아니, 저 멍청이가.)

단바는 재빨리 두 사람 사이에 끼어들어 유키에를 밀쳐내고, 이즈미의 뺨을 호되게 후려갈겼다.

"나리께선 이제 끝이다. 네놈들이 죽인 거나 마찬가지야."

단바가 두 사람을 노려보며 낮은 목소리로 단호하게 말했다. 하지만 이미 늦었다.

"아니, 싸우지 않는다고?"

농부들과 가신들이 웅성거리기 시작했다. 그 가운데는 시모오시 마을의 촌장인 다베에와 그 아들 가조도 있었다.

순진한 하급 무사들도 크게 놀랐다. "싸우지 않는다면 어떻게 되는 겁니까?"라며 단바를 다그치는 이도 있었다.

"쳇."

이즈미는 불만스러운 표정을 지으며 자리를 떠났다.

단바는 이즈미를 흘끔 노려보며 모두에게 엄명을 내렸다.

"잘 들어라, 지금 들은 이야기를 이리저리 옮기면 너희 목숨은 없는 줄 알아라."

무서운 단바의 한 마디에 농민들은 물론 사무라이들도 겁을 집어먹었다.

"아, 여러분."

나가치카가 분위기에 어울리지 않는 목소리로 말했다.

(무슨 소리를 하려고 그러나?)

단바는 나가치카를 노려보며 눈짓으로 물었다.

"모두 다 털어놓자."

나가치카가 말했다.

"안 돼."

단바가 잽싸게 가로막았다.

"소문이란 건 숨기면 숨길수록 더 빨리 퍼지게 돼 있어. 숨김없이 털어놓으면 다들 이해해줄 걸세."

나가치카는 당연하다는 듯이 이야기했다.

겁을 주며 입을 막으려고 들기 때문에 소문은 더욱 진실처럼 여겨지고 이 사람 저 사람에게 퍼져간다. 모든 걸 털어놓으면 가신이나 농부들은 왜 입을 다물어야 하는지 알게 되고, 히데요시와 내통할 거라는 소문이 호조 진영에 흘러들어가지 않을 거라는 뜻인 것 같았다. 가신들이야 알아서 입을 다물 테지만, 히데요시 밑에 들어가게 되더라도 별 문제가 없는 농민들을 과연 믿을 수 있을까.

단바는 결국 '알았다'는 눈짓을 보내고 농부들을 향해 고개를 돌렸다.

"영주님은 오다와라 성에서 농성에 가담하지만 관백과 내통할 계획이다. 나리타 가문은 관백과 싸우지 않는다. 이 계획이 호조 진영에 들통 나면 영주님의 목숨은 없는 거나 마찬가지다. 그러니 모두들 농성 준비를 계속하도록 하라."

모든 내용을 밝혔다.

가신들은 어떤지 몰라도, 농민들은 목숨을 부지할 수 있어 안도하는 눈치였다. 하지만 한편으로는 '결국 항복인가' 하는 체념 비슷한 심정으로 작업을 재개했다. 다베에도 마찬가지 심정이었지만, 아들 가조에게 가짜 전투 준비를 서두르라고 재촉했다.

나가치카는 이즈미에게 얻어맞아 엉덩방아를 찧고 멍하니 주저앉아 있던 유키에에게 다가가 물었다.

"아팠느냐?"

유키에는 울고 있었다. 육체적인 아픔 때문이 아니었다. 자신감이 넘치던 젊은이라서 마음의 상처가 더 아팠을 것이다.

이 젊은이는 사카마키 집안의 셋째 아들로, 태어났을 때부터 왜소했다.

(나는 도저히 무예에 통달할 수 있는 남자가 아니다.)

소년 유키에가 병서에 탐닉한 까닭은 그 때문이었다.

유키에는 지나치게 병서에 몰두했다. 스무 살을 넘길 때까지 거의 집 밖을 나가는 일 없이 병서만 읽었다. 『육도』, 『삼략』, 『손자』, 『위료자』, 『사마법』, 『이위공문대』로 이루어진 이른바 '칠서'를 백 번도 넘게 독파했다. 유키에의 병서에 대한 이해의 깊이는 군사문제에 관심이 없는 우지나가도 혀를 내두를 정도였다. 때문에 우지나가는 오래 전부터 유키에에게 자주 자문을 구했다.

그 뒤 두 형이 연달아 병으로 세상을 떠났다. 형제를 먼저 떠나보낸 슬픔에서 서서히 벗어나면서 기운이 났는지 유키에는 '내 재주를 시험할 때가 왔다'고 생각했다. 그는 사카마키 집안의 대를 잇다 보니 뜻하지 않게 가로가 되어 전쟁이 벌어지면 사무라이 대장(주로 대장군 혹은 총대장 밑에서 한 부대를 지휘하는 장수 —옮긴이)을 맡아야 할 처지가 되었다.

하지만 때가 너무 늦었다. 히데요시가 천하를 평정하면 전쟁의 불씨는 더 이상 존재할 수 없게 될 것이다. 자신의 재주를 전쟁터에서 시험해볼 기회는 영원히 오지 않을 것이다. 제 능력을 믿는 사람에게 그보다 더한 고통은 없었다.

(나 같은 사내가 아무 일도 못하고 그저 관에 들어갈 날만 기다리게 되겠구나.)

그런 생각을 하면 눈물이 났다.

"저한테 기회를 주세요. 천재가 어떤 건지 보여드릴게요."

유키에는 나가치카에게 대들 듯 소리쳤지만 달라질 일은 없었다.

나가치카는 아무 말도 없었다. 여느 때와 마찬가지로 깜짝 놀란 듯한 눈을 한 나가치카의 표정에서는 짐작할 수 있는 것이 없었다.

(계속 속여야만 하겠군.)

그날 밤, 단바는 바깥채에서 다리를 건너 안채로 걸음을 옮기며 그렇게 다짐했다. 산노마루에서 소동이 일어났다는 이야기가 야스스에의 귀에도 들어갔는지 보고하라는 전갈을 받았다.

안채로 건너갔다. 안색이 변한 가이가 단바를 발견하자마자 다그치기 시작했다.

"그 원숭이 녀석한테 항복한다니, 그게 정말이야?"

(이제 성 안에 모르는 사람이 없다는 건가?)

단바는 속으로 흠칫하면서도 '부디 야스스에 님에게는 이야기하지 말아달라'고 당부하고, 그가 누워 있는 방으로 향했다.

야스스에는 며칠째 앓아누워 있는 탓인지 더욱 쇠약해져 있었다.

"무슨 소동이 있었느냐?"

"군기가 느슨한 것 같아 고삐를 조였습니다."

단바는 표정 하나 바꾸지 않고 대답했다. 따라 들어온 가이의 눈을 뚫어지게 바라보며 이야기하지 말라는 눈짓을 보냈다. 가이도 상황 파악이 되었는지 잠자코 있었다.

"면목이 없구나."

야스스에는 천장을 바라보며 말했다. 하지만 눈빛만은 여느 때와 변함 없이 형형했다.

"전투를 앞두고 이리 한심한 꼴을 보이다니."

"무슨 말씀을 그렇게 하십니까."

단바가 차분한 말투로 대꾸했다.

"단바, 나가치카는 보다시피 저렇게 아둔하구나. 내가 죽게 되면 성대 자리는 자네가 잇게. 어렸을 때부터 친구라고 해서 나가치카를 생각할 필요는 없네. 알겠나?"

야스스에가 단바에게 뜻밖의 제안을 했다. 단바에게는 깜짝 놀랄 말이었지만, 가로 가운데서도 지략과 용맹이 뛰어난 단바를 성대 자리에 앉히는 일은 이상할 게 없었다. 이런 분위기 때문인지 나중에 일어날 오시 성 전투를 기록한 고문서에는 단바가 성대를 맡아 가신들을 이끌고 싸웠다는 잘못된 기록도 보인다.

"성대님, 저는 그 멍청이라고 불리는 친구가 장수로서 지닌 그릇의 크기를 알고 싶습니다."

단바는 은근히 제안을 거절했다.

'나가치카가 지닌 장수로서의 그릇'. 단바는 그렇게 말했다.

누가 들으면 웃음을 터뜨릴 것이다. 하지만 단바는 꾸밈없이 솔직한 심정이었다.

단바는 나가치카의 언동에 끊임없이 실망해왔지만, 한편으로 그 키 큰 사내가 지닌 흡인력을 매우 귀한 재능으로 여기고 있었다. 다른 사람을 결코 인정하지 않으려는 이즈미가 나가치카에게 허물없이 말을 걸고, 유키에는 나가치카와 이야기를 하면 점점 신이 나서 말이 끝도 없이 길어진다. 가신들이나 농민들은 나가치카를 업신여기지만, 오히려 그 때문에 숨김없이 제 생각을 털어놓는다.

단바는 그 정체 모를 인기를 '장수로서의 그릇'이라고 믿어왔다. 하지만 거듭해서 제안을 받아들이라고 하던 야스스에에게는 단바의 태도가 어리석은 아들에 대한 호의로 보였다. 그는 일단 제안을 보류하기로 했다.

가이마저 단바의 반응이 이상하다는 듯 묘한 표정을 지었다. 가이에게 나가치카는 특별한 남자였지만, '장수로서의 그릇' 때문에 매력을 느낀 것은 결코 아니었다.

단바가 방을 나서자 가이는 기다렸다는 듯이 '우리가 항복할 거라는 말이 정말인가?' 하고 다시 물어왔다.

(끈질기군.)

단바는 사람들이 수군거리는 이 아가씨의 매력을 도무지 이해할 수 없었다.

(성가신 아가씨야.)

이런 생각밖에 들지 않았다.

단바는 다시 "호조 진영에 들통 나면 영주님의 목숨은 없는 거나 마찬가지다"라고 말하며 짜증스러운 얼굴로 가이를 바라보았다.

"그러니 몸종들한테도 야스스에 님의 귀에 들어가지 않도록 단단히 일러두세요. 야스스에 님이 아셨다가는 무슨 일이 일어날지 모릅니다."

가이도 그 말을 듣고 '그러느니 차라리 히데요시하고 싸워'라고 하지는 않았다. 이 어린 아가씨도 호조 진영이 히데요시에 맞서 승산이 없다는 것쯤은 알고 있었다. 그녀는 마지못해 아무 말 없이 고개를 끄덕였다.

(저참.)

단바가 한숨을 내쉬었을 때 몸종이 종종걸음으로 다가와 "조금 전에 오다와라에서 사자가 왔습니다"라고 알렸다.

"알았다."

서둘러 바깥채로 가려고 하는데, 몸종이 그를 불러 세웠다. 사자는 농성 준비가 잘되고 있는지 점검만 하고 쫓기듯 곧바로 오다와라로 돌아갔다는 것이다.

"뭐라고?"

성대님께 문안 인사도 없이? 단바는 불쾌했지만, 히데요시와 내통하고 있다는 사실을 모르고 돌아간 것을 생각하니 한편으로는 마음이 놓였다.

(그 멍청이 말이 맞았나?)

아예 모든 걸 털어놓고 가신들과 영지의 농민들에게까지 이해를 구하자는 나가치카의 생각이 옳았다.

(그런데 사자는 무엇 때문이 이토록 서둘러 돌아갔을까?)

단바가 그런 생각을 하는데 몸종이 덧붙였다.

"관백의 병사들이 이즈에 있는 야마나카 성을 눈앞에 두고 있다고 했습니다."

(드디어 왔군.)

단바는 미간을 찡그렸다.

하코네 산속에 쌓은 야마나카 성. 호조 진영의 방어선 가운데 서쪽 최전선에 있는 기지다.

2

모두가 "아니오"할 때 "예"하는 엉간이

10

　호조 진영은 오다와라 성의 서부 방어선을 스루가, 사가미의 경계에 자리한 아시가라 성, 이즈 야마나카 성, 이즈 니라야마 성, 이즈 시모다 성으로 이어지는 선상에 구축하고 있었다.
　서부 방어선에서 가장 믿음직한 것은 하코네의 험한 지형이었다. 크고 작은 열 개 이상의 성을 배치해 서쪽에서 쳐들어올 히데요시의 군사를 막을 작정이었다. 이 하코네 방어선에서 중심점이 되는 곳이 오다와라 성에서 서쪽으로 20킬로미터 떨어진 이즈 야마나카 성이었다. 약 5천 명의 병력이 수비하고 있었다.
　히데요시는 출진을 발표했던 3월 1일에 도읍인 교토를 출발해 같은 달 28일에는 야마나카 성 남서쪽 10킬로미터쯤에 있는 스루가, 이즈 접경 지역의 나가쿠보 성에 도착했다. 그곳에서 선발대인 도쿠가와 이에야스와 이미 세상을 떠난 오다 노부나가의 차남 노부카쓰, 히데요시의 조카인 하시바 히데쓰구 등과 회의를 거쳐 이튿날부터 하코네 방어선을 향해 총공격할 것을 지시했다.
　"원숭이처럼 생긴 녀석이 날개를 달지 않는 한 하코네의 험한 산악

지형을 넘을 수 없을 것이다."

호조 우지마사는 군사회의에서 큰소리를 쳤다고 한다.

하지만 히데요시에게는 날개가 있었다. 도카이도 방향으로 진격하는 병사만 해도 16만 기나 되는 등 기세가 대단했다. 이 병력이면 얼마든지 역할을 나눠 공격을 할 수 있었다.

이튿날 아침, 히데요시는 히데쓰구를 총대장으로 삼아 3만5천 기를 이끌고 야마나카 성을 공격하라고 명령을 내렸다. 성은 불과 반나절 만에 함락됐다. 보병 부대를 이끌던 다이묘 나카무리 가즈우지 휘하의 맹장 와타나베 간베에가 선봉에 섰다. 간베에는 이때 선봉으로 나선 것을 평생 동안 자랑했다. 그는 말년에 쓴 『와타나베 간베에 무공각서』라는 책에서 자신이 세운 무훈을 자랑하며 이 일을 비중 있게 다뤘다.

나중 일이지만 야마나카 성의 수비를 맡았던 장수인 호조 우지카쓰(호조 우지나오의 재종형제)는 성이 함락된 뒤 항복을 하고, 미쓰나리의 오시 성 공격에 가담한다.

야마나카 성을 공격하던 날, 오다 노부카쓰가 총대장을 맡은 3만여 명의 병사가 니라야마 성을 공격했다. 히데요시는 니라야마 성을 함락하기까지 어느 정도 시간이 걸릴 것으로 예상하고 압박만 주는 정도에서 그쳤다. 그 사이에 도쿠가와 이에야스에게 명령을 내려 하코네 산속에 있는 크고 작은 성들을 계속 공략하게 했다. 결국 히데요시의 대군은 하코네를 넘어 밀고 들어가 오다와라 성을 몇 겹으로 포위하는 데 성공했다. 히데요시 자신은 오다와라 성에서 서쪽으로 10킬로미터 떨어진 하코네유모토에 본진을 꾸렸다.

공격을 시작한 지 겨우 나흘 만에 호조 진영의 서부 방어선이 무너진 것이다.

"설마!"

하코네의 여러 성에서 장수들이 오다와라 성으로 퇴각한다는 소식을 접하고 우지마사는 이렇게 소리쳤다고 한다. 혼마루에서 나와 성 밖을 바라보니 하코네 방면에서 엄청난 군사가 홍수처럼 밀려들고 있었다.

우지마사가 사가미 만으로 시선을 옮기자 바다에서도 놀라운 광경이 벌어지고 있었다.

『개정 미카와 후풍토기』(도쿠가와 가문의 초창기에 관한 42권의 역사책으로 1837년에 완성—옮긴이)는 그 광경을 '헤아릴 수 없을 정도로 많은 병선이 밀려들어 바다 위가 마치 평지 같았다'라고 적혀 있다.

초소카베 모토치카, 구키 요시다카, 가토 요시아키 등이 이끄는 수만 명의 수군이 호조 진영의 해상 수비를 담당한 이즈 시모다 성을 점령하여 오다와라 성 동쪽 사가미 만까지 봉쇄한 것이다.

오다와라 성의 다케노하나구치를 수비하던 오시 성의 성주 나리타 우지나가도 동생인 야스타카와 함께 그 광경을 지켜보았다.

"역시 저쪽과 내통하기를 잘했군."

자신이 세운 계략에 만족을 느낀 것도 잠시뿐 우지나가는 두려움에 몸서리를 쳤다.

호조 진영의 위기는 이 정도에서 그치지 않았다. 간토 지역의 여러 지성을 공격하는 마에다 도시이에, 우에스기 가게카쓰를 비롯한 별동대 3만5천 기는 한 달 전에 시나노노쿠니(지금의 나가노 현)에서 우스이 고개를 쉽게 넘은 뒤 고즈케노쿠니(지금의 군마 현)로 쳐들어가 마쓰이다 성(오시 성에서 서쪽으로 70킬로미터 거리)을 향해 공격을 시작하고 있었다. 호조 가문의 운명은 전쟁이 시작되자마자 바람 앞의 등불 같은 신세가 되었다.

미쓰나리는 나쓰카 마사이에와 함께 하코네유모토에 있는 하야카와 강 옆길을 따라 소운지라는 절로 향하고 있었다. 히데요시가 하코네유모토에 본진을 차린 지 약 한 달 뒤의 일이다.

(산에 놀러 온 것 같군.)

미쓰나리는 병사들로 뒤덮인 하코네유모토의 부락을 바라보며 어처구니가 없었다. 히데요시는 하코네 방어선을 돌파하기 위해 성난 파도처럼 공격을 감행했지만, 그 이전까지는 마치 소풍을 나온 것인지 전쟁을 하러 온 것인지 분간이 되지 않을 정도로 여유를 부렸다. 두 달 전인 2월 28일에 천황으로부터 말과 셋토를 하사받은 뒤 주라쿠다이를 출발했다. 출발 당일인 3월 1일, 히데요시가 출정하는 모습을 구경하려고 도읍 안팎에서 인파가 몰려들었다. 오사카, 후시미, 나라, 사카이 등지에서도 귀천을 가리지 않고 사람들이 떼를 지어 몰려들었다.

히데요시는 늘 화려한 것을 좋아했다. 주라쿠다이에서 말을 타고 나타난 그의 행차에 구경꾼들은 모두 깜짝 놀랐다.

『간핫슈고전록』에 따르면 그날 히데요시의 차림새는 이러했다.

'뿔이 둘 달린 투구를 쓰고, 비단 옷에 금빛 갑옷을 걸쳤다. 허리에는 큰 칼 두 자루, 역시 금빛으로 번쩍이는 화살통에는 전투용 화살 한 대를 꽂고……'

말하자면 온몸을 금과 비단으로 치장한 기묘한 모습으로 등장했다는 이야기다. 얼굴에는 가짜 수염을 붙이고, 이에는 까만 칠까지 했다고 한다('오하구로' 라는 풍습으로 옛날 일본 상류층 사람들이 주로 했다—옮긴이).

그 시절 사람들은 히데요시의 이상한 모습을 '말할 수 없을 만큼 놀라운 치장' 이라느니 '천하에 보기 드문 장관' 이라며 격찬했다고 한다. 그 시대의 호화로운 취향을 요즘 시각으로는 이해하기가 쉽지 않다.

히데요시는 주라쿠다이를 출발한 뒤로 거의 한 달 동안 도카이도를 향해 천천히 동쪽으로 나아갔다. 그저 어슬렁어슬렁 진군만 한 것은 아니다.

"숙소에 모여 차를 한잔하게 준비해라."

히데요시는 이런 명령도 내렸다. 그래서 센 리큐(1522~1591년. 일본의 다성茶聖—옮긴이)까지 데리고 갔다. 하룻밤 묵을 때마다 한 차례씩 열리는 차 모임을 위해 도카이도 연변에 영지를 지닌 도쿠가와 이에야스 같은 이는 히데요시가 묵을 숙소에 차 마실 정자까지 지어야만 했다.

히데요시는 느긋하게 차를 즐기며 하코네 산에 이르렀다. 그리고 오다와라 성 서부 방어선을 돌파한 지 나흘 만에 물샐 틈 없는 포위망을 구축했다.

미쓰나리는 소운지에 도착했다. 호조 가문의 창시자인 호조 소운을 비롯해 2대인 호조 우지쓰나, 3대인 우지야스를 봉안한 호조 가문의 절이었다(이 소운지는 지금도 하코네유모토 역에서 걸어서 몇 분밖에 걸리지 않는 거리에 있는데, 규모는 그때에 비해 작다). 우지쓰나가 건립했을 때 소운지는 5백 명 이상의 승려를 수용할 수 있는 산문, 불전, 법당, 종루, 공양방 등을 갖추고 있었다. 또 그 인원을 다 먹일 식량을 생산할 수 있는, 넓은 사찰 토지를 지닌 큰 절이었다.

히데요시는 소운지에 본진을 차렸다. 그렇다고 해서 특별히 심술궂게 군 일은 없다. 하코네유모토는 나라 시대(일반적으로 710~794년 —옮긴이)부터 온천이 솟았는지, 가마쿠라 시대(1185년 경~1333년 —옮긴이)에 이미 숙박업소가 늘어선 마을이 형성되어 있었다. 가마쿠라 시대에는 간토 지방의 무사들도 온천 치료를 하러 찾아오기도 했다. 하지만 센고쿠 시대에 이르러서도 히데요시가 본진을 꾸릴 만한 곳은 소운지뿐이었다.

히데요시는 이 소운지에 자리를 잡고 여러 장수들을 불러 요란하게 흥을 내며 노(춤과 노래를 곁들인 일본 전통 연극 —옮긴이)를 벌여 몸소 춤을 추고 놀았다.

너무 방탕하다고 못마땅하게 여기는 장수들도 있었다고 한다. 『명언행장록』에는 우키타 히데이에 휘하 부장 가운데 성격이 유별난 하나부사 스케노효에가 본진 앞을 지나다가 '전쟁터에서 노를 즐기는 얼간이도 대장이라고 말에서 내려야 한단 말인가?' 하며 말을 탄 채 본진 쪽을 향해 퉤 하고 침을 뱉고 지나갔다는 이야기가 있을 정도다.

하지만 미쓰나리는 하나부사와 달랐다. 소운지 문을 우러러보며 그가 느낀 것은 분노가 아니라 불안이었다.

히데요시는 소운지에 자리를 잡은 뒤로 한 달이 지난 지금까지 다테바야시(지금의 군마 현 남동쪽에 있는 지역 —옮긴이), 오시 성 공격 지시를 내릴 기미도 보이지 않았다.

(혹시 잊은 게 아닐까?)

미쓰나리는 초조했다. 절 문을 지키는 보초에게 히데요시의 부름을 받아 왔다고 하자 한 병사가 나서서 미쓰나리와 마사이에를 안내했다.

히데요시는 온천에 있었다. 주위에 친 휘장 앞에서 병사들이 온천을 등지고 삼엄하게 경호하고 있었다. 미쓰나리는 휘장을 들추고 온천 안을 들여다보았다.

(아니!)

하마터면 히데요시에게 호통을 칠 뻔했다. 히데요시는 수십 명의 여자들과 혼욕을 즐기고 있었다. 혼욕만이 아니다. 나중에 히데요시는 오다와라 성을 포위한 군진 안에 창녀촌까지 짓고, 여러 장수들에게는 아내나 첩실까지 불러들이라고 권했다. 나아가 직접 모범이라도 보이듯 지난해에 아들 쓰루마쓰를 낳은 첩 요도와 또 다른 첩 마쓰노마루를 보내달라는 편지를 정실인 네네에게 쓰기도 했다.

"앗!"

알몸으로 쭉 늘어선 여자들의 모습에 압도되어 마사이에는 저도 모르게 소리를 질렀다.

"사키치, 너도 들어오겠느냐?"

히데요시가 껄껄 웃었다.

"사양하겠습니다."

미쓰나리는 노골적으로 무뚝뚝하게 대꾸했다. 『호안 태합기』는 미쓰나리에 대해 '무슨 일에나 모양새를 중시하는 사람이다'라고 적고 있다.

미쓰나리는 그런 사내였다. 자신에게나 남에게나 성실하지 못한 태도를 용서하지 않았다. 이런 점에서 미쓰나리는 히데요시와 정반대의 인물이었다.

하지만 히데요시는 그렇게 즐기면서도 군사 전략을 짜내는 기묘한 인물이었다. 군량미 조달에 문제는 없는지 마사이에게 확인하고 시선을 미쓰나리에게 옮겼다.

"가사가케야마(이시가키야마 산의 옛 이름—옮긴이) 산은?"

히데요시가 물었다. 그는 본진을 오다와라 성 쪽으로 옮기기 위해 오다와라 성에서 남서쪽으로 50킬로미터 떨어진 가사가케야마 산 꼭대기에 성을 쌓으라고 명령했던 것이다.

"목재는 이미 산꼭대기에 옮겨 놓았고, 쌓아올릴 석재는 산속에서 캐낸 것으로 조달할 수 있습니다."

"완성 시기는?"

"앞으로 두 달 뒤면 됩니다."

미쓰나리가 무뚝뚝한 표정으로 대꾸했다.

거의 3개월 만에 주라쿠다이 못지않은 성을 가사가케야마 산 꼭대기에 세우겠다는 이야기다. 실제 이때로부터 2개월 뒤인 6월 하순, 히데요시는 요도를 비롯한 여자들을 데리고 그 성으로 들어갔다. 이 성은 나중에 '이시가키야마 이치야 성(이시가키야마 산에 하룻밤만에 쌓은 성이라는 뜻—옮긴이)'으로 불리게 된다.

"번개처럼 성을 쌓는군. 호조 녀석들 혼비백산하겠어."

미쓰나리의 답변을 듣고 히데요시는 만족스러운 듯이 말했다. 그때였다.

"오오, 이거 눈이 확 뜨이는데!"

여자들을 하나하나 바라보며 들어온 사내가 있었다. 요시쓰구였다.

"기노스케, 들어오겠느냐?"

"그럼요."

잠시도 머뭇거리지 않고 옷을 훌훌 벗었다. 미쓰나리와는 영 딴판이었다. 키가 큰 요시쓰구는 여자들이 지켜보는 가운데 벌거숭이가 되어 군살이라고는 찾아볼 수 없는 거무스레한 몸을 자랑하듯 탕 속으로 첨벙 뛰어들었다.

(기노스케답군.)

미쓰나리는 요시쓰구의 행동을 보며 마음을 누그러뜨리고 '그럼 저는 이만' 하며 나가려고 했다.

히데요시는 미소를 지으며 미쓰나리를 불러 세웠다.

"사타케 요시노부, 우쓰노미야 구니쓰나가 이끄는 병력이 도착했다."

"……그러면?"

히데요시가 미쓰나리에게 고개를 끄덕였다. 그리고 그토록 기다리던 지시를 내렸다.

"녀석들을 이끌고 오시 성으로 출발해라."

(드디어.)

어떻게 숙소에 돌아왔는지 미쓰나리는 기억할 수 없었다. 지시를 받은 미쓰나리는 마사이에게는 신경도 쓰지 않고 쏜살같이 숙소로 뛰어들었다. 그리고 괴성을 질렀다.

"드디어 출진이다!"

미쓰나리와 마사이에가 나간 뒤, 히데요시는 온천탕에서 여자들에게 나가라고 한 뒤 묘한 이야기를 하기 시작했다.

"사키치는 이재에 밝지만 군사 전략에는 재주가 부족하지."

"하지만 과감하기까지 한 정의파를 좋아하는 사람이 매우 많습니다."

요시쓰구는 양날의 검이라고 할 만한 친구의 장점을 들었다.

"네가 제일 좋아하는 사람 아니냐?"

히데요시는 씩 웃더니 요시쓰구가 놀랄 사실을 털어놓았다.

"오시 성의 나리타 가문은 이미 우리와 내통하겠다는 뜻을 알려왔다."

"아니, 그렇다면 오시 성은 함락된 거나 마찬가지 아닙니까?"

요시쓰구는 나중에 '병사를 제 손발처럼 썼다'라는 평가를 들을 만큼 전략가로 발돋움한다. 히데요시는 이때에 전투 경험이 거의 없는 키 큰 사내의 그릇을 알아본 것이다.

"부탁한다."

히데요시가 요시쓰구에게 애원하듯 말했다.

"뒤에서 도와라. 반드시 무공을 세우게 해라."

"그 친구가 들으면 화를 내겠습니다."

요시쓰구는 미쓰나리가 거짓과 술수를 가장 싫어한다는 사실을 잘 알고 있었다. 이런 사실이 들통 나면 군사들을 버리고 바로 교토로 돌아가버릴 게 틀림없다.

"결코 사키치에게 이야기해선 안 되느니라."

히데요시는 그렇게 말하고 벌떡 일어섰다.

다테바야시, 오시 성 공격 총대장이 된 미쓰나리는 2만 명의 병사들을 오다와라 성 밖 남쪽 평야로 집합시켰다.

(도대체 무슨 뜻인가?)

미쓰나리는 말 위에서 2만 명의 군사를 바라보며 고개를 갸웃거렸다. 저 멀리 오른쪽으로는 여러 장수가 엄중하게 포위한 오다와라 성이, 왼쪽에는 히데요시가 성을 쌓으라고 명령한 가사가케야마 산이 보였다. 가사가케야마 산은 성이 구축된 사실을 감추기 위해 오다와라 성에서 보이는 부분의 나무를 베어내지 않고 그대로 남겨 두었다. 때문에 나무가 우거진 산으로 보였다.

"배웅하는 의미에서 단풍 구경을 시켜줘야지."

미쓰나리는 히데요시가 온천 탕 안에서 요시쓰구에게 그렇게 말했다는 이야기를 전해 들었다.

(대체 무슨 소리인가? 이제 겨우 여름으로 접어들고 있지 않은가.)

미쓰나리는 의아하다는 표정을 지었다.

히데요시는 공사가 한창인 가사가케야마 산 성루에서 미쓰나리의 군사들을 내려다보고 있었다. 산 아래 늘어선 16만 대군은 유례를 찾아볼 수 없을 만큼 대단한 위용을 자랑하고 있었다.

당시의 장수들도 이 포위진의 규모에 깜짝 놀란 모양이다. 도쿠가와 이에야스의 부장 가운데 한 사람이었던 사카키바라 야스마사는 히고(지금의 구마모토 현)의 구마모토 성에서 규슈를 경비하고 있던 가토 기요마사에게 보낸 편지에서 '진무(神武. 일본의 첫 천황 —옮긴이) 이후 이토록 위풍당당한 광경이 있었다는 이야기를 들어본 적이 없습니다'라고 적었다. 사카키바라는 아들인 야스카쓰가 가토 기요마사의 딸을 아내로 맞이한 인연으로 이런 편지를 보냈다.

포위진에는 가로세로로 지나갈 수 있는 길을 트고, 수많은 장수들이 제각각 학익진이며 어린진 따위의 진을 펼쳐 오다와라 성 밖을 메우고 있었다. 곳곳에 작은 성까지 쌓았다. 포위진 사이의 길에는 전국에서 몰려든 장사치들이 시장을 열어 방방곡곡의 명물은 물론 중국과 조선의 진귀한 상품에 이르기까지 구할 수 없는 물건이 없었다. 뿐만 아니라 전국에서 창녀들이 몰려들어 허락을 받고 마을을 이루었다고 한다.

사카키바라는 같은 편지에서 감탄 어린 한숨을 섞어 "그렇기에 이 진중에서 생활하는 일이 반드시 따분하다고 할 수는 없습니다"라고 적기도 했다.

말하자면 히데요시의 진영은 일본의 축소판이었다. 오다와라 성은 그런 적진에 둘러싸여 있는 셈이었다.

히데요시는 산 아래 펼쳐진 광경을 만족스런 눈빛으로 지켜보며 큰 소리로 명령을 내렸다.

"깃발을 들어라!"

그 말이 떨어지기가 무섭게 가사가케야마 산 사면에 포진한 수만 병력이 일제히 군기를 일제히 높이 치켜들었다. 갖가지 색깔의 군기가 펄럭이며 푸른 산을 단숨에 알록달록한 단풍으로 물들였다.

"단풍이라는 게…… 저건가?"

미쓰나리는 불쑥 눈앞에 펼쳐진 풍경에 눈이 휘둥그레졌다.

이 광경을 본 사카키바라도 편지에 이렇게 적었다.

'요시노, 다쓰타의 단풍이 아무리 곱다 해도 이 광경에 비할 수는 없고……'

때 아닌 단풍을 바라보며 미쓰나리는 히데요시가 자신에게 얼마나

자애로운 아버지처럼 신경을 쓰고 있는지 뼈저리게 느낄 수 있었다. 그렇지만 미쓰나리는 눈물을 보일 만큼 여린 사내가 아니었다.

"역시 관백 전하다운 배웅이로군."

미쓰나리는 주위에 큰 소리로 밝게 외쳤다.

"진군하라!"

군사들에게 명령했다.

"반드시 이길 테다."

미쓰나리는 마음가짐을 새롭게 했다.

(수공으로 이기겠다.)

이 사실만은 친구인 요시쓰구에게도 털어놓지 않았다.

총대장 미쓰나리의 군사들이 오시 성을 향해 출발했다. 미쓰나리, 요시쓰구, 마사이에가 이끄는 병사들 이외에도 사타케, 우쓰노미야가 인솔하는 반도 지역 병사들, 하야미, 노노무라의 긴키 지역에서 온 부대까지 합치면 모두 2만 명에 이르는 대군이었다.

진군하는 병사들을 배웅하며 밝게 웃던 히데요시는 표정을 진지하게 바꾸고 중얼거렸다.

"사키치, 이기고 돌아오너라."

11

"노보우 님."

오시 성 시모오시 마을의 촌장, 다베에가 참고 참았다가 나가치카를 불렀다.

나가치카는 논두렁길에서 춤을 추고 있었다.

시모오시 마을에서는 보리 수확을 마치고 여느 해보다 늦게 모내기 철을 맞이하고 있었다. 논두렁 옆 논에서는 부녀자들이 한 줄로 늘어서서 모를 심고 있었다. 에보시(성인 남자가 쓰던 길쭉한 검정색 모자―옮긴이)를 쓴 마을 사람들이 피리, 큰북, 작은북, 빈자사라(수십 장의 얇은 대나무 판자를 끈에 꿰어 흔들어 소리 내는 타악기―옮긴이)를 들고 여인들이 모내기를 하며 부르는 노래에 맞추어 연주를 하고 있었다. 춤을 추는 사람도 있었다. 신께 풍년을 기원하기 위해서다.

나가치카는 춤추는 동작을 멈추고 자기를 부르는 소리가 들리는 곳을 돌아보았다.

"나도 거들까?"

"아뇨."

다베에는 표정 하나 바꾸지 않고 거절한 후 물었다.

"관백에게 항복하면 노보우 님은 어찌 되시는 겁니까?"

나가치카는 적이 쳐들어온다고 하는데도 여느 때와 다름없이 모내기 음악 연주에 넋을 놓고 있었다. 농부인 다베에가 보기에도 나가치카는 한심해 보였다. 한편으로는 조바심이 일 정도로 걱정이 되었다.

"영감님 같은 분들은 아무 일 없을 거요."

나가치카는 여느 때와 마찬가지로 초점에서 벗어난 소리를 했다.

"그런 말씀이 아니고요."

다베에가 눈을 부릅떴다.

"노보우 님은 어떻게 되시는 거냐고요."

다베에는 나리타 가문이 관백에게 항복할 거라는 이야기를 들었다. 호조 진영으로 흘러나가지 않았지만, 오시 성 사람들과 영지에 사는 백성들은 다들 내통할 거라는 사실을 알고 있었다. 때문에 올해도 모내기를 하는 것이다. 항복한다면 바로 오시 성을 넘길 테고, 마을도 전란에 휩싸이지 않을 것이기 때문이다. 하지만 나리타라는 성을 쓰는 나가치카는 무사할 리 없다.

"글쎄."

나가치카는 별 관심이 없다는 듯이 악기를 연주하는 사람들을 바라보며 말했다.

"농사라도 지을까?"

밝은 목소리였다.

"그건 무리입니다."

모내기하는 부녀자들 사이에 섞여 모를 심고 있던 다베에의 며느리

치요가 끼어들었다.

"노보우 님은 재주가 없으니까요."

그러면서 장난스럽게 웃었다. 엄마 곁에서 일을 거들던 치도리도 키득키득 웃었다.

"그렇군."

나가치카는 아주 난처하다는 듯이 머리를 감쌌다. 그 모습을 보며 마을 사람들은 일제히 웃음을 터뜨렸다.

하지만 가조만은 달랐다.

(저 녀석 멍청이 아니야?)

사무라이라는 녀석들은 여차하면 농민들을 방패 삼아 자기 목숨을 부지하려는 놈들이다. 농민들의 목숨을 벌레만큼도 여기지 않는 인간들이다. 가조가 보기에 저기 있는 나가치카는 '그런 녀석들'의 우두머리에 지나지 않았다.

새삼스러운 이야기지만, 다베에 또한 나가치카의 태평스런 모습이 어처구니 없기는 마찬가지였다.

(이 양반은 자기가 어떻게 될 거라는 사실을 모르는 건가?)

사람들의 웃음소리에 덩달아 히죽히죽 웃는 나가치카를 보며 다베에가 기막혀 할 때였다. 산노마루 성루에서 종소리가 요란하게 울려 퍼졌다. 마을 사람들의 안색이 변했다. 모두 예상했던 사태가 곧 닥칠 것이라고 생각했다.

다베에도 불안한 표정을 지으며 성 쪽을 바라보았다.

단바가 말을 타고 달려오는 모습이 보였다.

"나가치카!"

단바가 말 위에서 소리쳤다. 말이 나가치카 앞에서 멈췄다.

"또 이런 데서 놀고 있는 건가?"

"무슨 일인가?"

나가치카는 말 위의 단바를 쳐다보며 물었다.

(이 녀석이.)

단바는 전혀 위기 상황을 느끼지 못하고 있는 친구의 멍한 얼굴을 보며 속으로 혀를 끌끌 찼다. 하지만 지금은 그럴 때가 아니다.

"다테바야시 성에서 전령이 왔네. 관백의 군사들이 다테바야시에 쳐들어왔다는군. 이제 4리 밖까지 왔다는 말이야."

다테바야시 성은 도네가와 강을 사이에 두고 오시 성에서 15킬로미터 떨어진 평지에 있는 성이다.

성주는 호조 우지마사의 동생인 우지노리인데, 오다와라 성 서부 방어선인 이즈 나라야마 산성에서 저항하고 있어서 난조 이나바노카미란 자가 성주 대리인 성대로 성을 지켰다. 무사는 물론이고 영토 안의 백성들까지 모조리 긁어모아 6천여 명으로 농성하고 있었다.

『개정 미카와 후풍토기』에 따르면 미쓰나리를 비롯한 2만 명의 병사가 다테바야시 성을 포위한 날은 덴쇼 18년(1590년) 5월 22일이다.

사자를 보내 싸울 것인지 항복할 것인지를 적에게 묻고, 항복할 생각이 없다면 그제야 비로소 전투가 시작된다. 당시 전투가 벌어지기 전까지의 일반적인 과정이었다.

"사자로 자네가 갈 텐가?"

미쓰나리가 요시쓰구에게 물었을 때였다.

성 정문이 열리더니 누군가 안에서 쏜살같이 뛰어나왔다.

"쏘지 마시오. 쏘지 마. 다테바야시 성은 지금 즉시 문을 열 것이오."

그자는 포위한 병사들 사이를 정신없이 뛰어다니며 무릎을 꿇고 계속해서 외쳤다. 다름 아닌 다테바야시 성의 성대, 난조 이나바노카미였다.

"사자를 보내기도 전에 성이 수중에 들어오다니."

미쓰나리는 목숨을 구걸하는 난조를 뚫어지게 바라보며 멍한 표정으로 중얼거렸다.

"무리도 아니지. 이렇게 많은 군사의 공격을 받게 될 테니까."

요시쓰구는 미쓰나리의 옆모습을 바라보았다.

뒤통수가 밋밋한 보통의 일본인과는 달리 미쓰나리의 머리는 서양인처럼 앞뒤가 길었다. 『일본인종론 변천사』(기요노 겐지 지음. 1934년 발행 ―옮긴이)에 따르면 실제로 1907년에 교토에 있는 다이도쿠지란 절의 산겐인에 있는 묘에서 미쓰나리의 두개골이 넓적다리뼈, 팔의 윗뼈 등과 함께 발견되었다고 한다. 파손이 심했던 두개골을 교토제국대학 해부학교실의 아다치 분타로 박사가 조합해 보니 앞서 이야기한 것처럼 그의 머리는 서양인 같은 장두형이란 사실이 밝혀졌다. 얼굴 폭이 최대 13.3센티미터로 추정된다고 하니 갸름한 얼굴의 미남이었다는 사실을 짐작할 수 있다. 대퇴골 등은 남녀 성별을 구별하기 힘들 정도로 가늘어, 키는 작지만 전체적으로 균형을 갖춘 체격이었던 것으로 보인다. 『명장언행록』을 비롯한 여러 책에도 미쓰나리가 어린 시절부터 미소년이었다고 기록되어 있다.

"사람이란 원래 이런 법인가? 돈과 무력에 압도당하면 이토록 제정신을 잃게 되는 건가?"

 서른 살이 되어서도 여전히 단정한 옆얼굴을 친구에게 보이며 미쓰나리가 중얼거렸다.

 (잘생겼군.)

 요시쓰구는 미쓰나리의 옆모습을 보면서 생각했다.

 요시쓰구가 볼 때 미쓰나리는 외모와 달리 불같은 성격의 소유자였다. 또한 높은 미의식으로 스스로를 규제하는 사내이기도 했다. 그런 엄격함을 자신뿐 아니라 남에게도 요구했기에 까다로운 인물이었다. 일본 천하에서 다섯 손가락 안에 꼽힐 두뇌에서 엄선된 표현으로 자기 기준에 이르지 못한 사람의 체면을 깎아버렸다. 그런 성격 탓에 많은 적이 생겼지만, 요시쓰구만은 미쓰나리의 성품을 이해했다. 또한 '수많은 적들로부터 이 사람을 지켜줘야 한다'고 마음먹고 있었다.

 사자를 보내기도 전에 직접 나서서 항복하는 적군의 대장. 미쓰나리의 기준으로는 도저히 감당할 수 없는 광경이었다. 그뿐만이 아니었다.

 (왜 목숨을 걸고 싸우지 않는가.)

 성을 공격하는 군사들의 총대장으로서 어울리지 않는 생각을 품고 있었다.

 요시쓰구는 미쓰나리의 말을 미의식의 발로라고 받아들였다. 그러나 현실적인 사고의 소유자인 그는 "승리자만이 품게 되는 달콤한 감상이로군"이라며 생각과는 전혀 다른 말을 눙치듯 하고 말았다.

 미쓰나리는 아무런 대꾸도 하지 않았다. 다만 속으로 이런 생각을 하고 있었다.

 (오시 성 녀석들도 이렇게 나올까? 돈을 쌓아놓으면 꼬리를 흔들고,

때리겠다고 겁주면 꼬리를 감추다니. 인간이란 이토록 한심한 존재란 말인가.)

만약 그렇다면 더 이상 인간들을 상대하고 싶지 않게 될 것이다.

미쓰나리가 이끄는 군사들이 다테바야시 성에 쳐들어왔다는 소식을 듣고도, 몇몇 농민들을 제외한 백성들은 여전히 평온을 유지했다.

하지만 시모오시 마을의 가조는 그렇지 않았다.

"그 바보 멍청이가 하는 말은 거짓말이야."

가조는 그렇게 외치며 아버지와 아내, 딸이 사는 집을 뛰쳐나왔다.

"전투가 벌어질 거라고!"

뒤따라 나와 말리는 다베에를 향해 계속 소리쳤다.

가조에겐 나리타 가문에 속한 사무라이 모두가 거짓말쟁이에 겁쟁이, 강간범이었다. 그런 놈들이 하는 소리를 어떻게 믿으란 말인가.

"어디 갈 데도 없지 않느냐!"

"지금 죽는 것보다 낫죠!"

가조는 버럭 소리를 지르더니 뒤따라 나온 아내와 딸에게 "어서 이리 와" 하며 손을 뻗었다.

"혼자 가시구려."

치요가 가조를 노려보며 대꾸했다.

"뭐야?"

"전투 때문에 그러는 게 아니잖아. 당신은 사무라이가 싫고, 사무라이한테 농락당한 내가 싫은 거야. 그래서 도망치고 싶은 거고. 난 이 성을 떠나지 않을 테야. 여긴 내 원수를 갚아준 가이히메가 계시고, 그분을 구한 노보우 님이 계신 곳이니까."

"남편인 나는 뭐야. 아무것도 아니라는 건가?"

"누가 그렇대!"

치요는 가조를 똑바로 바라보며 앙칼지게 대답했다.

가조의 마음은 치요가 말한 그대로였다. 가조는 나리타 가문의 사무라이들이 증오스러웠다. 그 증오를 부채질하는 사람은 곁에 있는 치요였다. 가조는 치요를 사랑했다. 그러나 치요를 사랑하면 할수록 그녀에 대한 증오는 점점 더 커져 견딜 수가 없었다.

"그만 잊자."

가조는 치요가 사무라이에게 농락당했을 때 그렇게 위로했다. 하지만 시간이 지날수록 자꾸 머릿속에 떠올라 치요를 쌀쌀맞게 대하고 말았다. 그러면서 상처를 입은 사람은 다름 아닌 자기 자신이었다.

"……미안해."

이렇게 사과하며 마음속에 있는 이야기를 했다면 좋았을지도 모른다. 하지만 가조는 그리 도량이 넓은 사내가 아니었다. 지금도 치도리에게 화가 난 사람처럼 손을 내밀었을 뿐이다.

치도리는 제 어미에게 매달려 거부의 뜻을 표시했다.

"멋대로 해. 다들 멋대로 하란 말이야!"

가조는 마당에서 기르는 닭을 걷어차고 집을 나갔다.

치요는 말없이 지켜만 보았다.

그날 밤, 오시 성 혼마루에서는 중신들이 이렇다 할 방도도 없이 접견실에 모여 있었다. 집으로 돌아가지도 않고 그저 침울한 표정으로 앉아 있을 뿐이었다.

(적이 오면 성을 넘겨준다.)

상황은 드디어 현실감 있게 어깨를 짓누르고 있었다.

"적이 쳐들어오는데 이렇게 술이나 퍼마시고 있을 수밖에 없다니."

유키에는 술을 벌컥 들이켜더니 나가치카를 흘끔 노려보았다.

"나가치카 님, 항복하는 게 그리 즐겁습니까?"

"엥?"

나가치카는 밝은 표정으로 유키에를 바라보았다. 술이 별로 세지 않은지 이미 취해서 기분이 많이 풀어진 듯했다.

"아득바득해봐야 별 도리 없잖아. 점잖게 항복하면 그 원숭이도 험하게 굴지야 않을 테지."

술기운이 오른 나가치카는 히죽히죽 웃기까지 했다.

(백성들이 재앙을 피할 수 있도록 성문을 열기로 각오한 거로구나.)

현명한 사람이라면 나가치카의 말을 이렇게 생각할지도 모른다. 하지만 이 키 큰 남자는 아무리 살펴봐도 그런 속 깊은 생각을 할 만한 위인처럼 보이지 않았다.

(대체 어떻게 된 녀석이야.)

유키에는 홧김에 다시 술잔에 손을 뻗었다.

단바가 문을 열고 안으로 들어왔다.

"그럼 항복할 절차를 정리할까? 유키에, 한 잔 따라다오."

짐짓 무뚝뚝하게 이야기하는 단바에게 "다들 자작하고 있습니다"라며 유키에가 퉁명스럽게 대답했다.

"그러냐?"

단바는 실내를 쭉 둘러보고 안색을 바꾸었다.

"이즈미는?"

"모르겠습니다."

(……이 녀석이, 설마.)

단바는 재빨리 일어나 문 쪽으로 향했다.

"왜 그러세요?"

"너희는 얌전히 있어."

단바는 그렇게 내뱉고 복도로 뛰어나갔다.

12

"다른 집안은 몰라도 우리 시바자키 집안만은 반도 무사의 기개를 보여야 한다."

횃불 하나 없는 어둠 속에서 이즈미가 외쳤다.

이즈미는 야음을 틈타 자신의 무장 병사들을 여덟 성문 중 하나인 누마바시몬이 있는 작은 섬에 집결시켰다.

이즈미는 다른 중신들에게 알리지 않고 50기도 되지 않는 자기 부하들만 이끌고 성을 뛰쳐나가려는 속셈이었다. 도네가와 강 옆에 있는 가와마타 나루터에서 공격해 오는 히데요시의 대군을 맞아 결전을 벌일 각오였다.

이즈미의 부하들은 우두머리를 닮아 성격이 거칠었다. 이즈미를 위해서라면 목숨을 아끼지 않고 덤벼들 사내들이다. 이즈미 말에 "옙!" 하고 힘차게 대답하더니 사나운 눈빛을 번뜩였다.

"문을 열어라."

이즈미가 명령하자 문지기 병사를 붙잡아 두고 있던 부하들이 성문을 열었다. 문이 열리면 한 줄기 길이 나타나고 그 끝에 오시 성 정문이 보일 터였다. 하지만 정문 앞에는 이즈미를 저지하듯 횃불 하나가 타오르고 있었다.

"아니!"

이즈미는 문으로 말을 달려 횃불 쪽을 똑바로 바라보았다. 횃불을 든 사람은 단바였다.

단바는 정문에서 이즈미를 기다리고 있었다. 한 손에는 개주창과 말고삐를 쥐고, 다른 손에는 횃불을 들고 있었다.

"……이 녀석이……"

이즈미는 창 자루를 고쳐 쥐며 자기보다 작은 단바를 노려보았다.

"이즈미, 혼마루로 돌아가라."

정문을 등지고 서서 단바가 호통을 쳤다.

"한판 겨루자. 개주창의 진짜 주인이 바로 나라는 걸 알려주마."

이즈미는 그렇게 으르렁거리고 말을 내달렸다.

"얼간이 같은 자식."

단바도 횃불을 버리고 말 옆구리를 찼다.

외길을 힘차게 달려 나간 단바와 이즈미의 말이 빠른 속도로 거리를 좁혔다. 하지만 두 사람 모두 피할 생각은 눈곱만큼도 없는 듯했다.

믿기 힘든 이야기이지만 헤이안 시대와 가마쿠라 시대에는 사람을 먹는 말도 있었다. 단바가 살던 시대의 말 또한 요즘 말과는 비교도 할 수 없는 맹수 같은 짐승이었다.

단바는 이즈미가 다가오기 직전에 창을 빙글 돌려 창끝을 크게 돌리고, 고함을 지르며 힘차게 찔러 들어갔다.

(보통 솜씨가 아니군.)

이즈미도 고함을 지르며 동시에 창을 내질렀다.

두 사람의 창끝이 서로의 뺨을 스쳤다. 순간 말은 소싸움을 하듯 머리를 부딪쳤다. 그 바람에 단바와 이즈미는 허공에서 거세게 부딪치더니 땅바닥으로 떨어졌다.

평상복을 입은 단바는 재빨리 몸을 일으켜 전투 복장을 갖춘 이즈미에게 덤벼들었다. 갑옷 목 언저리를 왼손으로 누르고 오른쪽 주먹으로 이즈미의 뺨을 힘껏 후려쳤다.

(맨손으로 세운 무공을 최고로 친다.)

활, 화승총, 칼, 창 등등 수많은 무기로 적을 제압하는 것보다 더 높이 평가받는 것이 육탄전이었다. 맨손으로 적을 굴복시켜 전투를 할 수 없는 상태로 만들고, 단검으로 목을 베는 것. 그것이 최고 무사의 덕목이었다. 일본에서 격투술은 우선 상대를 땅바닥에 내동댕이치는 것을 목표로 삼는다. 유도에는 아직도 그런 전통이 남아 있다. 역전의 용사들인 단바와 이즈미는 이러한 육탄전으로 여러 차례 무공을 세웠다.

"너희는 나서지 마라."

펫 하고 입 안의 피를 뱉으며 이즈미가 부하들에게 소리쳤다.

그는 윗몸을 일으키더니 단바를 쓰러뜨리려 했다. 하지만 단바는 이즈미의 힘을 역이용하여 자리를 바꾼 뒤 이즈미를 깔아뭉갰다.

"이 멍청한 녀석. 네가 성을 빠져나가면 관백은 나리타 가문이 속였다고 생각할지도 모르잖아."

단바는 그렇게 소리를 지르며 이즈미를 후려쳤다.

이즈미는 얻어맞으면서도 목 언저리를 누르는 단바의 왼팔을 꺾어 쓰러뜨렸다. 그리고 말을 타듯 단바의 몸에 올라탔다.

"나도 안다. 하지만 머리를 조아리면서까지 목숨을 부지하고 싶지는 않아."

굵은 팔로 단바의 목을 짓누르고 두들겨 팼다.

퍽. 광대뼈가 울리는 소리를 들으며 단바는 내려치는 이즈미의 오른팔을 두 손으로 잡아 안쪽으로 비틀었다. 팔을 꺾어 쓰러뜨리고 다시 이즈미를 깔고 앉았다.

"그러면 영주님은 어쩌란 말이냐. 가신들은 어쩌고, 백성들은 또 어쩌란 거야. 너 때문에 몽땅 죽으라는 소리냐? 분한 건 너뿐인 줄 아냐? 멋대로 행동하지 마라. 내가 용서하지 않겠다."

단바는 그렇게 소리를 지르며 이즈미를 두들겨 팼다.

이즈미의 뺨에 뜨거운 액체가 떨어졌다. 놀란 이즈미가 피인가 싶어 살펴보았는데, 단바는 피를 흘리고 있는 것 같지 않았다.

(그렇다면……우는 건가?)

이즈미는 좌우에서 날아오는 주먹을 얻어맞으며 단바의 얼굴을 보았다. 그는 울고 있었다.

(그런가?)

이즈미는 그제야 이해했다.

(나보다 이 녀석이 더 뛰쳐나가고 싶은 건지도 모른다.)

이즈미는 실천이 빠른 사내였다.

"……미안하네."

이즈미는 얻어맞으면서도 사과했다. 그제야 단바가 몸에서 힘을 뺐다. 이즈미는 "내가 잘못했다"며 단바를 밀쳐내고 일어섰다. 그러고는 아무 일도 없었다는 듯이 흔마루 쪽으로 걸어갔다.

(이상한 녀석이야.)

단바는 잠시 멍하니 이즈미의 뒷모습을 지켜보다가 퍼뜩 정신이 들어 얼른 그 뒤를 따랐다.

"피하지 않더군."

니노마루에서 이즈미를 따라잡은 단바가 같이 걸으며 물었다.

"응."

"창 말이야."

말 위의 적과 일직선으로 상대할 경우 겁을 먹고 먼저 피하는 쪽이 패배하는 것이다. 단바는 숱한 전쟁터에서 그 사실을 깨달은 뒤, 머릿속에 새기고 몸으로 익혔다.

하지만 이즈미는 태어나면서부터 그런 감각을 몸에 지니고 있었다.

"피하면 창에 찔리고 말잖아?"

무슨 당연한 소리를 하느냐는 말투로 이즈미는 고개를 돌리며 대꾸했다.

(알고 있군.)

단바가 내심 혀를 내두를 때였다.

살짝 땅이 울리는 느낌이 들었다. 걸음을 멈추고 귀를 기울였다. 이윽고 무사들이 행군하는 소리가 들려왔다. 발소리는 점점 더 커지고 있었다.

(……왔구나.)

다테바야시 성을 접수한 미쓰나리의 군사들이 오시 성을 치러 온 것이다.

단바는 방향을 바꿔 산노마루로 달려갔다.

무사들이 행군하는 소리가 혼마루까지 들려왔다. 유키에는 술잔을 내동댕이치고 접견실을 뛰쳐나갔다. 유키에가 밖으로 나가자마자 중신들도 벌떡 일어서서 뒤를 따랐다.

  적이 다가온 것을 알게 된 성 안은 어수선해졌다. 가신들은 물론 병졸이나 몸종에 이르기까지 성에서 일하는 모든 이들이 "적이다"라고 외치며 성 안을 이리저리 뛰어다녔다. 그들 대부분은 성루가 있는 산노마루로 모였다.

  나가치카는 홀로 접견실에 남아 움직이지 않고 있었다.

  (어쩔 셈이지?)

  혼란한 와중에 나가치카에게 관심을 보이는 사람은 가이뿐이었다. 다른 이들과 마찬가지로 산노마루로 가다가 나가치카를 발견한 가이는 의아한 생각이 들었다.

  슬쩍 엿보니 나가치카는 멍한 눈으로 무릎 위에 두 손을 얹고 단정하게 앉아 꼼짝도 하지 않았다. 무엇인가 각오를 하고 결심을 굳힌 모습처럼 보였다. 이윽고 나가치카는 술잔을 들더니 한 입에 털어 넣었다. 그러고는 사레들린 듯이 캑캑거렸다.

  (뭐야.)

  가이는 낙담하여 "나가치카!" 하고 고함을 치며 키 큰 사내를 끌어내 함께 산노마루로 향했다.

  단바는 산노마루에 도착하자마자 성벽 위에 있는 종루로 올라가 성 밖을 둘러보았다.

  가신들이 성루 아래 속속 모여들어 심각한 눈빛으로 하나같이 단바를 향해 고개를 쳐들고 있었다.

"단바, 보이나?"

이즈미가 성루 아래에서 소리쳤다.

"안 보여. 하지만 논을 피해 우회해서 진군하고 있을 걸세."

성 밖을 둘러보아도 어찌된 일인지 군사들은 물론이고 횃불 하나 보이지 않았다. 그런데도 행군하는 소리가 들려오는 것이었다. 땅을 울리는 그 묵직한 소리는 마치 어둠 속에서 거인이 포효하며 어슬렁거리는 듯했다.

유키에도 산노마루로 달려왔다. 도착하자마자 이즈미의 얻어맞은 얼굴을 발견했다.

"아니, 그 얼굴은? 대체 어떻게 된 겁니까?"

적이 쳐들어왔다는 사실은 잊은 듯 목소리가 생기 있었다.

"닥쳐!"

이즈미가 유키에를 집어삼킬 기세로 소리친 순간 나가치카도 가이에게 끌려 산노마루에 도착했다. 나가치카는 적군의 행진 소리를 들으며 성루를 올려다보더니 손으로 사다리를 짚었다.

"나가치카 님, 그거 사다리입니다."

술에 취한 나가치카를 염려하면서도 슬쩍 놀리는 투로 유키에가 주의를 주었다.

"응."

나가치카는 그렇게 대답하더니 의외로 날렵하게 사다리를 타고 올랐다.

"아니, 자넨가?"

올라온 나가치카를 흘끔 보더니 단바는 다시 성 밖으로 시선을 돌렸다. 하지만 달빛도 없는 성 밖은 캄캄하기만 할 뿐이었다.

"어째서 횃불을 밝히지 않는 거지?"

나가치카가 물었다.

행군 중인 미쓰나리에게 말을 타고 달려온 요시쓰구도 나가치카와 똑같은 질문을 던졌다.

"왜 불을 밝히지 못하게 하는 건가?"

어둠 속에서 기습을 당하면 아무리 많은 군사라 하더라도 사방으로 흩어질 수 있다. 일찍이 그런 사례가 없지 않았다. 요시쓰구는 그 점을 염려했다.

"두려움을 품게 만들 걸세. 행군하는 소리만 내고 모습은 드러내지 않는 거지. 적은 겁을 집어 먹고 사기가 떨어질 거야."

(뭣이?)

요시쓰구는 미쓰나리가 적을 가볍게 보고 있다는 생각을 했다. 그뿐만 아니라 이런 행동은 적에 대한 모욕이다. 이렇게 행군을 하더라도 어차피 적은 저항할 마음도 먹지 못할 게 뻔하다는, 노골적인 모욕이다.

(아무리 그래도 묘하군.)

요시쓰구가 아는 미쓰나리는 약자를 괴롭히는 창피한 짓을 증오하는 사내였다. 그런데도 약한 적을 업신여기듯 이런 행군을 지시하다니.

(이게 어떻게 된 일일까.)

요시쓰구는 미쓰나리의 표정을 살펴보려고 했지만, 불빛 하나 없는 어둠 속이라 얼굴이 제대로 보이지 않았다. 요시쓰구는 오시 성이 항복할 거라는 사실을 알고 있다. 무사로서 오시 성 사람들이 딱하다는 생각이 들기도 했지만, 더 이상 미쓰나리를 말리려고 하지는 않았다. 그러나 나중에 요시쓰구는 이 상황에서 강력하게 말리지 않은 것을 두고두고 후회하게 된다.

"두렵군."
성루 위에 선 나가치카는 겁먹은 표정을 숨기지 않았다.
"그래."
단바는 나가치카의 얼굴을 보더니 자조 섞인 미소를 지었다.
"겁주고 있는 거야, 저 녀석들. 어마어마한 병사를 이끌고 온 놈이나 할 수 있는 행군이지."
단바에게는 적의 속셈이 빤히 보였다.
(우리를 업신여기고 있다.)
야간 행군을 한다고 해도 기습하지 못할 거라고 자신하고 있다. 하지만 아무리 무시당하더라도, 땅바닥에 머리를 조아리더라도 저 녀석들에게 공손하게 보여야 한다. 단바는 마음을 다잡으며 나가치카의 등을 손바닥으로 툭 쳤다.

13

오시 성 사람들은 대부분 산노마루에서 모여 밤을 새웠다.

"아침이다."

울창한 숲 사이로 하늘이 희끗희끗 밝아왔다. 유키에는 대담하게도 우렁차게 코를 골며 자고 있던 이즈미를 두드려 깨웠다.

"어."

눈을 뜬 이즈미는 "단바, 동이 튼다"라며 성루 쪽을 올려다보며 소리쳤다.

"난 이미 일어났네."

단바는 아래를 향해 고함을 쳤다. 성루 위에서도 대담하다고 해야 할지 아니면 뭐라고 해야 할지 모르겠지만, 키 큰 사내가 거추장스러운 짐짝처럼 쿨쿨 잠들어 있었다.

"그만 일어나게."

나가치카는 상반신을 일으키고 잠시 멍한 표정을 짓더니 불쑥 몸을 내밀고 성 밖을 살폈다.

간토 평야 저 너머에서 이제 막 얼굴을 내민 아침 햇살이 나가치카의 눈으로 쏟아져 들어왔다. 나가치카는 눈을 감았다. 그리고 다시 눈을 뜨자마자 소리를 질렀다.

"앗."

성 밖 풍경이 어제와는 완전히 딴 판이었다. 성 밖에는 성과 그 주위 논을 둘러싸고 어마어마한 병사들이 빽빽하게 들어차 있었다. 수많은 깃발들이 평야 전체를 화려한 색깔로 물들이듯 바람에 펄럭이고 있었다.

『나리타기』는 미쓰나리가 이끄는 군사들이 오시 성을 포위한 날을 덴쇼 18년(1590년) 6월 4일이라 기록하고 있다.

"적은 몇 천 명 정도나 되나?"

성루 아래서 이즈미가 소리쳤다.

"몇 천 정도가 아니야. 2만 가까이 될 것 같군."

단바가 대답했지만, 그 대답은 틀렸다. 미쓰나리의 병력은 다테바야시 성에서 항복한 병사들까지 포함하여 2만3천 명으로 불어나 있었다.

"5백 명 대 2만 명이란 말인가?"

신음하듯 중얼거리는 이즈미를 따라 주위에 있던 가신들도 신음 소리를 냈다.

(……이건 무리다.)

단바는 눈앞에 닥쳐온 어마어마한 적군을 보고 새삼 도저히 대적할 수 없다는 사실을 깨달았다.

"성문을 열자."

하지만 항복하기 전에 설득해야만 하는 인물이 있다.

"성대님께는 내가 말씀드리겠다."

단바는 나가치카에게 그렇게 말하고 능숙하게 사다리를 타고 내려갔다. 나가치카도 단바의 뒤를 따랐다. 사다리를 내려가기 직전에 마루하카야마 산에서 나부끼는 남색 바탕에 붉은 글자로 큼직하게 '大一大万大吉'이라고 적힌 군기를 보았다. 하지만 나가치카는 그게 누구의 깃발인지 알지 못했다.

미쓰나리는 마루하카야마 산에 본진을 차렸다. 산기슭에 급히 막사를 짓게 하고 '大一大万大吉' 깃발을 산꼭대기에 세운 다음 장수들을 소집했다. 장수들을 기다리며 미쓰나리는 조그마한 오시 성을 내려다보았다. 히데요시가 보여준 그림지도와 마찬가지로 호수 위에 섬들로 이루어진 요새가 웅크리고 있었다.

간토 지방의 유명한 일곱 개 성 가운데 하나라지만, 미쓰나리에게는 우습게 여겨졌다. 당연했다. 미쓰나리는 주로 오사카 성이나 주라쿠다이가 있는 성에서 지낸 중앙 출신이었다. 돌을 쌓아올린 벽도 없고, 천수각도 없이 성루라고 해봐야 고작 목재를 쌓아올린 오시 성이 제대로 된 성곽으로 보일 리가 없었다. 그저 호수를 유일한 방어물 삼아 시골 사람들이 모여 있는 조그만 섬에 지나지 않았다.

방어를 하겠답시고 해자 가장자리에 나무를 삐죽하게 깎아 울타리를 둘러쳐 놓았지만, 변변찮아 보였다. 지극히 평범한 수비였다. 미쓰나리의 눈에는 오시 성이 나무가 울창한, 세련되지 못한 시골 성으로밖에 보이지 않았다.

흥이 깨진 미쓰나리는 마루하카야마 산으로 올라온 요시쓰구에게 오시 성이 아닌 산에 대해 이야기를 꺼냈다.

"이 산은 옛날 신분이 높았던 사람의 묘라더군. 겐신도 오시 성을 공격할 때 여기에 본진을 마련했다는 거야."

미쓰나리는 이미 오시 성을 파악한 상태였다. 어린 단바가 전율했던 우에스기 겐신의 오시 성 공격도 알고 있고, 겐신이 오시 성을 수공으로 밀어버리려고 했지만 실행에 옮기지 않았다는 사실도 머릿속에 있었다.

"그래?"

겐신에게 별로 관심이 없는 요시쓰구는 시큰둥하게 대꾸했지만, 이어진 미쓰나리의 말을 듣고는 깜짝 놀랐다.

"군사(軍使. 전시, 교전 중에 있는 상대방과 교섭을 하기 위하여 파견되는 사절 —옮긴이)로 마사이에를 쓸까 하네."

"잠깐만."

요시쓰구는 미쓰나리를 여러 장수들과 떨어진 곳으로 데리고 갔다. 그리고는 작은 목소리로 날카롭게 꾸짖었다.

"자네처럼 지혜가 뛰어난 사람이 어찌하여 인선을 그르치는가. 마사이에는 관백 전하의 위세를 등에 업고 설치는 녀석일세."

요시쓰구의 말이 옳다. 마사이에는 히데요시의 직계 부하가 되어 중요한 역할을 맡았다. 그 이후 다른 이들에게 고압적인 태도를 보이기 시작했다.

"나처럼 말인가?"

타고난 기질이 불손하다고 스스로를 평가하고 있는 미쓰나리가 말했다.

"자넨 아니지. 마사이에는 약한 자에게는 강하고, 강한 자에게는 약하단 말일세. 그자는 그런 남자란 말이야."

요시쓰구는 누구에게나 오만하게 대하는 미쓰나리와 상대에 따라 태도가 바뀌는 마사이에의 차이를 명확하게 지적했다.

마사이에가 사자로 가면 궁지에 몰린 오시 성 사람들에게 거드름을 피우며 그 상황을 즐기려 들 게 틀림없다. 예로부터 항복을 권하는 사자는 예의 바르게 적장을 상대하고, 상대의 입장을 중시하며 항복을 설득했다. 그래야 적장은 '정 그렇다면' 하고 사자의 뜻에 동의하여 항복을 받아들인다.

그런데 마사이에 같은 자가 사자로 가면 어떻게 될 것인가.

"뜻하지 않은 상황이 벌어질 수도 있지 않겠나?"

나리타 가문이 항복할 거라는 사실을 알고 있는 요시쓰구는 오시 성 사람들이 측은하게 여겨져 미쓰나리를 몰아세웠다.

"틀림없이 문제가 생길 걸세."

미쓰나리는 웃기만 할 뿐이었다.

미쓰나리로부터 군사 역할을 부여받은 마사이에는 부하 둘을 거느리고 마루하카야마 산에서 가장 가까운 성문인 사마구치로 향했다.

"사자가 왔다는 신호를 보내라."

좁은 논두렁길을 나아가며 마사이에가 말 위에서 명령했다. 부하 하나가 큰 칼을 뽑아들고 머리 위로 빙글빙글 돌렸다.

"저게 뭐야?"

사마구치의 보루 위에서 오시 성 병사 하나가 미간을 찌푸리며 말했다. 그는 사자라는 신호를 머리 위로 삿갓을 치켜드는 방법밖에 몰랐던 것이다. 하지만 박식한 병졸도 있었다.

"관백의 사자가 왔다."

그 병졸이 아래를 향해 소리쳤다.

보루 아래서 말을 타고 대기하고 있던, 전령 역할을 맡은 사무라이가 "몇 명이냐?"라고 물었다.

"세 명입니다."

전령은 적의 군사가 왔다는 소식을 알리기 위해 곧바로 혼마루를 향해 말을 달렸다.

사마구치 성문에는 전령 이외에 나리타 가문의 중신 벳부 오와리노카미라는 노인이 대기하고 있었다. 벳부는 가신에게 명을 내려 사마구치 성문을 열게 했다. 그리고 정중하게 인사하고 마사이에를 맞이했다.

"벳부 오와리노카미라고 합니다."

"너 따위는 알 바 아니다."

마사이에는 벌써 약자에게 거드름을 피우기 시작했다.

벳부는 오래전 나리타 가문에서 갈라져 나와 신하의 위치에 있게 된 성주의 친척뻘이다. 물론 마사이에가 설사 그런 사정을 알았더라도 태도가 달라졌을 리는 없겠지만.

"안내하라."

마사이에는 말 위에서 시선도 주지 않은 채 벳부에게 명령했다.

(고얀 놈.)

이 나이에 이런 치욕을 당하다니. 노인은 이를 갈며 분을 삭였다. 화를 내면 가문에 어떤 폐를 끼치게 될지 모를 노릇이다.

"예."

벳부는 마부처럼 몸소 말고삐를 잡았다.

나가치카, 단바, 이즈미, 유키에를 비롯한 중신들이 혼마루 안채로 건너가 야스스에가 누워 있는 방 앞에 섰다. 그때 전령의 전갈을 들은 몸종을 거느리고 가이가 다가왔다.

"원숭이 녀석의 사자가 입성했대."

"빠르군."

이즈미를 비롯한 다른 가신들은 얼굴을 찡그렸지만, 단바는 표정에 이렇다 할 변화가 없었다.

"접견실에서 기다리라고 전하라."

몸종에게 그렇게 말하더니 "실례하겠습니다"라며 문을 열었다.

야스스에는 자고 있었다. 정신을 잃은 듯이 자다가 깨기를 하루에도 몇 차례씩 반복한다는 이야기를 몸종에게 들었다.

"아버님."

야스스에를 깨우지 못하고 머뭇거리던 중신들과 가이를 밀치고 나가치카가 이 고집스러운 노인을 흔들어 깨웠다.

야스스에가 겨우 눈을 떴다.

"관백의 군사들이 성 밖에 왔습니다."

단바가 차분하게 알렸다.

"으음."

야스스에는 힘없이 고개를 끄덕였다.

단바가 모든 것을 털어놓으려 했을 때 야스스에가 그의 말을 가로막듯이 입을 열었다.

"단바, 이즈미, 유키에. 그리고 중신 여러분. 모두들 마침 잘 와주었군. 군량미를 쌓고, 해자를 파고, 울타리를 엮어 전투 준비를 잘해주었네."

그는 눈동자만 움직여 방 안에 모여든 사람들의 얼굴을 쭉 살피더니 뜻밖의 소리를 했다.

"당주는 관백에게 항복할 생각인 게지?"

야스스에는 시선을 허공에 던지며 말했다.

(……알고 있었구나.)

몸종 가운데 누군가가 실수로 이야기했을 거라는 생각은 들지 않았다.

우에스기와 호조 가문 틈새에서 나리타 가문을 지켜낸 야스스에가 눈치 채지 못했을 리 없었다. 오히려 관백에게 항복해야 한다는 사실을 누구보다 잘 알고 있는 사람은 바로 이 늙은 무사가 아닐까.

"됐다."

야스스에는 그렇게 말하고, 단바에게 미소를 지어 주었다.

"성문을 열어라. 내 고집 때문에 모든 사람들에게 마음고생을 시켰구나. 관백을 이길 수야 없겠지. 일찍이 나리타 가문도 호조 가문이 우세하다고 생각해서 충성을 맹세했다. 너희는 관백에게 충성을 맹세하고, 우리 영지의 안전을 요청해라."

야스스에는 눈을 감으며 못을 박았다.

"알겠느냐?"

(이제 아무도 없다.)

단바의 귀에 붕괴 직전의 한 가문을 지탱해온 마지막 기둥이 우두둑 꺾이는 소리가 들리는 듯했다.

야스스에는 단바에게 마지막 저항의 보루였다. 야스스에가 계속 저항하자고 외쳤기 때문에 성문을 열자는 주장을 할 수 있었다. 하지만 야스스에는 모든 것을 받아들였다. 이제 성은 적에게 넘어가고 말 것이다.

"면목 없습니다."

단바는 자신이 무엇을 사죄하는지도 모르면서 눈물을 흘렸다. 이즈미도 울었다. 유키에도 울었다. 중신들 모두 울었다. 기질이 사나운 가이도 눈물을 펑펑 쏟았다.

하지만 울지 않는 이가 딱 한 명 있었다. 나가치카였다.

단바는 나가치카의 얼굴을 바라보았다. 그리고 나가치카에게 지금껏 느껴보지 못한 큰 실망감을 느꼈다.

(겁을 집어먹었군……)

나가치카는 울지도 못할 만큼 겁에 질려 있는 것으로밖에 보이지 않았다. 나가치카는 주먹을 쥐고 어깨를 흔들면서 야스스에를 바라보고 있었지만, 딴생각을 하고 있는 듯했다.

(이런 상황인데도 넌 여전히 멍청한 생각만 하고 있는 거냐?)

단바는 야스스에에게 "이만 실례하겠습니다"라 말하고 벌떡 일어섰다.

단바를 비롯한 중신들 모두 바깥채로 건너와 관백의 사자가 기다리는 접견실로 향했다.

"상석에는 누가 앉지?"

복도를 걸으며 이즈미가 단바에게 물었다. 성대인 야스스에가 병석에 누워 있는 상황이었다.

"나가치카가 앉아야지. 당연하지 않은가?"

단바는 화가 난 표정을 숨기지 못하며 대답했다.

(……한심한 녀석.)

항복하겠다는 뜻을 전하는 역할쯤은 저런 녀석도 할 수 있을 것이다. 단바는 굳은 표정으로 가신들을 둘러본 뒤 나가치카를 흘끔 보며 속으로 한숨을 내쉬었다.

나가치카를 접견실 상석으로 들어가는 문 앞에 남겨 두고, 다른 문 앞으로 갔다. 그때 유키에가 뒤늦게 달려왔다.

"무엇하러 왔느냐?"

이즈미는 항복을 앞두고 있는데도 히죽히죽 웃으며 유키에에게 물었다.

접견실에 이르기 전, 중신들이 안채에서 바깥채로 통하는 다리를 건너고 있을 때였다.

"히메."

유키에는 다리 위에 서서 배웅하던 가이에게 말을 건넸다. 감히 영주의 딸에게 말을 걸다니. 단바가 제지하려고 했지만 이즈미가 어깨를 밀면서 눈짓으로 말렸다.

(어때서 그래? 그냥 놔둬.)

이즈미의 눈빛이 그렇게 말하고 있었다. 나리타 가문이 항복하면 가신들은 뿔뿔이 흩어질 수도 있다. 그렇다면 유키에도 다시는 가이를 만날 수 없게 될지도 모른다.

물론 유키에가 무슨 소리를 하려는지 짐작은 하고 있었다.

(못 본 척 넘어가는 게 점잖은 일이지.)

이즈미는 단바에게 고개를 끄덕여 보였다. 단바는 살짝 한숨을 내쉬고 중신들을 재촉해 접견실로 향했다.

다리 위에 남은 유키에는 가이의 눈을 바라보며 슬며시 미소를 지었다.

"저는 히메를 좋아합니다."

선뜻 고백했다.

주위의 몸종들이 동요하는 기색이었다. 가이 또한 조금 놀란 표정을 지었지만, 곧이어 유키에가 평생 잊을 수 없는 웃음을 지으며 말했다.

"알았어. 고맙구나."

그러더니 몸을 돌려 안채로 사라졌다.

(이제 됐어.)

유키에는 가이의 뒷모습을 지켜보다가 서둘러 접견실로 걸음을 옮겼다.

"그래서, 어떻게 됐냐?"

접견실 문 앞에서 이즈미는 유키에를 슬쩍 몸으로 밀치며 물었다.

"자식을 여섯이나 둔 남자한텐 이야기할 수 없어요."

유키에가 놀리듯이 대꾸하자 중신들도 그제야 웃는 표정을 지었다.

"자, 여러분. 모두 가슴을 폅시다."

단바는 밝아진 분위기를 경계하듯 엄격한 표정을 짓고 말했다.

(이제 우리가 할 수 있는 일이라곤 애써 가슴을 펴고 항복하겠다는 뜻을 전달하는 일뿐이지 않은가?)

단바는 마음을 다지며 힘차게 접견실 문을 열었다.

"왜 이리 늦소!"

마사이에는 단바를 비롯한 중신들이 자리를 잡고 앉기도 전에 소리를 버럭 질렀다.

실내에는 몇몇 가신들이 자리를 잡고 있었고, 마사이에는 부하 둘을 거느리고 한가운데 앉아 있었다.

"관백 전하의 사자를 향응도 없이 그냥 맞이하다니, 이게 무슨 경우란 말이오!"

마사이에는 중신들을 바라보던 시선을 나가치카로 던지며 고압적인 목소리로 외쳤다.

나가치카는 창백한 얼굴로 마사이에를 물끄러미 바라보았다.

단바는 자세를 낮추고 변명했다.

"시골 사람이라 부족한 점이 많사오니 너그러이 용서하시기 바랍니다. 성대님께서 병환으로 거동을 할 수 없어 오늘 일을 말씀드리느라 잠시 시간이 지체되었습니다. 죄송합니다."

"넌 누구냐?"

시골 성주의 가신 나부랭이는 말 상대가 되지 않는다는 듯이 마사이에가 물었다.

단바는 여전히 자세를 낮추었다.

"예, 소인은 나리타 가문의 일개 가로로서 이름은 마사키 단바라고 합니다. 저기 계신 분은……"

단바는 상석에 앉은 나가치카를 가리키며 얌전히 말을 이었다.

"야스스에 성대의 아드님이신 나리타 나가치카입니다."

"나는 대장 대보인 나쓰카 마사이에다."

놀랐느냐는 듯이 마사이가 잔뜩 거드름을 피우며 말했다. 나가치카는 당장이라도 울 듯한 표정을 하고 있었다. 그런 나가치카의 모습이 마사이에를 더욱 부채질했다.

"이렇게 중대한 시기에 누워 있다니, 참으로 느긋한 성대로구나."

그러면서 들으라는 듯이 코웃음을 쳤다.

센고쿠 시대의 사내들은 이런 모욕을 참지 못했다. 특히 무사들의 본고장이라고 할 수 있는 간토 지방 사내들은 더욱 그러했다. 하지만 나리타 가문의 가신들은 참고 또 참았다.

"항복할 것인지 어쩔 것인지 묻고 싶군."

마사이에는 이를 악물고 참는 가신들의 모습을 마음껏 즐기더니 본론을 꺼냈다.

"투항한다면 성과 영지는 걱정하지 않아도 된다. 하지만 오다와라 공격에 병사를 보내야 한다. 끝까지 싸우고자 하면 우리와 맞서야 할 것이다. 우리 2만3천 병사들은 몸이 근질근질하다. 우리는 어느 쪽이건 상관없다. 각오는 되어 있을 테지. 어서 대답하라. 나는 아직 아침 식사도 하지 않았다."

슬쩍 웃음까지 지으며 마사이에가 말했다.

(이거야, 바로 이거라고.)

마사이에는 내심 환희를 느꼈다. 상석에 앉은 시골뜨기는 겁을 먹어 말도 제대로 못하지 않는가. 마사이에는 그런 생각을 하다가 깜빡 잊었다는 듯 서둘러 입을 열었다.

"그리고 나리타 가문에 가이라는 딸이 있다더군. 그 딸을 관백 전하에게 바치도록."

아무 말도 못하는 가신들은 얼굴이 점점 붉어졌다. 붉으락푸르락 달아오르더니 급기야 몸을 부들부들 떨었다. 가신들의 얼굴에 분노가 치밀어 오르고 있는데 나가치카는 무슨 생각을 하는지 여전히 표정에 변화가 없었다.

"마음을 정하지 못하고 있었는데, 이제 결정했다."

나가치카가 드디어 입을 열었다.

"그렇다면 어서 대답해라."

마사이에가 그렇게 말한 순간, 나중에 오시 성 성대이자 총대장이 되는 나리타 나가치카는 이 시골 성을 센고쿠 시대 전투사상 가장 특별한 성으로 만드는 결정적인 한 마디를 던졌다.

"싸우겠다."

나가치카가 말했다.

가신들은 모두 깜짝 놀랐다. 누구도 입을 열지 못했다. 끔찍한 일이었다. 성 안의 가신들과 백성들을 건사해야 할 사람으로서 할 말이 아니었다.

농사짓는 일을 그토록 좋아하고 농민들과도 가볍게 우스갯소리까지 나누던 나가치카가 백성들은 물론이고 오시 성과 그 영지 전체를 지옥으로 몰아넣을 한 마디를 너무도 간단하게 내뱉은 것이다. 윗자리에 있는 사람이라면 결코 입 밖에 내서는 안 될 소리를 이 얼간이가 내뱉었다.

하지만 얼간이는 사무라이도 아니고, 나리타 가문의 구성원도 아닌, 그저 한 사내로서 대답한 것이었다. 강한 자가 모욕하는데도 아양 떠는 표정을 짓는다면 그건 사내가 아니다. 강한 자의 모욕과 부당한 요구에 단호하게 아니라고 외칠 수 있는 남자를 용감한 사내라고 한다면 나가치카는 이 방 안에서 유일한 용사였다.

"뭐라고?"

"전쟁터에서 만나자고 했소이다."

나가치카가 쏘아붙였다.

"그게 나리타 가문의 대답이로군."

마사이에는 2만 명이 넘는 군사력으로 겁을 주어 항복을 끌어낼 작정이었지만, 자리에서 벌떡 일어설 뿐 어찌할 도리가 없었다. 접견실 분위기는 단숨에 얼어붙었다. 동시에 한편에서 열기가 뿜어 나오기 시작했다. 순간 단바도 피가 머리끝까지 치솟는 느낌이 들었지만, 곧바로 이성을 되찾았다. 있어서는 안 될 일이었다.

"잠깐, 잠깐만."

단바는 마사이에에게 소리치며 상석으로 달려가 나가치카의 멱살을 잡았다. 그리고 호통을 치며 나가키차를 끌어냈다.

"나가치카, 이리 좀 나와 보게."

나가치카는 아무런 저항도 하지 않고 접견실 밖 복도로 끌려 나갔다.

나가치카가 밖으로 나가자 가신들이 웅성거렸다. 꿈에서 깬 것처럼 벌떡 일어서더니 관백의 사자에게는 눈길 한 번 주지 않고 우르르 나가치카의 뒤를 따랐다.

14

단바는 잡동사니를 넣어두는 방으로 나가치카를 밀어넣었다. 그리고 바닥을 쿵쿵 울리며 그에게 다가갔다. 이즈미와 유키에를 비롯해 뒤따라온 가신들도 좁은 방으로 밀려들었다. 복도를 가득 메운 가신들은 까치발을 세우고 방 안으로 고개를 들이밀었다.

단바가 발을 구르며 나가치카에게 호통을 쳤다.

"자네 정신 나간 건가?"

나가치카는 살짝 불만스러운 표정만 지을 뿐 입을 다물고 있었다.

"뭐라고 말 좀 해봐!"

"싫어졌어."

"뭐가."

"항복하기 싫어졌다고."

나가치카는 고개를 돌리며 대답했다.

"이제 와서 무슨 소린가! 내가 누누이 이야기했잖나. 관백을 당해낼 도리가 없다고. 그래서 항복하는 거란 걸 자네도 잘 알지 않나?"

"그래서 싫어졌단 말이야!"

나가치카가 뜻밖에 소리를 버럭 질렀다. 떼를 쓰는 어린아이 같은 말투였다.

"어린애처럼 이게 무슨 짓인가!"

나가치카는 얼굴을 획 들어 단바의 눈을 똑바로 노려보더니 침이 튈 정도로 악을 썼다.

"2만 명이나 되는 병사를 이끌고 쳐들어와서 잔뜩 겁을 주고 항복하겠느냐고 묻잖아. 놈들은 우리가 항복할 게 뻔하단 걸 알고 있어. 그런 놈한테 항복하긴 싫단 말이야."

나가치카는 억지를 부리고 있었다.

단바는 나가치카의 이런 모습을 본 적이 없었다. 살짝 놀라기는 했지만, 지금 상황에서는 나가치카를 설득해야만 했다.

"자네가 참게. 지금 항복하면 영지와 성은 모두 안전할 걸세. 나가치카, 참아야 돼."

한 마디 한 마디 힘주어 말했다.

"싫은 건 싫은 거야!"

나가치카는 버럭 소리를 지르며 단바의 말을 가로막았다. 그리고 좁은 실내에서 숨을 죽이고 있는 사무라이들을 쭉 둘러보더니 소리쳤다.

"힘 있는 자가 힘없는 사람을 발로 걷어찬다. 재주 있는 자가 재주 없는 자를 조롱하고 있다. 그게 사람 사는 세상인가? 그렇다면 난 싫어. 그런 건 받아들이지 못하겠어!"

강한 자는 한없이 강해지기만 할 뿐이고, 힘없는 사람은 한없이 학대당하고 짓밟힌다. 하찮은 재주가 있는 자만이 잔머리를 계속 굴리며 잘난 체 위세를 부린다. 그렇다면 능력이 모자라고, 착하고, 우직한 사람은 그들 발아래 깔린 채 죽어가야만 한다는 말인가.

"그런 게 세상 이치라면 난 용서할 수 없어."

나가치카가 결연히 말했다.

그 순간 나리타 가문 가신들은 벼락이라도 맞은 듯 표정이 바뀌었다. 무사의 낯빛과 전사의 눈빛이 얼굴 위에 떠올랐다.

(……그랬던가?)

단바는 나가치카와 자신의 차이를 똑똑히 깨달았다. 아무런 무예도 지니지 못하고, 결코 총명하다고 할 수 없는 이 키 큰 사내가 다른 이들은 모두 내버린 자존심을 움켜쥐고 있었다.

(……이 친구는 이상하리만치 자긍심이 높구나.)

단바는 어린 시절부터 나가치카에게 느껴왔던 위화감의 정체가 바로 그것이라는 확신이 들었다.

모든 사람이 상황과 형편을 고려해 항복하려는 가운데 나가치카만은 그것을 몽땅 무시하고 저항을 외쳤다. 강자와 맞닥뜨리자 이 얼간이의 본성이 정체를 드러냈다. 돌이켜보면 단바의 눈에 겁먹은 것으로 보였던 나가치카의 표정도 사실은 의미가 전혀 달랐던 것이었다.

(나가치카는 싸우려는 생각에 전율하느라 몸을 떨고 있었던 거로구나.)

단바가 그런 생각을 하고 있을 때 이즈미는 싸움을 하기 직전의 개구쟁이처럼 씩 웃었다.

"해봅시다."

"사카마키 집안도 싸우겠습니다."

당연하다는 듯이 유키에가 말을 이었다.

하지만 단바까지 열을 올려서는 안 되었다.

"너희는 그저 싸우고 싶을 뿐이지 않은가."

그러나 단바의 일갈도 이미 전사로 변해버린 사내들의 귀에는 들어오지 않았다.

"벳부 집안도 싸우겠소이다!"

그렇게 말한 사람은 마사이에를 안내했던 노인이었다. 나리타 가문의 가신들 가운데서도 유서 깊은 집안의 이 늙은 무사가 나서자 "우리도 싸우겠다"며 사무라이들이 계속 소리를 질렀다.

"침착하시오. 서두르지 말고. 강한 자에게 무릎을 꿇어야만 하는 게 세상 이치 아닌가."

단바는 가로로서 분위기를 가라앉히려고 했다. 그 또한 여러 가신들을 거느린 마사키 집안의 기둥이다. 관백과 맞서 싸우면 가신들이 얼마나 비참하게 될지 너무도 잘 알고 있다. 그런 단바에게 이즈미가 평정심을 잃지 않은 목소리로 넌지시 물었다.

"자넨 어쩔 텐가, 단바?"

단바는 대답하지 못했다. 결단력 있던 사내가 동요하고 있었다.

"나가치카, 정말 싸울 작정인가?"

"아까부터 이야기했잖아."

나가치카가 이제 와서 무슨 소리를 하는 거냐는 듯 단바의 얼굴은 보지도 않고 대꾸했다.

단바는 생각에 잠겼다. 숨 쉬는 것도 잊을 만큼 생각에 몰두했다. 맞서 싸우자는 것은 단바도 일면 바라던 바이다. 하지만 결과가 좋을 리 없다. 싸우느냐 항복하느냐 사이를 몇 차례 오락가락한 끝에 단바의 입에서 한 마디 말이 툭 튀어나왔다.

"싸울까?"

스스로에게 그렇게 중얼거렸다.

"그러자."

마음을 굳혔다.

"싸우자."

단바는 고개를 들고 사람들을 향해 외쳤다.

"그래, 해보자."

이즈미가 단바의 어깨를 툭 쳤다.

"싸워요."

유키에도 단바에게 말했다.

"싸웁시다."

"그럽시다."

복도를 메운 사람들까지 사방에서 소리쳤다.

나리타 가문의 가신들은 나가치카를 앞세우고 접견실로 향했다. 조금 전 항복하기 위해 접견실로 갈 때와는 전혀 다른 사람들 같았다. 팔과 다리에 힘이 넘쳐 걸음을 내디딜 때마다 마루가 쿵쿵 울렸다. 가슴을 펴고 어깨에 힘이 들어간 모습이 당당했다. 전투를 앞둔 무사의 얼굴이었다. 하지만 맨 앞에 선 나가치카만은 여전히 기를 펴지 못하는, 어수룩한 중년 사내 같은 모습이었다.

힘차게 문을 연 가신들은 접견실로 몰려들어왔다.

(어떻게 된 거지?)

마사이에는 우르르 자리로 가서 앉는 무사들을 둘러보며 두려움을 느꼈다. 그 순간 머릿속에 한 단어가 떠올랐다.

'반도 무사(간토 지방 무사 ―옮긴이)'

'일본 전체가 간토 지방의 8개 주(무사시, 사가미, 가즈사, 시모우, 아와노, 고즈케, 시모쓰케, 히타치 등 여덟 개 지역 ―옮긴이)를 당해낼 수 없다.'

이러한 평가를 받아온 반도 무사의 후예들이 전사의 표정을 지으며 마사이에를 뚫어지게 바라보고 있었다.

접견실로 들어온 나가치카는 천천히 상석에 자리를 잡았다. 그 얼간이 같은 움직임마저 마사이에에게는 입을 열기 전 미소를 짓는 살인자 같은 께름칙한 느낌을 주었다.

마사이에는 애써 위엄 있는 목소리로 입을 열었다.

"이야기는 나누었나?"

나가치카를 가리키며 단바에게 물었다.

"그렇다."

단바가 고개를 끄덕이며 진지한 표정으로 대답했다.

"중신들이 다 함께 거듭 간언했지만, 저자는 고집이 대단히 세다. 도무지 말을 듣지 않았다."

"그렇다면?"

마사이에는 잠깐 뜸을 들였다가 마른침을 삼킨 뒤 목소리를 낮추고 말을 이었다.

"저 얼간이 말대로 싸우기로 했다!"

(……뭐라고?)

"2만이 넘는 군대를 상대로 싸우겠다는 건가?"

입장이 역전되었다. 마사이에는 낭패한 표정을 지으며 나가치카를 바라보았다.

나가치카는 턱을 당기고 마사이에를 바라보며 단호하게 말했다.

"반도 무사의 창 맛을 제대로 보여주마."

마사이에는 뺑소니치듯 혼마루를 빠져나와 말을 타고 쏜살같이 사라졌다. 두 부하가 따라오지 못하는데도 기다릴 생각은 하지 않고, 맹수의 우리에서 도망치듯 오시 성을 뒤로하고 마루하카야마 산을 향해 정신없이 달렸다.

미쓰나리와 요시쓰구를 비롯한 여러 장수가 그 모습을 진영에서 내려다보고 있었다. 말 한 필이 맹렬한 기세로 달려오고 두 마리가 그 뒤를 쫓듯 따라오고 있었다.

"화의는 깨진 모양이로군."

전혀 놀란 기색 없이 미쓰나리가 혼잣말을 하듯 중얼거렸다. 미소까지 띠고 있었다.

(있을 수 없는 일이다.)

요시쓰구는 그런 생각이 들었다. 또한 미쓰나리의 미소도 마음에 들지 않았다.

"뭐가 우스운가?"

요시쓰구가 심각한 얼굴로 물었다. 미쓰나리가 진짜 무엇을 노리는지 요시쓰구마저 알아차리지 못했던 것이다.

오시 성 가신들은 마사이에가 뺑소니치자 다 함께 안채로 향했다.

몸져누운 성대 야스스에게 자기들의 결심을 전하려는 것이었다. 복도를 걷는 가신들의 얼굴에는 웃음이 가득했다. 마사이에가 허둥지둥 도망친 일을 비웃는 것이 아니었다. 이 시대 남자들은 적이 허둥대는 꼴을 싫어하면 싫어했지 조롱하는 건 야비한 행동으로 여겼다. 그들이 웃는 까닭은 자기들이 내린 결단이 만족스러웠기 때문이다.

그뿐이 아니었다. 웃음이 터질 만큼 재미난 일도 벌어졌다. 마사이에가 뺑소니친 뒤 가신들이 안채로 가기 위해 자리에서 일어섰다. 하지만 나가치카는 일어날 생각이 없는지 미동도 없이 자리에 앉아 있었다. 그러더니 별안간 바닥으로 엎어져 팔을 바닥에 대고 엉금엉금 기었다.

(허리라도 삐끗했나?)

단바는 어처구니가 없었다. 가신들이 나가치카를 가리키며 웃었다. 나가치카는 바닥을 짚은 팔을 부들부들 떨면서 도움을 청하는 표정으로 가신들을 올려다보았다.

이즈미가 웃으며 나가치카의 겨드랑이에 손을 넣고, 단바를 턱짓으로 불렀다. 단바도 반대편 겨드랑이에 손을 넣어 함께 부축해 접견실에서 데리고 나왔다. 세 사람이 앞서고 가신들이 뒤를 따랐다. 마치 축제 때 환호성을 지르며 앞서 가는 가마를 따르는 사람들 같았다.

"이런 부실한 몸으로 용케 그런 용감한 발언을 했어."

이즈미가 옆에서 부축하며 웃었다.

"그런 소리 말게."

나가치카는 이즈미를 쳐다보며 대꾸했다.

안채에서 누군가가 달려 나왔다.

가이였다. 유난히 새카만 눈동자에 눈물이 가득 담겨 있었다. 가이는 가신들의 행진을 가로막았다.

다들 무슨 일인가 싶어 웃음을 거두었다.

(설마)

제일 먼저 눈치 챈 유키에가 후다닥 안채로 뛰어 들어갔다.

고인이 된 야스스에가 가신들을 맞이했다.

가이의 계모인 다마가 냉정하리만치 차분하게 야스스에의 시신에 흰 천을 덮었다.

『나리타계도』라는, 후지와라 가타마리에서 시작된 나리타 가문의 계보를 적은 책에는 야스스에의 최후가 다음과 같이 간략하게 적혀 있다.

'이해(1590년) 6월, 오시 성에서 병으로 세상을 뜨다. 일흔다섯, 법명은 기가쿠 거사.'

나리타 가문의 존속을 위해 평생을 바치고 전쟁터에서 일생을 대부분 보낸 늙은 무사는 결국 전쟁 중에 최후를 맞이한 셈이었다.

나가치카는 울지 않았다. 다른 가신들도 눈물을 보이지 않았다. 슬프지 않은 것이 아니다. 하지만 지금 전쟁을 선언한 사람들의 마음속에는 이런 생각뿐이었다.

(싸우다 죽겠다.)

그들이 특별한 것은 아니다. 강한 남자를 최고의 가치로 삼던 센고쿠 시대의 사나이들은 몸이 재가 될 때까지 싸워 가능한 한 많은 적을 무찌른 전적으로 자신을 후세에 드러내려고 했다.

그렇다고 그들이 특별히 죽음을 원했던 것은 아니었다. 어이없이 목숨을 잃거나 쉽게 자살해버리는 무사를 이 난세의 사나이들은 형편없는 무사로 여겼다. 그들은 보다 많은 적을 쓰러뜨리기 위해 목숨을 아끼지 않았을 뿐이다. 그런 면에서 센고쿠 시대의 무사들은 죽음 자체에 가치를 두고, 명령을 받으면 바로 할복하고 마는 에도 시대의 참혹한 무사들과는 전혀 다른 생각을 지니고 있었던 것이다.

"자, 성대님 앞에서 맹세하자."

단바가 야스스에의 시신을 가리키며 가신들에게 말했다.

"뭘 말입니까?"

유키에가 어울리지 않게 진지한 표정으로 물었다.

"지금부터 나가치카를 성대로 받들고, 우리 총대장으로 삼는다는 것을."

"좋습니다."

'뭐야, 그런 맹세를 하자는 거였어?' 하는 투로 유키에가 선뜻 대답해서 단바는 깜짝 놀랐다. 다른 사람들도 모두 '좋소'라며 고개를 끄덕였다.

"됐나?"

좀 더 생각해보는 편이 낫지 않겠는가? 단바는 야스스에의 시신 앞이라는 사실을 잊고 물었다.

"자네가 이야기하지 않았는가?"

이즈미가 그렇게 대꾸하더니 가신들을 둘러보고 말을 이었다.

"나가치카 님의 명령이라면 나는 복종하겠네."

"자네, 어울리지 않는 소리를 하는군. 왜 그런 거지?"

그렇게 묻는 단바에게 이즈미는 멋쩍은 듯이 웃어 보였다.

"명령을 내릴 것 같지 않으니까."

남의 밑에 들어가기 싫어하는 이즈미에게 나가치카 같은 사내는 쉽게 만날 수 없는 상관이었다.

단바는 이즈미를 보며 코웃음을 치고, 야스스에의 시신을 바라보았다.

(성대님, 분부를 따르지 못하고 나가치카를 성대로 삼게 되었습니다.)

단바는 속으로 사죄했다.

단바는 나가치카를 향해 자세를 바로하고 허리에 찬 두 자루의 칼 가운데 작은 칼을 살짝 뽑았다. 가신들도 단바를 따라 나가치카를 향해 칼을 조금씩 뽑았다. 그리고 일제히 칼자루 장식을 힘차게 두드려 다시 칼을 집어넣었다. 경쾌한 금속음이 실내에 울려 퍼졌다. 맹세의 표시다.

(이게 오시 성 사내들인가?)

가이는 기분 좋은 금속음을 들으며 남자로 태어나지 못한 것을 분하게 여겼다.

그 맹세의 소리를 듣는 나가치카는 약간 얼뜬 표정이었다. 하지만 가이에게는 그런 표정마저 우두머리 장수의 숙연한 태도처럼 보였다.

(필자는 야스스에의 묘를 찾아 세이젠지를 방문해 주지 스님과도 이야기를 나눈 적이 있다. 하지만 안타깝게도 야스스에의 묘를 찾을 수는 없었다. 또한 『나리타기』에 나오는 야스스에의 계명인 '겟소기카쿠 거사'는 잘못된 이름이며 '조간인덴즈이오타이주다이 거사成願院殿 随應泰順大居士'가 맞다고 한다.)

15

"뭐라고? 뭔가 잘못된 거 아닌가?"

'나리타 가문이 전쟁을 선포하다니.'

마루하카야마 산에서 마사이에의 보고를 받은 요시쓰구는 저도 모르게 버럭 소리를 질렀다.

"뭐가 잘못이란 건가?"

미쓰나리가 의아하다는 표정을 지었다.

"그러니까 그게……."

요시쓰구는 말문이 막혔다.

"무슨 까닭인지 처음에는 자기들끼리 옥신각신하더니 나중에는 싸우자고 나오더군."

마사이에는 자못 분하다는 표정으로 말했다.

"그래? 싸우자고 했다고?"

미쓰나리는 마사이에의 대답을 듣더니 환한 표정을 짓고 웃음까지 머금었다.

요시쓰구는 미쓰나리의 그런 태도가 의아했다.

"자, 여러분. 산기슭으로 내려가 본진에서 바로 군사회의를 엽시다."

미쓰나리가 웃으며 장수들에게 명령했다. 마사이에와 장수들은 산을 내려갔지만, 요시쓰구는 친구의 태도가 이상하다는 생각을 떨칠 수 없었다.

"좋았어. 바로 이거야!"

요시쓰구와 단둘이 남게 되자 미쓰나리는 오시 성을 뜨거운 눈빛으로 바라보며 큰 소리로 말했다.

"그래야지. 그래야 사람이지. 내가 사람을 대수롭지 않게 여길 뻔했군."

(……으음, 그랬나?)

요시쓰구는 속으로 신음했다.

미쓰나리는 오시 성 사무라이들을 시험했던 것이다.

적이 기습을 감행할 수도 있는데 야간에 횃불도 없이 행군하고, 마사이에 같은 녀석을 사자로 보내 우롱하며 오시 성 사무라이들의 자긍심을 건드렸다. 다른 사람에게도 강력한 미의식을 요구하는 미쓰나리가 오시 성에 대해 부디 자신에게 저항해달라는 심정으로 그런 행동을 보인 것이 틀림없다.

(그래서 그런 판단을 내렸던 건가?)

요시쓰구는 그제야 깨달았다.

미쓰나리는 도읍을 떠나 머나먼 이곳 시골 성에 와서야 마음을 터놓고 이야기를 나눌 만한 상대를 만난 듯한 묘한 기분이 들었다.

(멋진 녀석이야.)

미쓰나리는 아직 만나보지 못한 나가치카를 이렇게 평가했다. 하지만 그 결과는 전투다.

"자네는 처음부터 이렇게 끌고 갈 작정이었군. 마사이에 같은 녀석을 사자로 보낸 까닭도 전투를 끌어내기 위한 술책이었나? 전쟁은 장난이 아닐세!"

요시쓰구는 미쓰나리에게 호통을 쳤다.

하지만 미쓰나리에게 전쟁이란 이런 것이다. 자신이 인정할 수 있는 상대와 자웅을 겨루는 전투를 하고 싶다. 하찮은 놈들과 벌이는 전투가 대체 무슨 가치가 있다는 말인가.

대낮 거의 같은 시각, 양쪽 진영에서 군사회의가 열려 각 장수들의 배치가 결정되었다. 오시 성 전투 기록인 『오시 성 전기』나 『간핫슈고 전록』에 따르면 오시 성 여덟 개 문의 수비를 담당한 장수와 공격을 준비한 장수는 다음과 같다.

[동쪽 문, 나가노구치]

-수비 측: 시바자키 이즈미노카미를 비롯하여 요시다 이즈미노카미, 가마다 지로자에몬, 나리사와 쇼교로, 요시다 신시로, 미타 지로베에, 아기야마 소에몬 외 보병 30명.

-공격 측: 형부 소보 오타니 요시쓰구를 비롯하여 홋타 즈쇼 외 다테바야시 성 병사들 총 6천5백 명. 이 부대는 북동쪽 문인 기타다니구치도 담당.

[남동쪽 문, 사마구치]

-수비 측 : 마사키 단바노카미 도시이에를 비롯하여 후쿠시마 몬도, 오사베 하야토노쇼, 우치다 사부로베에, 분에몬, 우치다 하라로쿠 외 보병 40명.

-공격 측 : 대장 대보 나쓰카 마사이에를 비롯하여 소보 나카시마 시키부, 하야미 카기노카미 등 4천6백 명.

[남쪽 문, 시모오시구치]

-수비 측 : 사카마지 유지에를 비롯하여 야사와 겐바, 데시마 우네에, 사쿠라이 도추로, 호리 간고로, 아오기 효고 외 보병 1백 명.

-공격 측 : 치부 소보 이시다 미쓰나리를 비롯하여 호조 우지카쓰, 사타케 요시노부, 우쓰노미야 구니쓰나, 이토 단바노카미, 스즈키 마고조 등 7천여 명. 이 부대는 남서쪽 문인 오미야구치도 담당.

[북동쪽 문, 기타타니구치]

-수비 측 : 니시기 주로베에 외 보병 30명.

-공격 측 : 앞에 설명한 대로 오타니 요시쓰구 등이 담당.

[남서쪽 문, 오미야구치]

-수비 측 : 사이토 우마노스케, 후비다 야베에 등.

-공격 측 : 앞에서 설명한 대로 이시다 미쓰나리 등이 담당.

[북서쪽 문, 사라오구치]

-수비 측 : 시노즈카 야마시로노카미 외 보병 25명.

-공격 측 : 식부(式部) 쇼보 나카에 등 5천 명.

[정문, 쿄다구치]

-수비 측 : 시마다 데와노카미 외 보병 120명.

-공격 측 : 외곽 성문을 점령해야 들어갈 수 있는 문이기 때문에 담당 없음.

 서쪽 문인 모치다구치는 나가시오 히토야를 비롯한 보병 25명이 지키고 있었지만, 미쓰나리가 '모치다구치는 적의 도주를 유도하기 위해 병력을 배치하지 않는다'고 했다. 미쓰나리가 특별히 호의를 베푼 것은 아니다. 성을 공략할 때는 한쪽을 비워두는 것이 일반적인 수법이었다. 미쓰나리도 그런 관례에 따랐을 뿐이다.

 회의가 한창인 오시 성 접견실에서 이즈미가 큰소리를 쳤다.
 "난 화승총 부대는 필요 없네. 단바, 자네가 맡아."
 자기에겐 활이나 화승총처럼 멀리서 적을 쏘는 무기가 필요 없지만, 단바에게는 필요할 거라고 다른 장수들에게 드러내놓고 이야기하려는 속셈이다.
 (녀석, 여전하군.)
 단바는 이즈미의 그런 어린아이 같은 모습이 우스웠다.
 "알았다. 내가 맡지."

쾌히 받아들였다.

회의를 주도하는 이는 단바였다. 군사 문제에 대해 아는 게 없는 나가치카는 말이 오고가는 장수들의 얼굴을 묵묵히 바라보고 있을 뿐이었다.

"단바, 내 전략에 잔소리하면 안 되네."

이즈미가 단바에게 못을 박았다.

(그럴 수밖에 없겠지.)

단바도 그러기로 마음먹었다.

각 성문을 담당한 장수에게 전권을 부여하고 사수하라고 할 수밖에 없다. 이런 방법이 독립적인 기풍을 지닌 나리타 가문의 장수들에게는 가장 적합한 길일 것이다. 섣불리 통솔하려고 들면 사기를 떨어뜨리는 결과를 가져올지도 모른다. 일견 무책임하다고 할 수 있는 전법을 관철하기에는 나가치카가 가장 적합한 총대장이라고 할 수 있었다.

"됐소?"

단바가 가신들을 둘러보았다.

"병력은 열세지만, 지형은 우리가 유리하오. 뿐만 아니라 우리 진영에는 저들보다 더 유능한 장수들이 많이 있소. 여러 가지 이점을 잘 조합하여 우리만이 취할 수 있는 전략으로 승리를 얻을 거요."

회의에서 말 한 마디 못하고, 꿔다 놓은 보릿자루처럼 잠자코 있던 나가치카가 입을 열었다.

"난 어딜 지키는가?"

모두들 깜짝 놀랐다. 나가치카가 나서면 골치 아파진다.

가신들은 모두 고개를 숙였다. 유키에는 "아, 그럼 저는 이만" 하며 얼른 뺑소니쳤다.

"총대장이니 점잖게 혼마루에 있어야지."

단바가 큰 소리로 말했다.

"알겠네."

나가치카는 그렇게 대꾸하며 마지못해 고개를 끄덕였다. 가신들은 그제야 살았다는 표정을 지었다.

미쓰나리는 마루하카야마 산기슭에서 여러 장수들에게 선언했다.

"반드시 이긴다. 오시 성은 오다와라에 병력을 파견했다. 남은 병력은 변변치 않다. 내일 아침을 기해 총공격을 가할 테니 각자 자기 진으로 돌아가라."

승리는 당연하다.

『개정 미카와 후풍토기』를 비롯한 여러 책에는 공성전의 어려움을 이렇게 강조하고 있다.

'수비에 유리한 지형에서는 수비하는 한 명이 공격하는 열 명을 당해낸다.'

하지만 미쓰나리는 열 명이 아니라 40명이 넘는 병사로 적 한 명을 무너트리려 하고 있었다.

그날 밤, 나리타 가문의 중신들은 성을 나가 이리저리 흩어졌다.

(병력이 모자란다.)

단바는 말을 타고 나무가 울창한 산노마루를 달리며 아쉬워했다.

"괜찮겠습니까? 나가치카 님께는 말도 않고."

단바와 나란히 달리던 유키에가 요란한 말발굽 소리보다 더 큰 소리로 외쳤다.

"상관없어."

단바는 나가치카에게 이야기하지 않고 농민들을 동원하려는 중이었다.

중신들은 영지 안에 있는 각 마을로 출발했고, 단바도 몇몇 마을을 찾아 나섰다. 나가치카가 나선다면 마을에 가서 동원령을 내린들 농민들에게 거절당하고 터덜터덜 돌아올 게 뻔했다.

"그 녀석이 농민들을 징발할 수 있겠어?"

단바가 큰 소리로 대꾸했다.

"잘 들어. 마을에 적이 있으면 철수하는 거야."

애당초 항복할 예정이었다. 전투를 벌일 생각이었다면 영지의 농민들을 징발하여 농성을 준비했을 것이다. 하지만 결정이 바뀌었다. 각 마을에는 적의 병력이 이미 들어가 있을지도 모른다.

"알겠습니다."

유키에는 대수롭지 않다는 듯이 대꾸하고 말의 속도를 높였다.

"이즈미."

단바는 뒤를 돌아보았다.

"백성들을 물렁하게 대하지 마."

봉건시대의 사내들이다. 이들은 백성들의 목숨을 가볍게 여겼다. 영주가 영지 안에 사는 백성들을 전투병으로 끌고 가지 않더라도 군량미나 무기를 전쟁터로 옮기는 짐꾼으로 징발하는 일을 당연하게 여기는 시대였다. 단바도 그런 영주와 다를 바 없었다.

(거부하면 목 두세 개쯤 치더라도 어떻게든 입성시키겠다.)

지극히 자연스러운 생각이었다.

이즈미도 마찬가지였다.

"알겠네."

이즈미는 그렇게 내뱉고 단바와 헤어져 정문 쪽으로 달려갔다.

시모오시구치를 나오자마자 단바와 유키에도 헤어졌다. 단바는 다베에가 촌장을 맡고 있는 시모오시 마을로 말머리를 돌렸다.

이런 움직임을 미쓰나리 쪽에서 눈치 채지 못할 리가 없었다. 하지만 미쓰나리는 초병의 보고를 받더니 뜻밖의 지시를 내렸다.

"내버려둬라."

누워 있던 미쓰나리는 상반신만 일으킨 채 별 관심 없다는 듯이 말했다.

미쓰나리는 자기 병사들이 적 영지에 거주하는 백성들에게 행패를 부리는 걸 아주 싫어했다. 그는 오시 영내에 있는 절에 병사들의 금지 사항을 적은 내용을 배포하고, 백성들이 안심할 수 있도록 철저하게 주지시켰다.

무사시에서 발표된 공문서를 수록한 『부슈문서(부슈는 무사시를 가리키는 다른 이름─옮긴이)』에는 오시 성 공격 때 관백 진영이 발표한 금지령이 기록되어 있다. 오시 성으로부터 서쪽으로 약 5킬로미터 떨어진, 나리타 가문의 선대 조상들 묘소가 있는 류엔지에 배포된 금지령에는 '난폭한 행패', '방화', '평민, 농민에게 생트집을 잡는 행위'를 예로 들며 '이를 위반한 자는 즉시 엄벌에 처한다'는 내용이 담겨 있다.

적이 쳐들어왔는데도 오시 성 영지 안에 사는 농민들이 마을을 떠나지 않은 이유에는 이런 금지령도 한몫했다.

미쓰나리는 금지령을 발표하는 한편, 영지 안에 있는 마을을 주변에서 감시하기만 했다. 그리고 병사들이 민가에 들어가는 행위를 엄하게 금지했다. 거스르면 엄벌에 처하기도 했다.

이런 연유로 미쓰나리의 병사들은 급히 막사를 지어야만 했고, 전쟁에 늘 따르기 마련인 강탈과 강간은 있을 수 없었다. 미쓰나리의 직속 병사는 평소부터 총대장의 엄격함을 잘 알고 있어서 이러한 금지령을 충실하게 따랐다. 하지만 합세한 무장들의 병졸 중에는 불만을 품은 자도 있었다. 미쓰나리의 가신에게 안내를 받아 뛰어 들어온 초병도 미쓰나리의 지시에 불만이 있는 다른 장수의 부하였다.

"농민들이 오시 성으로 들어가더라도 그냥 둬라."

미쓰나리는 이렇게까지 말했다.

(역시 전쟁이라는 걸 모르는군.)

초병은 미쓰나리를 경멸했다. 하지만 이 판단은 미쓰나리가 옳았다.

히데요시를 따라 수많은 성을 공격해온 미쓰나리는 성이 함락되는 유일한 이유를 잘 알고 있었다.

(농성은 내부에서부터 무너지게 되어 있다.)

쓸데없이 많은 인원이 농성하게 되면 군량미가 빨리 축난다. 식량이 줄어들면 배신자에 대한 소문이 여기저기 퍼져 성 안에는 의심이 팽배하게 되고, 배신자로 찍힌 자는 숙청당하게 된다. 이윽고 농성하던 대장은 성문을 열지 않을 수 없다고 판단해 성을 적에게 넘기게 된다.

(백성들에게 사기라는 건 없다.)

미쓰나리는 그렇게 생각하고 있었다. 농민들은 마지못해 전투에 가담한다. 오시 성 사무라이들이 농민을 성으로 불러들인다면 밥을 축낼 사람을 떠안는 꼴 아닌가.

미쓰나리는 초병이 자신을 경멸스러운 표정으로 바라보는 것을 놓치지 않았다. 하지만 꾸짖지 않았다.

"성에 사람이 많을수록 빈틈이 더 많아지기 마련이다."

미쓰나리는 이렇게만 말하고 도로 자리에 누웠다.

(그런 걸 모른다면 오시 성 총대장도 별것 아닌 인물이다.)

미쓰나리는 살짝 실망했다.

예로부터 농성이 얼마나 단단한가는 그 총대장의 능력에 달렸다. 만약 농민들을 불러들여 성을 더욱 단단하게 지킬 수 있다면 그 총대장의 능력은 심상치 않을 것이다.

단바는 쉽게 시모오시 마을에 잠입했다. 미쓰나리가 '내버려둬라' 라고 지시했기 때문에 촌장인 다베에의 집에 아무런 문제 없이 들어갈 수 있었던 것이다.

"마을 사람들을 모아라."

봉당에 엎드린 다베에에게 단바가 엄명을 내렸다.

곧바로 시모오시 마을 사람들이 모여들었다. 치요와 치도리도 바닥에 무릎을 꿇고 앉았다.

"나리타 가문은 관백과 싸우기로 했다. 그러니 너희는 모두 성으로 들어가라. 일각을 기다려도 입성하지 않는다면 마을을 불태울 것이다."

마을 사람들이 모이자 단바는 자초지종을 생략하고 내뱉었다. 마을 사람들이 웅성거렸다. 작정을 한 듯 다베에는 심각한 표정을 짓고 단바에게 대들었다.

"지난번에는 싸우지 않을 거라고 말씀하시지 않았습니까?"

"그래서 불만 있나?"

맹장 마사키 단바가 눈을 잔뜩 부라리며 다베에를 노려보았다. 마을 사람들은 부들부들 떨었다. 하지만 다베에도 강한 남자들의 본고장이라고 할 수 있는 부슈에서 태어난 사내다.

"명령을 거부하겠습니다."

다베에가 또박또박 말했다.

"우리가 비록 농투성이지만 얼간이는 아니올시다. 관백의 군대에 질 게 뻔합니다. 혹시 시바자키 님이나 마사키 님이 모 아니면 도라는 식으로 도박을 하고 있는 건 아닙니까?"

"농투성이 주제에 감히 무슨 말을 하는 것이냐!"

단바의 얼굴에 노기가 서렸다. 하지만 다베에도 순순히 불러서지는 않았다.

"아니면 아니라고 말씀해주십시오."

"아니다."

"그렇다면 어느 분이 싸움을 하자고 하신 겁니까?"

"나가치카다."

단바가 그렇게 호통을 치자 다베에는 멍한 표정을 지었다. 다른 사람들도 마찬가지였다.

헉!

폭소가 터졌다. 마을 사람들은 그런 말도 안 되는 농담이 어디 있느냐는 듯이 배꼽을 잡고 웃어댔다. 치요도 웃었다. 어린아이인 치도리마저 키득키득 웃었다.

"그 양반도 참 못 말리겠군."

다베에는 간신히 입을 떼고 웃음을 삼켰다. 흘러내리는 눈물을 닦고 나서야 말을 이었다.

"노보우 님이 싸우시겠다면야 우리도 거들어야지. 별 도리 없잖아. 그렇지 않소, 여러분?"

다베에가 마을 사람들에게 말하자 다들 "옳소", "맞는 말입니다"라고 대꾸했다. 도저히 영주의 징발에 응하는 백성들처럼 보이지 않았다.

갓난아기가 울고 있다. 아무리 달래도 울음을 멈추지 않는다. 별 도리 없으니 바라는 걸 주자. 그런 태도들이었다.

무서운 영주에게 끌려가는 것도 아니고, 백성들의 고충을 잘 헤아려주는 이해심 많은 영주를 우러러 입성하는 것도 아니다. 그런 관점은 '아랫사람들은 위를 우러러본다'는 사고방식에서 비롯된다. 마을 사람들을 움직이게 하는 것은 그런 종속 관계에서 비롯된 사고관이 아니었다.

(우리가 도와주지 않으면 노보우 님은 아무것도 못해.)

어리석은 사람을 지켜주려는 의협심이 사람들을 움직이고 있었다.

"성으로 들어가겠다는 건가?"

단바는 도무지 영문을 모르겠다는 생각에 다베에를 바라보며 물었다. 전쟁터에 끌려오는 백성들의 낙이라고 해봐야 전사자의 시체를 뒤져 돈이 될 만한 것을 슬쩍 하는 것 정도다.

"그래야죠."

다베에는 웃는 얼굴로 대꾸하더니 '갑옷과 창 같은 것도 잊지 말라'고 마을 사람들에게 명령했다. 농민들은 예전에 무기를 내놓으라고 명령을 했는데도 그걸 끈덕지게 숨기고 있었던 모양이다.

"아직도 그런 걸 숨기고 있었는가?"

노기를 드러내며 단바가 묻자 다베에가 그를 바라보며 대꾸했다.

"지금은 농사꾼이지만, 우리 또한 근본을 더듬어 올라가면 반도 무사의 피를 이어받은 사람들이올시다."

다소 과장은 있지만 사실이었다. 오시 성 영지 안에 사는 백성들 대부분 조상을 더듬어 올라가면 무사의 후예라는 집안 내력을 지니고 있다.

"그러니."

다베에가 숨을 가다듬었다.

"우릴 대하는 태도를 고치시오."

다른 사람들도 가슴을 쭉 펴며 같은 소리를 했다.

"좋소!"

마을 사람들 기세에 눌렸는지 단바는 저도 모르게 그렇게 대답했다. 용맹스러운 장수로 이름난 단바가 얼떨결에 대답하고 만 것이다.

단바는 성으로 돌아오는 길에 사마 마을에서 돌아오는 유키에와 마주쳤다.

"결과는?"

단바가 말을 급히 세우며 물었다.

"뭐 이러고저러고 할 것도 없었습니다."

유키에가 툭 내뱉었다.

그때 이즈미가 커다란 말을 타고 달려와 멈췄다.

"자네는 어떻게 되었나?"

"마을 두 곳 모두 처음에는 거절하겠다더니 나가치카 님이 싸우기로 결정했다고 하자 바로 성으로 들어오겠다고 하더군."

이즈미가 대답했다.

"아, 저도 마찬가지였어요."

유키에가 참 이상한 일도 다 있다는 표정으로 말했다.

"나도 마찬가지였어."

단바도 털어놓았다.

그들뿐만이 아니었다. 성으로 돌아오는 중신들에게 물으니 아무리 겁을 줘도 말을 들으려고 하지 않던 백성들이 나가치카의 이름을 대는 순간 입성을 쾌히 승낙했다고 했다.

"나가치카라는 양반은 대체 어떻게 된 사람이야?"

이즈미는 도무지 이해가 가지 않는다는 표정을 지었다.

『오시 성 전기』에 따르면 이때 농성에 들어간 병력은 무사와 농민을 합쳐 3,740명이었다고 한다. 농민들뿐만이 아니라 상인, 승려 등 각 계층 사람들이 쾌히 입성하기로 하고 야음을 틈타 성으로 집결했다.

여자들까지 입성했다. 사실 3,740명 가운데 열다섯 살이 안 된 아이들과 여자 1,113명이 포함되어 있다. 이 계산대로 한다면 전투력을 지닌 열여섯 살 넘은 남자는 2,627명밖에 안 된다. 영지 안에 사는 사람들이 쾌히 입성했다고 해도 오시 성의 병력은 미쓰나리의 10분의

1 정도밖에 지나지 않았다.

(하지만 사기는 높다.)

요시쓰구는 나가노구치 성문 밖에서 오시 성을 바라보며 직감했다.

무예가 뛰어난 이 사내는 히데요시를 따라다니면서 사기가 높은 성에서는 독특한 기운이 뿜어져 나온다는 사실을 알고 있었다. 그의 눈에는 숲 사이로 무수한 횃불이 오가는 오시 성 위로 병사들의 사기가 치솟는 모습이 생생하게 보이는 듯했다.

오시 성 혼마루와 니노마루에는 횃불을 든 3,740명의 병사들이 가득했다. 혼마루 현관 앞에서 나가치카와 함께 나란히 하고 서 있던 단바의 눈에는 성이 온통 횃불로 뒤덮인 듯했다.

나가치카가 한 걸음 쑥 나섰다. 잠시 아무 말 없이 우두커니 서 있더니 이윽고 묘한 이야기를 꺼냈다.

"미안하오. 전투를 하게 됐소."

(저 녀석이.)

단바는 싸늘한 눈빛으로 나가치카를 노려보았다. 아니, 저 녀석이 진짜 사과하고 있는 건가?

(그렇다면 싸우자고 하지 말았어야지.)

단바가 그런 생각을 하는 중에도 나가치카는 계속 말을 이었다.

"내 아버님께서는 성문을 열고 항복하라고 유언을 남기셨지만, 내가 싸우겠다고 했소. 미안하오, 여러분."

나가치카는 야스스에의 죽음을 백성들에게 밝혔다.

"백성들 사기가 떨어질 텐데 무슨 소리를 하는 겐가?"

단바는 나가치카를 꾸짖었다.

전쟁은 이미 시작되었다. 그런데 기둥이라고 할 성대의 죽음을 밝혀서 어쩌자는 건가. 총대장이 싸우겠다는 의지를 보이지 않으면 어떻게 하겠다는 건가. 단바는 근심 어린 표정으로 나가치카를 바라보고 있다가 놀라고 말았다. 나가치카가 "아버님!" 하고 중얼거리더니 대성통곡을 하기 시작했던 것이다.

(측은한 양반.)

나가치카와 단바 옆에 서 있던 이즈미와 유키에는 딱하다는 생각이 들었다. 나가치카가 자기 아버지를 그 누구보다 존경했다는 사실을 모르는 이는 없었다. 이즈미와 유키에는 나가치카가 아버지를 잃고 슬퍼서 큰 소리로 울고 있다고 생각했다.

단바만은 달랐다.

(이 녀석, 정말 우는 건가?)

하지만 어린아이처럼 엉엉 우는 나가치카의 모습을 보고 있자니 차츰 안타까운 마음이 들었다. 그런 와중에도 단바는 의심을 거둘 수 없었다.

(무슨 속셈이 있는 게 아닐까.)

나가치카에게 물어본들 제대로 대답할 리 없다. 하지만 사람들의 반응을 보며 단바는 그렇게 생각하지 않을 수 없었다. 나가치카의 우는 모습을 본 농민들의 표정이 싹 바뀌었다. 그 얼굴은 전투를 눈앞에 둔 무사와도 같은 낯빛을 내뿜고 있었다.

"어른이 울다니."

니노마루에서 사람들과 함께 나가치카를 바라보고 있던 치도리가 이상하다는 표정으로 치요에게 살짝 속삭였다.

"노보우 님 아버님이 돌아가셔서 그래."

치요는 눈물을 훔치며 대답했다.

사내들처럼 단순하지 않은 여자까지도 나가치카의 대성통곡에 눈물을 흘렸다.

다베에의 주름투성이 얼굴 또한 눈물로 범벅이 되었다.

"이놈은 어딜 간 게야?"

집을 뛰쳐나간 채 돌아오지 않는 아들을 탓하며 울었다. 가조는 결국 집에 돌아오지 않았고, 입성도 하지 않았다.

"아니, 왜 다들 그렇게 시무룩해?"

이윽고 치요 옆에 있던 농부가 소리쳤다. 그는 오른쪽 주먹을 높이 쳐들고 외쳤다.

"웃쌰! 웃쌰! 웃쌰!"

아무런 반응이 없자 그는 더욱 함성을 높였다. 그러자 "으쌰! 으쌰!" 하며 다들 호응하기 시작했다. 함성은 점점 더 커져갔다.

(나가치카. 내가 예감했던 장수로서의 그릇이 이런 건가?)

단바는 울려 퍼지는 함성에 전율하며 나가치카를 뚫어지게 바라보았다. 어쩌면 지나친 생각일지도 모른다. 하지만 단바는 바닥이 보이지 않는 깊고 깊은 우물을 들여다보는 기분을 떨쳐낼 수 없었다.

(저 성과 전투하게 된 건 실수인가?)

요시쓰구는 성 밖까지 울려 퍼지는 함성을 들으며 속이 탔다. 좋지 않은 예감은 이튿날 현실이 되고 말았다.

3

물바다 위에 벌어진 난장판이 기가 막혀

16

 새벽이 왔다. 부장들은 각자 성문 수비를 시작했다. 새로 입성한 농민들도 수백 명씩 각 성문에 배치되었다.『오시 성 전기』에는 여자와 어린아이들이 하루 세 차례 밥을 해 각 성문으로 날랐고, 열다섯 살이 넘은 소년들은 깃발을 들고 성 안을 돌아다니며 병사들이 많은 것처럼 보이도록 위장했다고 적혀 있다.

 부장들이 담당 성문에 배치되었을 무렵, 가이가 안채에서 바깥채로 건너왔다. 그녀는 나가치카가 개전을 선언했다는 이야기를 몸종으로부터 전해 들었다.

 (나가치카가 전쟁을 선언하다니.)

 뜻밖이었다. 하지만 가이는 몸종이 덧붙인 말을 듣고 더욱 깜짝 놀라고 말았다.

 "노보우 님은 히메를 원숭이 녀석의 첩실로 보내라는 말을 듣는 순간 싸우겠다고 하셨답니다."

 (정말인가?)

 아무리 뜨거운 눈길을 보내도 그 마음을 아는지 모르는지 늘 실실

웃기만 했던 남자가 그런 이유로 전쟁을 다짐했다니.

(확인해보자.)

가이는 복잡하게 머리를 굴릴 줄 모른다. 몸종에게 따라오지 말라 명령하고 나가치카를 찾아 안채를 나섰다.

나가치카는 접견실에 있었다. 문틈으로 들여다보니 그는 혼자 접견실에 앉아 멍하니 천장을 바라보고 있었다.

(멋진 남자야.)

다른 사람들이야 얼간이가 멍하니 있는 것으로만 보일 테지만 가이의 눈에는 상식과 관습에 얽매이지 않는 고고한 사나이의 자태처럼 빛났다.

"원숭이의 사자가 나를 첩으로 보내라고 했다면서?"

가이는 접견실로 들어서자마자 다짜고짜 물었다.

"그랬지."

고고한 사내는 관심 없다는 듯이 대꾸했다.

"싸우겠다고 한 게 나 때문이야?"

"그럴 리가 없잖아?"

가이는 성격이 느긋하지 못했다. 나가치카의 눈을 똑바로 바라보며 다그쳤다.

"그렇지?"

"아니라니까."

"그렇다고 해."

가이는 소리를 버럭 지르고 나가치카에게 덤벼들어 고고한 사나이의 팔을 비틀어 넘어뜨렸다. 나가치카는 가이의 상대가 될 수 없다. 간단하게 팔을 비틀자 "아, 아파. 아프다니까" 하며 비명을 질렀다.

"말해."

가이는 팔을 계속 비틀며 몇 번이나 소리쳤다. 하지만 그럴수록 자신이 어리석은 짓을 하고 있다는 사실을 깨달을 뿐이었다.

"바보."

가이는 그렇게 내뱉더니 접견실을 뛰쳐나갔다.

(순 얼간이, 바보!)

가이는 복도를 달리며 줄기차게 욕을 해댔다. 내가 누군 줄 알고. 생긴 걸로 따지면 비교할 상대가 없다는 가이히메란 말이야. '천하인'이라는 관백마저 나를 원하고 있잖아.

(그런데 못난이, 얼간이, 바보 주제에 나를 완전히 무시하다니.)

그렇게 욕을 하면 할수록 마음에서 점점 틈새가 벌어지는 것 같았다. 문득 정신을 차리니 시모오시구치를 향해 걸어가고 있었다. 가이는 그쪽 수비를 맡은 장수가 사카마키 유키에라는 사실을 알고 있었다.

유키에는 시모오시구치의 보루 위에서 성 밖을 관찰하고 있었다.

(이번 전투에서 내 능력을 보여줄 테다.)

성 밖에서 타오르는 수많은 횃불과 화톳불을 바라보며 유키에는 당장이라도 뛰쳐나가고 싶은 심정이었다.

유키에가 유심히 보고 있는 것은 총대장 미쓰나리의 군사들이었다. 물론 이때까지 유키에는 적장의 이름조차 몰랐다.

시모오시구치를 지키는 670여 명의 병사들은 어찌된 까닭인지 무사에서부터 농민들에 이르기까지 모두 노인들이었다. 전략회의 때 유키에가 원했기 때문이다. 유키에의 직속 부하 가운데 혈기왕성한 자들은 모두 다른 성문에 빌려주었다.

"괜찮겠나?"

회의 때 단바가 물었다.

"오히려 그게 낫습니다."

유키에는 무시하듯 웃으며 대답했다.

"유키에 님, 여긴 저희한테 맡기고 눈 좀 붙이시죠."

성 밖을 관찰하는 유키에에게 나이든 보병이 말을 건넸다.

"도무지 잠이 오지 않는군요."

유키에는 늙은 병사에게 미소 지으며 밝게 대꾸했다.

유키에는 단바나 이즈미를 대할 때와 달리 노인들에게는 신분 고하를 막론하고 친절했다. 노인들도 첫 전투를 눈앞에 둔 유키에를 손자 대하듯 했다. '이 젊은이가 반드시 무공을 세울 수 있도록 힘 닿는 데까지 돕겠다'며 여러 모로 보살피며 전투 요령을 가르쳐주려고 들었다. 대부분 이미 알고 있거나 쓸모없는 이야기들이었지만, 유키에는 그들의 말에 진지하게 귀를 기울였다.

"십자창은 쓰면 안 됩니다."

나이든 한 병사가 알려주었다. 그의 말에 따르면 십자창은 난전을 벌일 때 자기 말의 눈에 상처를 낼 우려가 있다는 것이다.

"그렇군요."

이미 알고 있었지만 유키에는 크게 기뻐하는 표정을 지었다. 그는 다정다감한 젊은이였다. 이 젊은이는 노병사가 알려준 교훈보다 자기를 염려해주는 마음이 고마워 눈물이 날 것만 같았다.

혼마루 접견실을 뛰쳐나온 가이가 나이든 병사들 사이를 헤치고 모습을 드러낸 것은 유키에가 다시 성 밖을 관찰하려고 할 때였다.

"유키에."

큰 소리로 부르며 성큼성큼 다가오더니 보루 위에서 내려오는 유키에 앞에 멈춰 섰다.

"무슨 일이십니까?"

유키에가 미소를 띠며 물었다. 여성스러운 유키에의 얼굴이 더 부드러워졌다. 이러한 표정을 가이는 다른 남자에게 원하고 있었다.

가이는 병사들이 지켜보는 가운데 두 팔을 유키에의 목에 두르더니 느닷없이 입을 맞추었다.

(……!)

입술을 빼앗기면서도 유키에는 눈알이 튀어나올 듯이 눈을 부릅떴다.

"아앗!"

나이든 병사들도 놀라서 소리쳤다.

"여러분, 훌륭해요. 저승길 선물로 이걸 보여드리죠."

병사들은 아우성치며 잠에 곯아떨어진 동료들을 깨웠다. 자고 있던 병사들이 일어나자 더욱 시끄러워졌다. 그런데도 가이는 유키에와 계속 입맞춤을 했다.

이윽고 가이가 입술을 뗐다.

유키에는 온몸의 생기를 몽땅 빼앗긴 듯이 힘이 없어 보였다.

"잘 싸워."

가이는 밝은 목소리로 말하고 멀어져갔다. 그 뒷모습이 눈에 보이는

지 안 보이는지조차 모를 정도로 유키에는 제정신이 아니었다.

"유키에 님, 유키에 님."

히죽히죽 웃으며 팔꿈치로 쿡쿡 찌르는 나이든 병사에게 유키에는 "아, 어……" 하고 말도 제대로 잇지 못하고 아직 꿈에서 헤어나지 못한 눈빛을 하더니 "좀 자야겠어요"라는 말을 남기고 숲 속으로 비틀비틀 걸어 들어갔다.

17

사마구치에서는 단바가 70기의 기마무사와 이즈미에게 빌린 화승총부대, 농민 등 도합 430여 명을 이끌고 대기하고 있었다.

"시작한다."

말 위에서 단바가 나직이 말했다. 그는 곧바로 보병에게 문을 열라 명령하고 대담하게도 홀로 성문 밖으로 나갔다.

(이게 '천하인'이라는 관백의 병사들인가?)

단바는 앞으로 조금 나가 말을 세웠다. 시야 가득 적병들이 늘어서 있었다. 단바는 개주창을 움켜쥐고 수많은 적들을 응시했다. 상대와의 거리는 겨우 2백 간(대략 360미터)밖에 되지 않았다.

단바의 모습이 상대편 진영 중앙에 있던 나쓰카 마사이에에게도 보였다.

(저 촌놈이.)

마사이에는 자기를 두려움에 빠뜨린 오시 성 가신들을 증오하고 있었다. 조그맣게 보이는 단바를 바라보며 명령을 내렸다.

"공격하라!"

맨 앞에 선 화승총 부대가 일제히 논으로 들어가 채 자라지도 못한 벼를 짓밟았다. 오시 성에 이르려면 폭이 겨우 2간(대략 3.6미터) 정도밖에 되지 않는 좁은 논두렁길을 지나야 한다. 하지만 마사이에는 논두렁길이건 논이건 가리지 말고 진격하라고 명령했다.

단바는 점점 다가오는 대군을 꿈쩍도 하지 않고 바라보고 있었다. 단바는 멋을 아는 사내다. 검게 칠한 갑옷과 투구를 즐겨 입었다. 이날도 온몸을 검은 갑옷과 투구로 감쌌고, 말도 흑갈색을 골랐으며, 마구까지 온통 검은색으로 통일했다. 새카만 차림이 붉은색 창과 잘 어울렸다.

(저 사내가 혹시?)

말 위에서 미동도 않는 단바를 알아본 사람은 마사이에의 부하 가운데 창을 잘 쓰기로 유명한 경호무사 야마다 다테와키였다.

"저 개주창을 든 기마무사는 우리 병사들이 다가가는데도 겁먹은 기색이 없군요. 저자가 혹시 그 유명한 마사키 단바가 아닙니까?"

야마다는 말을 나란히 하고 선 마사이에에게 말했다.

"마사키 단바?"

마사이에는 단바를 똑똑하게 기억하고 있었다. 하지만 시골 가로의 이름 따위를 일일이 어떻게 기억하겠느냐는 듯이 이름을 되물었다.

"8년 전에 벌어진 전투 때 다키가와 가즈마스 님을 궁지에 몰아넣은 게 저 사내입니다."

다키가와 가즈마스가 노부나가를 대신해 간토 지방을 제압하러 온 지 두 달 뒤에 혼노지의 변이 일어났다. 호조 가문은 그 기회를 틈타 다키가와와 일전을 벌였다. 나리타 가문도 호조 진영에 가세해 싸웠는

물바다 위에 벌어진 난장판이 기가 막혀

데, 단바는 모든 병사들 앞에 서서 적진에 뛰어들어 몇 번이나 다키가와에게 덤벼들었지만 결국 놓치고 말았다.

(칠흑 같은 마인魔人을 보았다.)

간신히 목숨을 건져 본거지인 나가시마 성으로 돌아온 다키가와는 "피투성이가 된 창을 든 칠흑 같은 마인을 보았다"고 몇 번이나 중얼거리며 덜덜 떨었다고 한다.

이 이야기가 지금은 세상을 떠난 노부나가의 중신들에게도 전해져 무사들 사이에서는 마사키 단바라는 이름이 대번에 유명해졌다.

(그런 것도 모르는가……?)

야마다는 무사를 중시하지 않는 나쓰카 가문의 가풍을 못마땅하게 여기고 있었다. 그는 불쾌한 표정으로 마사이에를 쳐다보았다.

단바는 적의 포진이 허술하다는 것을 간파하고 있었다.

(별것 아니로군.)

적은 화승총 부대를 일렬로 길게 배치해 공격해오고 있었다. 그것도 논에 발이 푹푹 빠지는 바람에 대오가 흐트러져 엉망이었다.

단바는 냉정하게 마음을 가다듬고 성문 안으로 돌아가 화승총 부대에게 명령을 내렸다.

"화승총을 들고 기마부대와 함께 말을 타라."

상식을 벗어난 명령이었다.

화승총을 든 병사들은 두 다리로 움직이며 전투를 벌이는 게 당연하다. 기마무사는 칼이나 창을 들고 적을 쳐부수는 것을 명예롭게 생각했다. 그런 명예로운 말을 보병들의 엉덩이로 더럽힌다는 것은 상상도 못할 일이었다. 기마무사들은 화승총 병사들이 다가가자 "누가 너희를 태울 것 같은가. 가까이 오지도 말라"며 창으로 찔러 죽일 듯이 고함을 질러댔다.

(멍청한 녀석들.)

단바는 아우성치는 기마무사들에게 창끝을 들이댔다.

"기마무사의 긍지 같은 한심한 것에 얽매인다면 내가 이 자리에서 베어버리겠다."

당장이라도 창으로 찌를 듯한 표정을 지으며 말했다.

기마무사들은 부아가 치민 표정을 감추지 못했지만, 한 손으로 화승총을 잡아 보병들을 말 위로 끌어올렸다. 기묘한 이인승 70기의 기마부대가 꾸려졌다.

단바는 혼자 말을 타고 있었다.

"마사키 님은요?"

한 기마무사가 물었다.

"난 싫다."

단바가 쌀쌀맞게 대꾸한 뒤 명령을 내렸다.

"나를 따르라."

단바는 즉시 성 밖으로 달려나갔다.

"……아니, 기마무사가 화승총을 든 병사를 태우다니!"

단바가 이끄는 병사들을 보고 야마다 다테와키가 외쳤다.

(이럴 수가.)

나리타 가문의 무사들은 몰랐지만, 당시에도 말을 탄 화승총 부대가 있었다. 하지만 기마 화승총 부대는 한 병사가 말을 타고 화승총을 쏜

물바다 위에 벌어진 난장판이 기가 막혀

뒤에 칼을 뽑아들고 돌격하는 것이 상식이었다. 그런데 지금 야마다의 눈에 보이는 기마 화승총 부대는 무사가 한 자루, 보병이 한 자루로 도합 두 자루의 화승총을 지니고 있었다.

단바의 의도를 바로 알아차린 순간, 깜짝 놀란 야마다는 자칫하면 옆에 있는 마사이에를 후려칠 뻔했다.

(그토록 이야기를 했건만……. 화승총 부대를 일렬로 배치한 것이 패착이다.)

거듭 충고를 했는데도 마사이에는 성을 광범위하게 공격하려고 화승총 부대를 가로로 길게 일렬 배치했다.

(일제 사격이 벗어나면 저 기마무사와 화승총 병사를 태운 말이 단숨에 거리를 좁힐 것이다.)

야마다는 표적이 되고 만 자기 병사들을 바라보며 전율했다.

그 사이에 단바가 이끄는 부대는 논두렁길을 일렬로 달려왔다. 80간, 70간, 60간…….

점점 다가오는 적을 보고 동요한 마사이에는 저도 모르게 채(장수가 병사를 지휘할 때 쓰던 대가 짧은 총채 비슷한 도구 —옮긴이)를 들었다. 곁에 있던 야마다가 황급히 외쳤다.

"잠깐만. 아직 쏘면 안 됩니다."

"쓸데없이 참견 마라!"

마사이에가 "발사!" 하며 채를 휘둘렀다.

야마다는 포기한 듯 "죄송합니다"라는 말을 남기고, 병사들을 헤쳐 선봉을 향해 말을 달렸다.

(55간…….)

단바는 적진과의 거리를 재고 있었다. 55간까지 계산한 단바는 말을 멈추고 적진을 쓱 노려보았다. 그리고 일찍이 겐신이 그랬던 것처럼 부동자세를 취했다.

(쏴봐라.)

단바는 마음속으로 도발했다. 그 순간 시야 가득 펼쳐진 적의 총구가 굉음을 내며 일제히 불을 뿜었다.

―55간(약 100미터).

화승총의 유효사거리다. 단바는 그 직전에 말을 멈추었던 것이다. 단바를 비롯한 오시 성 병사들을 향해 발사된 무수한 탄환은 땅바닥에 떨어져 흙먼지가 일거나 논에 박히며 물이 튀었다. 그 흙먼지와 물보라 때문에 마사이에는 단바와 오시 성 병사들이 제대로 보이지 않았다. 그러더니 갑자기 단바와 오시 성 무사들이 모습을 드러냈다. 마사이에는 공포에 휩싸였다. 단바는 건재했다.

"적이 총을 쐈다. 화약을 재기 전에 처치하라!"

단바는 뒤를 돌아보며 부하들에게 큰 소리로 외쳤다.

화승총을 쏘기 위해서는 화약을 총구에 넣고, 탄환을 집어넣은 다음 밀대로 탄환과 화약을 밀어넣고, 불접시(火皿)에 화약을 얹어야 한다. 긴박한 전쟁터에서는 번거로운 작업이다. 총구에 넣은 화약과 불접시의 화약은 화승총 내부에서 합쳐져 불접시의 화약과 연결된 심지에 불을 붙이면 총 안에 밀어 넣은 화약에도 불이 옮겨 붙어 폭발하는 힘으로 탄환이 발사된다.

단바는 탄환과 화약을 재는 시간 안에 적에게 달려가 화승총 부대를 쓸어버리겠다는 속셈이었다.

하지만 의도를 눈치 챈 적이 있었다. 바로 야마다 다테와키다. 단바가 말을 타고 돌격하려는데, 야마다는 자기 편 병사들을 헤치고 논두렁길 위를 달려 나왔다.

"마사키 단바 님이시로군. 나쓰카 가문의 호위 무사 야마다 다테와키다. 창으로 한 판 겨루자."

화승총에 화약을 재고 있는 자기 편 병사들을 뒤로하고 야마다가 외쳤다.

(아니!)

단바는 말고삐를 당겨 말을 멈췄다.

"그렇다면 내 적이 사자로 왔던 나쓰카 님인가?"

단바는 기쁘다는 듯한 말투로 크게 외쳤다.

"화승총으로 처치해버리는 게 빠릅니다."

말을 세운 단바 뒤에서 기마무사들이 조언했다.

(그도 그렇겠군.)

단바는 그렇게 생각하면서도, 또 다른 욕심을 감출 수가 없었다.

(적이 창으로 겨루기를 요청한다면 받아줘야 한다.)

왜냐하면 지금이 바로 첫 전투이기 때문이었다. 적은 오시 성의 병력이 적다고 얕잡아보고 있다. 지금 큰 소리로 창 겨루기를 요청하는 용사를 화승총이나 화살로 처치하면 어떻게 되는가. 적은 오시 성에 무술을 겨룰 장수도 없다고 하여 틀림없이 더욱 얕보게 될 것이다. 그렇게 되면 적의 사기만 올려주게 된다.

(내가 압도적인 무술을 저 녀석들에게 보여주어야 한다.)

곧바로 판단을 내렸다.

"금방 쓰러뜨리고 오마. 화승총 점화 준비를 하고 기다려라."

단바는 기마무사들에게 엄명을 내리고 야마다 다테와키에게 다가갔다.

한 가닥 논두렁길 위에서 단바와 야마다가 대치했다. 거리는 대략 40간(약 70미터).

18

 그 시각, 시모오시구치에서는……

 마루하카야마 산을 내려온 미쓰나리가 7천 여 병사들 한가운데서 문과 보루 뒤로 펼쳐진 숲을 바라보고 있었다. 보루 위로 바삐 움직이는 수십 개의 깃발이 보였다. 그런데 그 움직임이 묘했다. 뭔가 미리 정해진 길을 이동하듯 깃발들은 질서 정연하게 움직이고 있었다.

 "저걸 어떻게 보십니까?"

 미쓰나리 옆에 있던 호위 무사 가이즈카 하야토가 조용히 물었다.

 가이즈카는 거구에 얼굴이 우락부락하게 생겼지만 과묵했다. 결전을 벌일 때도 말없이 적을 베며 적진을 짓밟아 들어갔다. 믿음직한 그 모습은 뒤따르는 병사들에게 안도감을 주었다.

 "가짜 병사들이다."

 미쓰나리가 간파했다. 가짜 병사들을 시켜 움직이게 하고 있다는 것이다.

 "병력이 부족하다는 걸 숨기기 위한 궁여지책이지. 농사꾼들이야 저런 술책 외에 무엇에 쓰겠느냐."

그는 논을 피해 논두렁길로 진군하라는 명을 내리고, 전령을 보내 선봉대에 전하라고 했다. 무논에 발이 빠지면 대오가 흐트러지기 때문이었다.

"왔다."

성루 위에서 밖을 내다보던 유키에가 소리쳤다.

3백 명쯤 되는 선봉대가 방탄용 다케타바(대나무 다발을 끈으로 묶은 원통형 방어 도구)를 들고 논두렁길로 다가오는 모습이 보였다.

유키에는 병사들을 돌아보고 신이 난다는 표정을 짓고 말했다.

"영감님들, 치고나가겠습니다."

나이든 병사들은 유키에의 젊은이다운 용기가 기특하기만 했다. "오오, 그거 좋죠"라고 저마다 큰 소리로 칭찬하며 문으로 향하는 유키에를 우르르 따라갔다. 유키에를 비롯해 모두 말을 타지 않았다. 마치 꽃구경이라도 가는 노인들처럼, 도무지 믿음직한 구석이라곤 눈곱만큼도 찾아볼 수 없는 부대였다.

(뭐냐, 저건?)

미쓰나리는 열린 성문 틈으로 보조도 제대로 맞추지 못하면서 걸어나오는 일행을 보고 어처구니가 없었다.

맨 앞에 선 조그마한 무사는 소년이었다. 겐페이 전쟁(1180년~1185년 사이에 일어난 대규모 내란—옮긴이)때나 썼을 법한 커다란 갑옷에 쓸데없이 화려한 투구. 게다가 투구에 뿔처럼 삐죽 솟아난 커다란 장식은 우스꽝스러웠다. 그 뒤를 따르는 노인들이 배를 잔뜩 내밀고 뽐내는 모습은 뭐라 형언할 수 없을 만큼 어이없었다.

(쓸 만한 무사들은 모두 오다와라 성으로 갔구나.)

미쓰나리는 측은한 마음이 앞섰다.

구식 갑옷과 투구를 걸친 소년은 고풍스러운 말투로 자신이 누구인지 밝혔다.

"멀리 있는 자는 내 말을 듣고, 가까이 있는 자는 눈으로 보아라. 나는 시모오시구치 수비를 맡은 대장이자 비사문천의 화신으로서 전투의 천재라 불리는 사카마키 유키에다. 장수라고 자부하는 자는 이름을 밝혀라."

소년은 또랑또랑하고 맑은 목소리로 말했다.

(뭐라고?)

미쓰나리의 측은한 마음은 극에 달했다. 장수가 이름을 밝히려면 지금까지 쌓은 무공을 먼저 밝히기 마련이다. 이 젊은이는 분명히 첫 전투일 텐데 비사문천의 화신이라며 허풍을 떨고 있다.

(안쓰럽구나. 게다가 말도 없지 않은가.)

미쓰나리는 그렇게 탄식하고, 자칭 비사문천의 화신에게 큰 소리로 대꾸했다.

"총대장 이시다 미쓰나리다. 나는 재주가 없어 이름 있는 장수에게 길을 열게 하고 진군할 것이다. 누가 나서라."

당시 무사들은 대장의 이러한 발언을 듣고도 나서기를 꺼릴 만큼 점잔을 빼지 않았다. 누구나 무술에 대한 강렬한 자부심을 지니고 있었다.

"그렇다면 소인이."

가이즈카가 나서자 감히 지원하는 자가 없었다.

가이즈카는 그럴 만한 남자였다. 미쓰나리도 은근히 그가 나서주기를 바라고 있었다.

"총대장이 내 적인가?"

미쓰나리의 말을 들은 유키에는 무척이나 기뻤다. 더 강하고, 더 유명한 적을 찾아 전쟁터를 달리는 무사에게 최상의 적이 아닌가.

(내 전략을 상대편 총대장에게 펼쳐 보일 수 있다…….)

유키에는 미소를 지었다.

마침 적 선봉대를 뚫고 말을 탄 가이즈카가 모습을 드러냈다.

"이시다 가문의 호위 무사, 가이즈카 다테와키다."

차분한 목소리로 이름을 댔다.

여기까지는 유키에도 예상하고 있었다. 하지만 가이즈카의 행동에 유키에는 살짝 놀랐다. 그는 창을 버리더니 말에서 내렸다.

"아니, 말에서 내리는 거냐?"

유키에가 저도 모르게 진지한 표정으로 물었다.

"말 덕분에 이겼다는 소문이 나면 내 명성에 흠집이 나겠지."

가이즈카는 나직한 말투로 대꾸하더니 큰 칼을 쑥 뽑아 허리 높이까지 들고 자세를 취했다.

가이즈카는 검술에 몰두하는 특이한 무사였다. 검술이 크게 유행하기 전인 이 시대에 가즈이카의 이러한 취향이 다른 사람들의 눈에는 희한하기만 했다.

가이즈카의 자세는 아름다웠다. 자세를 살짝 낮추고 등을 쭉 편 채 등에 힘을 잔뜩 모으고 있었다. 그러면서도 어깨의 힘은 완전히 빼, 갑옷을 입었는데도 어깨가 살짝 처졌다. 그는 전투에서 힘을 최대한으로 발휘하려면 몸을 어떻게 이용해야 하는지 알고 있었다.

유키에는 그런 걸 전혀 몰랐다. 노인 병사들은 가이즈카의 거구를 보는 것만으로도 간담이 서늘해졌다.

이즈미 님보다 체격이 더 큰가……?

유키에는 이렇듯 단순한 생각을 했을 뿐이다. 첫 전투인데도 바둑판을 들여다보는 기사처럼 냉정했다.

유키에도 창을 버리고 큰 칼을 뽑아 옆으로 비스듬하게 들고 자세를 가다듬었다. 유키에가 자세를 갖추자 가이즈카는 "간다"라고 외치며 앞으로 쓱 나섰다. 발놀림이 미끄러지듯 우아했다.

사마구치에서는 단바와 야마다 다테와키가 동시에 말 옆구리를 찼다. 두 사람의 말이 달리기 시작했다. 단바나 야마다나 말 위에서 자세를 낮추고 속도를 올려 일직선으로 논두렁길을 달렸다. 두 사람 모두 피할 생각이 전혀 없어 보였다.

단바는 창으로 야마다를 찌르기 직전에 자루 한가운데를 중심으로 창날을 한 바퀴 휙 돌렸다.

(마사키 님의 버릇이 나왔군.)

사마구치 성루에 올라 단바를 지켜보고 있던 병사들이 일제히 환호성을 질렀다.

단바는 어느 전투든 제일 먼저 적진에 뛰어들었다. 첫 무공은 항상 그의 몫이었다. 적진으로 뛰어들 때는 반드시 창날을 빙글 한 바퀴 돌렸다. 아군 병사들은 그 동작이 단바의 여유를 보여주는 것이라고 여겼다.

"마사키 님이 저토록 여유가 있으니 당연히 적군이 겁을 집어먹을 수밖에."

병사들이 용기가 나는 듯이 소리쳤다.

하지만 단바는 단지 여유를 부리기 위해 창날을 돌리는 것이 아니었다.

(손가락이 잘 움직이나?)

확인하기 위한 동작일 뿐이었다. 내가 겁을 먹은 건 아닌가? 그래서 손발이 오그라든 게 아닐까. 그걸 확인하기 위한, 단바에게는 필사적인 행동이었다.

창끝은 곡선을 그리더니 야마다의 목을 겨냥한 채 고정되었다.

(오늘도 움직이는군.)

온몸의 피가 끓어오르듯 뜨거워졌다. 그런데도 머릿속은 얼음장처럼 차가웠다. 머리와 몸이 완전히 연결된 것이 느껴졌다.

(이길 수 있다.)

단바는 입을 크게 쩍 벌리고 짐승처럼 포효했다.

『오시 성 전기』에 다음과 같이 적혀 있는 마사키 단바의 동작은 이 순간부터 시작되었다.

'이때 마사키 단바는 적과 아군 모두에게 용맹스러움을 제대로 보여주었다.'

포효를 들은 야마다의 시선이 순간적으로 단바를 피했다.

(이때다.)

단바가 눈을 부릅떴다.

말은 주인의 시선을 따른다. 야마다의 시선이 움직이자 그의 말도 단바를 향해 똑바로 달리다가 직선을 살짝 벗어났다. 야마다의 자세에 순간 빈틈이 생겼다.

"피했구나. 그렇다면 넌 이제 끝장이다."

단바는 그렇게 외치며 개주창을 힘차게 뻗어 야마다의 목을 정확하게 꿰뚫었다. 곧바로 손목을 비틀어 옆으로 누였던 창날을 세로로 돌렸다.

퍽. 야마다의 목이 허공으로 높이 날아올랐다. 몸통만 태운 말은 단바 옆을 스쳐 논으로 뛰어들었다. 적의 선봉대는 순식간에 눈앞에서 벌어진 사태에 벼락이라도 맞은 듯이 꼼짝도 못했다.

길이 열렸다. 단바는 속도를 늦추지 않고 말을 몰아 적의 선봉대로 돌진하더니 아직도 화약을 재지 못하고 있던 화승총 부대 바로 앞에서 멈췄다.

적의 화승총 부대가 단바를 올려다보았다. 여름이었다. 칠흑 같은 마인이 이글이글 타는 햇볕 속에서 자기들을 내려다보고 있었다. 화승총 부대는 엉겁결에 화승총을 떨어뜨리고 허둥지둥 도망쳤다. 하지만 무논에 발이 빠져 제대로 움직이지 못하고 허우적거릴 뿐이었다.

"돌격하라!"

칠흑 같은 마인은 뒤에 있는 기마무사들을 향해 외쳤다.

(야마다가 말린 까닭이 이 때문이었나?)

마사이에는 요란한 말발굽 소리와 함께 밀려오는 화승총 부대를 태운 기마무사를 바라보며 그제야 자기편 선봉대의 운명을 깨달았다. 동시에 야마다의 충고를 듣지 않았던 것을 후회했다.

선봉대가 일제히 도망쳤다. 논두렁길 위의 병사들은 서둘러 도망쳤지만 물이 찬 논 안에 들어간 병사들은 제대로 움직이지 못했다. 화승총에 화약을 재려고 서두르는 자도 있었지만 때는 늦었다.

선봉대에 접근한 오시 성 기마 화승총 부대가 마사이에의 화승총 부대를 향해 총구를 들었다. 70개의 총구가 일제히 적을 겨누었다.

기선을 제압한 단바가 명령을 내렸다.

"제대로 움직이지 못하는 적에게 탄환을 발사하는 것이 조금 안쓰럽지만, 지금은 전투 중이다. 전원 사살하라!"

오시 성 화승총 부대의 총구가 일제히 불을 뿜었다. 그리고 지체 없이 기마무사가 들고 있던 화승총과 바꾸어 두 번째 일제 사격을 퍼부었다.

19

 이즈미가 지키는 나가구치는 고전하고 있었다. 아니, 고전이라기보다 오시 성의 병사 350명은 이러지도 저러지도 못하는 상태였다.
 (도무지 어찌 해볼 도리가 없군.)
 끊임없이 이어지는 총성 속에서 이즈미는 포기한 듯이 보루에 등을 기대고 앉아 전투를 포기해버렸다.
 "너희도 거기서 떨어져 있어."
 병사들에게도 성 밖으로 얼굴을 내밀지 말라 명령하고 낮잠이라도 자듯 눈을 꾹 감았다.
 그런 이즈미에게 사마구치에서 전령이 달려왔다.
 "마사키 님이 적의 호위 무사를 베었습니다."
 "그래?"
 이즈미는 언짢은 표정으로 대꾸하더니 성 밖을 가리켰다.
 "이쪽은 보다시피 이런 상태다. 봐."
 전령은 성루에서 고개를 내밀어 밖을 보고는 깜짝 놀랐다.
 10간 정도 떨어진 성 밖에 천 명쯤 되는 화승총 부대가 3단으로 늘어서서 번갈아가며 쉴 새 없이 총을 쏘아대고 있었다. 적의 화승총 부대는 이미 오시카와 강 건너편에 이르러 있었다.

이즈미는 전령의 머리를 눌러 몸을 숨기게 했다.

"저렇게 계속 사격을 해대며 조금씩 접근하고 있다. 오래된 전법이지만 제법 효과적이지. 이쪽을 공격하는 장수가 제법이야."

오다 노부나가는 나가시노 전투(1575년에 오다 노부나가, 도쿠가와 이에야스의 연합군이 다케다 가쓰요리와 벌인 전투 ―옮긴이)에서 처음으로 화승총 부대의 삼단사격 전술을 썼다. 15년 전의 일이다. 하지만 이즈미의 말처럼 이 오래된 전법은 차근차근 적에 접근할 수 있는 정석이기도 했다.

이런 공격을 해오는 상대편 대장은 오타니 요시쓰구였다. 병력은 6천5백 명. 요시쓰구는 말을 타고 중군에서 팔짱을 낀 채 선봉에 선 화승총 부대를 지켜보고 있었다. 오시 성 병력이 고개도 내밀지 못하자 지휘채를 휘두르며 명령을 내렸다.

"때는 지금이다. 성문을 부수어라!"

선봉대 사이를 헤치고 통나무가 나타났다. 성문을 깨부수기 위한 것이었다. 통나무는 히데요시가 본진을 차린 소운지에서 특별히 거목을 골라 베어냈다.

통나무는 아무런 저항도 받지 않고 유유히 나가노구치를 향해 돌진했다. 속도를 높이며 다리를 건너 성문에 거세게 부딪혔다. 무시무시한 소리가 났다.

쿠웅 하고 문이 흔들리는 소리에 이즈미가 눈을 떴다.

(왔나?)

그런 생각이 들자 바로 전령에게 내뱉었다.

"화승총 부대가 강에 들어오면 나한테 알려라. 전원 다 들어오면 말이다."

그리고 옆에 묶어 두었던 크고 탄탄한 적갈색 말에 올라탔다. 성문 정면으로 말을 달려 병사들 앞에 서서 문을 노려보았다.

이즈미의 갑옷은 단바가 개주창을 받았다는 이야기를 듣고 마련한 것이었다. 개주창과 마찬가지로 온통 붉은색으로 칠해져 있다. 자신에게 개주창을 허락하지 않은 주군에게 투정 부리고 있다는 것을 누가 보아도 알 수 있었다. 하지만 그의 굵은 창 자루는 새카만 색이었다.

전쟁터에 나가기만 하면 무시무시한 완력으로 적을 무찔러 이즈미는 온몸에 피를 뒤집어썼다. 창 자루도 붉게 물든다.

"내 주창은 이거다."

피투성이가 된 창을 곁에 있는 부하에게 내던지는 것이 이즈미의 전투 종료 신호였다.

나가노구치를 지키는 병사들은 이즈미의 붉은 뒷모습에 안도하고 있었다. 하지만 굉음을 내며 문이 흔들리자 병사들은 모두 안색이 변했다.

(화승총 부대를 내주는 게 아니었는데.)

이즈미는 씁쓸한 표정을 지었다. 성 밖을 내다보고 있는 전령에게 소리쳤다.

"아직 멀었느냐?"

적은 성문을 부수며 화승총 부대를 보루 쪽으로 접근시키고 있었다. 드디어 화승총 부대의 맨 앞줄이 오시카와 강에 발을 디뎠다.

강은 얕았다.

"강에 들어왔습니다. 들어왔습니다!"

전령은 이즈미를 돌아보며 소리쳤다.

"전원 다 들어왔나?"

"아뇨, 아직 맨 앞줄만 들어왔습니다."

"전원 다 들어오면 보고하라고 하지 않았나!"

이즈미가 호통을 치는 사이에도 거대한 통나무는 성문을 들이박고 있었다. 문에 질러놓은 빗장이 부러지기 직전이었다.

나가구치를 맡고 있는 이즈미가 이러지도 저러지도 못하고 있는 그때, 시모오시구치에 있는 유키에도 절체절명의 순간을 맞이하고 있었다.

가이즈카는 위에서 내려치고 옆에서 파고들고, 아래쪽에서 베어 올렸다. 일격필살의 공격이었다. 유키에는 가까스로 피했지만, 공격을 받을 때마다 커다란 갑옷은 조금씩 잘려나갔다. 뒤에서 전투를 바라보고 있던 나이든 병사들은 가이즈카가 칼을 휘두를 때마다 비명을 질렀다.

(오래 버티지 못하겠네.)

유키에는 가이즈카가 칼을 중단으로 고쳐 잡는 틈을 노려 일직선으로 내리쳤다. 하지만 가이즈카는 반달 같은 곡선을 그리며 칼을 쳐올렸다. 챙 하며 유키에의 큰 칼이 튕겨 올랐다.

(어라!)

정신을 차리고 보니 유키에의 손에 칼이 없었다.

(너무 약한 꼬마로군.)

가이즈카는 측은한 생각이 들었다. 상대인 꼬마는 공격을 받을 때마다 흠칫거리며 표정이 창백하게 바뀌었다. 하지만 측은하다고 해서 느슨하게 다룰 생각은 없었다. 온힘을 다해 적을 베는 것이 이 시대 무사의 예의였다.

가이즈카는 처올렸던 칼을 바로 유키에의 머리를 향해 내려쳤다.

(이런!)

유키에는 허리춤에서 재빨리 작은 칼을 뽑아 칼등에 손을 얹고 가이즈카의 공격을 가까스로 막아냈다.

"유키에 님, 이길 것 같소?"

뒤에서 지켜보고 있던 나이든 병사들이 주춤주춤 뒷걸음질 치면서 유키에에게 물었다.

"보면 모르겠소? 승산 없다는 걸."

"그렇다면 도망칩시다."

병사들이 말하자 유키에가 곧바로 대답했다.

"내가 그 말을 얼마나 기다리고 있었는데!"

유키에는 가이즈카의 칼을 피하자마자 창을 집어 들고 한달음에 뺑소니쳐 시모오시구치 성문 안으로 사라졌다.

나이든 병사들도 허우적거리며 얼른 유키에의 뒤를 따랐다.

가이즈카는 의아했다.

(뭔가 이상하군.)

그는 바로 추적하지 않고 창을 천천히 집어든 뒤 유키에의 뒷모습을 바라보았다. 하지만 그와는 달리 부하들은 도망치는 유키에의 모습에 자극을 받았다. 논두렁길 위에 있던 미쓰나리의 선봉대 3백 명이 명령도 기다리지 않고 우르르 시모오시구치를 향해 쇄도했던 것이다.

"도망쳐? 좋다, 이 틈을 이용하자. 기회를 놓치지 말라."

소라고둥과 큰북, 고함소리가 뒤섞이는 가운데 본대가 논으로 들어가 보루를 향해 성난 파도처럼 밀려갔다.

(이게 노림수였나?)

가이즈카는 오시 성의 속셈을 간파했다. 옆을 지나 성문으로 달려가는 선봉대 병사들에게 외쳤다.

"기다려라! 쫓지 마라!"

하지만 먹잇감을 눈앞에 둔 사냥꾼의 귀에 그런 충고가 들릴 리 없었다. 선봉에 선 병사는 계속해서 시모오시구치 성문 안으로 밀려들어 갔다.

제길……!

가이즈카는 말에 올라타 병사들과 함께 성문으로 달려갔다.

선봉대는 성문을 깨고 산노마루로 치고 들어갔다. 적은 이미 혼마루 쪽으로 도주했는지 모습이 보이지 않았다. 병사들은 먹이를 찾아 어두운 숲속을 달렸다. 무공을 빼앗길 수 없다는 듯이 약 3백 명의 선봉대는 본대와 떨어져 무서운 속도로 달리고 또 달렸다.

하지만 아무리 달려도 적이 보이지 않았다. 이윽고 병사들도 의문을 품기 시작했다. 뭔가 엄청난 위험이 밀려드는 게 아닐까? 우리가 발을 잘못 들이고 만 게 아닐까? 모두 걸음을 멈추고 숲 속을 살폈다.

"멈춰라!"

가이즈카가 소리치며 말을 타고 나타난 것은 바로 그때였다.

(역시 그런가?)

가이즈카는 숲을 응시하며 죽음의 기운을 느꼈다. 어둠 속에서 무수히 많은 눈동자들이 빛나고 있었다. 미쓰나리의 선봉대 3백 명은 시모오시 성 병사를 비롯한 6백 명에게 포위되었던 것이다.

6백 명의 나이든 병사는 창을 찔러대며 점차 간격을 좁혀 왔다. 조금이라도 움직이면 저 수많은 창에 더 빨리 찔리고 말 것이다.

가이즈카가 보기에 절반은 죽창이었다. 그래도 뾰족한 부분을 불에 태워 단단하게 만든 것이라 사람 몸을 꿰뚫기에는 충분할 정도로 날카로웠다.

이윽고 기마무사 한 명이 나뭇잎 사이로 스며드는 햇살을 받으며 숲 안쪽에서 천천히 모습을 드러냈다.

(아까 그 꼬마다.)

가이즈카는 말을 탄 사내가 사무라이 대장, 사카마키 유키에라는 사실을 알아차렸다. 그런데 아무리 보아도 같은 인물인가 싶을 정도로 전혀 달라 보였다.

흰 바탕에 밤색 털이 섞인 말을 탄 그 젊은 무사는 냉정한 눈빛으로 이쪽을 바라보았다. 가이즈카를 노려보는 것이 아니었다. 선봉대 전체를 조용히 지켜보고 있었다. 조금 전 칼로 겨룰 때 시시각각 침착한 표정으로 바뀌었고, 입은 꾹 다물고 있었다.

(진정한 무사다운 모습이구나.)

가이즈카는 사지에 있다는 사실도 잊은 채 유키에의 모습을 멍하니 바라보았다. 큰 갑옷을 몸에 두른 그 모습은 옛날이야기로 들은 옛 반도 무사처럼 화려했다.

유키에는 적을 바라보며 『손자』의 계편 가운데 한 구절을 암송했다.

'유능하더라도 적에게는 무능하게 보이도록 하라.(能而示之不能 —옮

간이)

(전법 가운데 가장 초보적인 전법이지.)

유키에는 속으로 그렇게 부르짖으며 카랑카랑한 목소리로 명령을 내렸다.

"절반은 처치하고 나머지는 문 밖으로 내쫓아라."

6백 개의 창이 밀려들어 미쓰나리의 선봉대 절반을 죽였다. 가이즈카도 홀린 듯 유키에에게 시선을 고정한 채 창에 꽂혔다.

일부러 풀어주다시피 한 나머지 병사들은 몸을 돌려 성문 쪽으로 도망쳤다.

"쫓아라!"

유키에는 명령을 내리고 말을 몰아 적을 추격했다. 그를 따르는 병력은 몇 십 기의 기마무사에 불과했다.

병사들은 숲 속을 필사적으로 달렸다. 그러다가 산노마루로 밀려들어오던 미쓰나리의 본대와 마주쳤다.

"비켜!"

도망치는 병사들이 소리를 질렀다. 심지어 그들은 거치적거리는 자기편까지 죽이며 본대와 함께 성 밖으로 도망쳤다.

"무슨 일이냐!"

중군에 있던 미쓰나리가 둑이 무너진 듯이 성문을 뛰쳐나오는 자기 병사들을 보고 소리쳤다. 작은 성문 주변에서는 필사적으로 도망치려는 선봉대와 밀고 들어가려는 본대가 뒤섞였다. 도저히 손을 쓸 수 없는 아수라장이었다.

그러는 사이 선봉대가 성에서 쫓겨났는지 조금 전 소년처럼 보이던 장수가 말을 탄 채 성문에 모습을 드러냈다.

"저자의 짓이냐?"

미쓰나리는 이를 갈았다.

말을 탄 젊은 무사가 슬쩍 오른손을 들었다. 그러자 모습을 감추었던, 가짜 병사들이라고 생각했던 깃발이 화승총을 겨눈 병사가 되어 성벽 위에 나타났다.

"아니, 그럼 가짜 병사들인 척했다는 건가?"

(계략에 빠졌다.)

미쓰나리는 화가 치밀었다.

"쏴라!"

계략에 빠진 사실을 깨달을 틈도 주지 않겠다는 듯 유키에가 일제사격 명령을 내렸다. 우왕좌왕하는 수많은 병사들의 머리 위로 굉음과 함께 탄환이 쏟아졌다.

도저히 견딜 수 없었다. 미쓰나리의 병사들은 커다란 혼란에 빠져 본대까지 논두렁길로 도주했다. 어떤 병사들은 논으로 뛰어들어 허우적거렸다.

"적의 목은 그대로 두고 계속 추적하라!"

유키에는 뒤에 있는 기마무사들에게 소리치고, 말을 몰아 우왕좌왕하는 적들에게 달려갔다.

"목은 그대로 둬라, 목은 그대로 두라는 명령이 떨어졌다!"

기마무사들도 뒤따르는 병사들에게 전달하며 말을 몰았다.

베어낸 적의 목을 챙기면 기동력이 떨어지기 때문에 그러지 말라는 지시였다. 무공을 증명하기 위해서는 적의 목이 필요했다. 하지만 무사들은 유키에의 명령을 이해했다. 유키에는 모두의 승리를 목표로 삼았다.

유키에는 논두렁길을 달려 도망치는 적을 계속해서 창으로 베었다. 이윽고 논길이 끝났다.

"흩어져라!"

뒤따르는 기마무사들에게 명령했다. 기마무사들은 우왕좌왕하는 적들 사이로 들어가 사방팔방으로 흩어져 가위로 종이를 자르듯 적을 갈라놓았다. 계속해서 찔러대는 창은 도주하는 적에게 엄청난 공포감을 안겨주었다.

"하야토가 당했나?"

미쓰나리는 가이즈카가 염려되었다. 하지만 그는 이미 저세상에 가고 없었다.

그뿐만 아니었다. 미쓰나리도 위험한 상황이었다. 도망치는 병사들이 미쓰나리가 있는 곳까지 밀려왔다. 그 기세와 정신없는 모습은 아군인지 적군인지 분간할 수 없을 정도였다.

본대에서 돌아온 전령이 미쓰나리에게 소리쳤다.

"아군은 수습할 수 없는 지경입니다. 완전히 무너지는 것도 시간문제입니다."

굳이 보고를 받지 않아도 눈앞에 벌어진 상황을 충분히 짐작할 수 있었다.

시모오시구치 성문으로 나이든 병사들까지 몰려나와 미쓰나리의 본진은 점점 무너져갔다.

(저 사람들이 그냥 농사꾼들이란 말인가……?)

미쓰나리는 이상한 일도 다 있다는 듯 눈앞에 펼쳐지는 광경을 뚫어지게 바라보았다. 하지만 하는 수 없이 "철수! 전투태세를 정비하겠다!"라며 말머리를 돌렸다.

나가노구치에서는 거세게 들이받는 통나무에 성문이 부서졌다.
요시쓰구의 보병들이 창을 들고 우르르 몰려들었다. 뒤따라 기마무사도 말발굽을 울리며 밀려들었다.
보병들과 함께 나가노구치로 제일 먼저 뛰어든 장수는 마에노 요자에몬이라는 요시쓰구의 직속 부하였다.
"오타니 가문의 장수 마에노 요자에몬이 일착이다!"
마에노는 말 위에서 나중에 증거로 삼기 위해 큰 소리로 외쳤다. 말을 마치기 무섭게 그는 붉은 갑옷으로 온몸을 두른 이즈미를 발견했다. 우연찮게도 마에노 또한 온통 붉은 투구와 갑옷을 착용하고 있었다.
이즈미는 자기 병사들이 적과 맞서 싸우는 것을 허락하지 않았다.
"물러서라!"
그는 물러서는 부하들의 방패 역할을 하며 주춤주춤 천천히 뒷걸음질 쳤다.
화승총이 보급된 센고쿠 시대에는 대장이 적 앞에 서서 창을 쓰는 일이 거의 없었다. 부대의 중앙이나 후방에서 보병과 기마무사의 움직임을 지휘했다. 미쓰나리와 요시쓰구, 마사이에가 중군에 자리 잡은 것도 부대를 원활하게 지휘하기 위해서였다. 대장이 몸소 적진에 뛰어드는 것은 기이한 행동으로 여겨졌다.
『무변돌문서』에는 다음과 같은 기록이 있다.

'구로다 나가마사(히데요시의 참모 역할을 수행한 구로다 조스이의 장남)는 사무라이 고토 마타베에와 사이가 좋지 않아 무공을 다투느라 종종 직접 적진에 뛰어들었다. 나가마사의 아버지 때부터 신하였던, 나이든 장수 구리야마 빈고는 나가마사를 '믿음직하다'고 칭찬하기는 커녕 오히려 나무랐다. 나가마사는 반박하지 않고 이런저런 변명을 늘어놓으며 구리야마를 달랬다.'

이렇듯 센고쿠 시대에는 대장이 몸소 창을 들고 싸우지 않는 것이 보통이었다. 하지만 이 오시 성 사무라이 대장들인 이즈미, 단바, 그리고 어린 유키에까지도 몸소 적 앞에 나서거나 선두에서 적진으로 뛰어들었다.

물론 그들도 미쓰나리와 마찬가지로 병사들 가운데 있고 싶었을 것이다. 하지만 겨우 1천 기밖에 안 되는 나리타 가문은 장수나 병사가 절대적으로 부족했다.

가신들 가운데 전략을 적절하게 구사할 줄 알고, 창술로 제대로 적을 처치해 전과를 올릴 수 있는 무장은 이즈미와 단바, 유키에를 제외하면 찾아볼 수 없었다. 셋은 자기 병사들의 모범이 될 수 있는 일이라면 무엇이든 직접 나서야 했던 것이다.

나가노구치의 무사들 중에 무술이 가장 뛰어난 이는 이즈미였다. 이즈미는 자기가 맨앞에 서서 달려드는 적을 막는 것이 당연하다고 생각했다. 이즈미를 방패 삼아 오시 성 병사들이 후퇴하는 동안 적군은 계속해서 나가노구치 안으로 밀려들어왔다. 어느덧 오시 성을 방어하는 350명보다 훨씬 많은 적군이 들어찼다.

"아직 멀었느냐?"

이즈미는 보루 위에서 밖을 살피는 전령에게 호통을 쳤다.

"두 번째 줄 화승총 부대가 강에 들어왔습니다."

전령도 계속 뒷걸음질 치며 소리를 질렀다. 밀려드는 적군의 수가 곱절인 6백 명 가까이 이르렀을 때였다.

"들어왔습니다. 화승총 부대가 강에 다 들어왔습니다!"

전령이 소리쳤다.

(지금이다!)

이즈미는 뒤를 돌아보고 명령했다.

"신호를 올려라!"

오시 성 병사들의 후미에서 궁수 하나가 이즈미의 지시를 이제나저제나 기다리고 있었다. 그는 시위에 메기고 있던 화살 끝에 불을 붙여 하늘 높이 쏘아 올렸다.

성 밖에 있는 요시쓰구의 눈에도 연기를 뿜으며 하늘을 나는 불화살이 보였다.

"저건 뭐냐?"

요시쓰구는 끼고 있던 팔짱을 풀었다. 나중에 명장이라 불리게 되지만, 당시 그는 아직 젊은 무장이었다. 순간의 늦은 판단이 운명을 가르고 만다.

불화살은 성 밖으로 보내는 신호였다.

오사카와 강 상류, 공격하는 미쓰나리의 병사들 배후에 황급히 만든 둑으로 오사카와 강물을 막아두고 있었다. 나가노구치 주변의 수심이 얕아졌던 것도 이 때문이었다.

이즈미는 둑 부근에 힘이 센 장정들을 매복시켰다. 그리고 신호와 함께 둑을 허물라고 지시해 두었다.

"불화살이다! 서두르자!"

불화살을 본 장정들은 큰 소리를 지르며 큼직한 쇠망치로 둑을 부수었다.

거의 넘칠 듯 차 있던 강물이 나가노구치를 향해 돌진했다. 말 그대로 둑이 무너진 듯이 강물이 엄청난 기세로 쏟아졌다. 굉음을 울리며 몰아치는 거센 물살은 미쳐 날뛰는 용 같았다.

엄청난 굉음이 요시쓰구의 귀에도 들렸다.

(이런!)

그제야 깨달았다.

"선봉대를 되돌려라! 강에서 끌어내라!"

어지간한 일로는 눈썹 하나 꿈쩍 않는 이 사내가 꽹과리를 마구 두드리며 정신없이 소리쳤다. 하지만 때는 이미 늦었다.

오시카와 강에 들어선 화승총 부대의 귀에도 거센 물살이 밀려오는 무서운 소리가 들려왔다. 화승총 부대는 기슭 쪽으로 달렸지만, 먼저 도망친 병사들과 뒤섞이고 말았다.

혼란스러운 와중에 격류가 들이닥쳤다. 거센 물살은 화승총 부대를 집어삼키고, 성문으로 연결된 다리까지 쓸어가버렸다.

나가노구치 안쪽에서는 쳐들어간 요시쓰구의 병사들이 모두 얼빠진 표정으로 멍하니 서 있었다. 성 안을 가득 메운 그들은 꼼짝도 못하고 있었다.

활짝 열린 문 밖으로 거대한 강물의 물줄기와 물살에 쓸려가는 아군의 모습이 보였다. 다리도 사라지고 말았다.

(퇴로가 끊겼다.)

붉은 갑옷을 걸친 마에노 요자에몬이 후방의 참극을 새파랗게 질린 얼굴로 지켜보고 있을 때였다.

"이봐!"

굵직한 목소리가 들려왔다.

마에노가 고개를 앞으로 돌렸다. 눈 앞에는 자기와 똑같이 붉은 갑옷을 입은 거구의 사나이가 서 있었다. 사나이는 우뚝 선 채로 마에노를 노려보고 있었다.

"뭘 보고 있는 거야? 무공 일등 시바자키 이즈미를 앞에 두고 고개를 돌리고 있다니, 그게 무슨 짓인가!"

이즈미는 무공 일등이라는 허풍을 섞어가며 적을 꾸짖었다. 그러더니 창을 치켜들어 앞을 향해 찔렀다. 마에노의 가슴으로 파고든 창은 등을 뚫고 나왔다. 마에노는 그 자리에서 절명했다.

(자, 그럼 다음은 누구?)

꽂힌 창을 빼기도 전에 이즈미는 야수 같은 눈으로 적들을 둘러보았다. 나가노구치 안에는 성을 수비하는 병사들보다 곱절이나 많은 적들이 밀려들어와 있었다.

(이놈들, 죄다 박살내 주마!)

이즈미는 창을 든 오른팔에 힘을 주었다. 그리고 팔꿈치를 중심으로 손을 천천히 움직여 창에 꽂힌 마에노의 시체를 말 위로 들어올렸다.

적은 혼비백산했다. 보병이든 기마무사든 모두 공포심에 부들부들 떨었다. 그 자리에 철퍼덕 주저앉는 자가 있는가 하면 비명을 지르며 뒷걸음질 치는 병사도 있었다. 끄트머리에 있던 병사는 뒷걸음질 치는 병사들에게 밀려 거센 물살에 휩쓸려가고 말았다.

(이제 목을 거두는 일만 남았군.)

이즈미는 기겁을 한 적군의 병사들을 둘러보면서 잔인한 미소를 지었다. 창을 휘둘러 마에노의 시체를 내동댕이치고 버럭 소리쳤다.

"자, 인정사정 볼 것 없다! 모조리 죽여라!"

이즈미의 명령이 떨어지자마자 오시 성 병사들이 적병들을 참혹하게 죽이기 시작했다.

20

 사마구치에서는 단바의 화승총 병사를 태운 기마부대가 일제 사격을 마친 뒤 뜻밖의 상황이 벌어졌다.
 일제 사격은 끝났지만, 적을 소탕한 것은 아니었다. 살아남은 적의 화승총 병사들은 논에 빠진 상태에서도 화약을 재고 있었다. 도망치던 병사들도 걸음을 멈추고 오시 성 기마부대를 향해 돌아섰다.
 "일단 성으로 물러나야 합니다."
 단바 뒤에 있던 기마무사가 초조한 목소리로 사정했다.
 (멍청한 녀석!)
 단바는 기마무사를 돌아보고 내뱉었다.
 "상대편 대장은 이미 목이 날아갔다!"
 단바는 눕혔던 창을 앞으로 내밀고 천천히 말을 달리기 시작했다. 적진 중앙을 돌파하면 화승총 부대, 화살 부대는 총이나 화살을 제대로 쏘지 못한다. 자칫하면 아군을 맞힐 수 있기 때문이다.
 단바는 후방의 기마부대에게 화승총 장전을 서두르라고 지시했다. 그리고 기합을 넣으며 조금씩 전진했다.

(칠흑 같은 마인이 공격해 온다.)

오시 성을 공격하던 병사들이 모두 동요했다.

도망치던 발걸음은 멈췄지만, 적병들은 논두렁에서 주춤주춤 뒤로 물러섰다. 논에 있던 병사들은 논두렁에서 멀어지기 시작했다. 단바가 보여준 놀라운 무예 덕분이었다.

사마구치 수비를 맡고 있던 다베에도 그 광경을 지켜보고 있었다.

단바와 70기의 기마무사가 적진 중앙을 향해 나아가자 바다가 갈리듯 적병들이 양쪽으로 갈라졌다.

(아니, 이럴 수가!)

다베에는 전율했다.

"마사키 님이 저토록 대단한 분이셨나? 내 목이 용케 붙어 있는 것이구나."

성으로 들어가지 않겠다면서 단바에게 대들었던 일을 떠올리니 등에서 식은땀이 흘렀다.

상대편 마사이에도 말 위에서 그 광경을 보았다.

"우리 병사들은 뭘 하고 있는 거냐!"

사자 역할을 맡고 나서 몇 차례 겪어 봤던 공포가 되살아나는 것 같았다. 그는 공포심을 감추기 위해 가신에게 호통을 쳤다. 가신 역시 동요하고 있었다.

"논이 생각보다 깊어서 제대로 전진하지 못하고 있습니다."

뻔한 변명이었다.

"그렇다면 논두렁으로 가면 되지 않느냐!"

마사이에가 소리치자 가신도 언성을 높여 대꾸했다.

"논두렁에는 저 남자가 있지 않습니까!"

이미 주군이고 가신이고 따질 겨를이 없는 상황이었다.

나쓰카 마사이에의 병력은 4천6백 명. 그들은 겨우 70기의 기마무사와 화승총 부대를 두려워하고 있었다.

(공포의 실을 끊어주마.)

단바는 시간을 계산하고 있었다.

"장전은 다 되었는가?"

곧이어 완료되었다는 답변이 단바에게 돌아왔다.

"조준!"

단바가 큰 소리로 명령했다.

적병들의 긴장은 극에 달했다.

(지금이다!)

단바는 주창을 움직여 자루 끄트머리에 있는 금속 장식 부분을 움켜쥐었다.

"다가오지 마라! 감히 다가오는 녀석은 한 놈도 남김없이 내 주창에 목이 날아갈 줄 알아라!"

그렇게 외치고 주창을 번쩍 휘둘렀다. 적병의 목 다섯 개가 동시에 허공으로 날아올랐다.

공포의 실이 끊어졌다. 논두렁에 있던 적병들이 자기편을 밀치며 우르르 도망쳤다. 머릿수가 많다고 해도 허점은 있기 마련이다. 단바가 이끄는 오시 성의 기마부대와 화승총 부대 주위에 있던 적군 병사들이 느낀 공포는 순식간에 모두에게 전염되었다.

논에 있던 병사들의 공포는 더욱 심했다.

병사들은 논에 빠져 넘어진 자기 편 병사를 밟고 도망쳤다. 걸려 넘어지면 또 다른 병사들이 넘어진 이들을 발판 삼아 딛고 도주했다.

앞선 자가 넘어지면 발판이 될 수 있다는 걸 알아차리고 일부러 자기편을 넘어뜨리며 도망치는 병사들도 있었다. 이 전투에서 무수히 많은 병사들이 무논에 빠져 익사했다고 한다. 『개정 미카와 후풍토기』는 이때의 참담한 패주를 이렇게 적었다.

'공격하던 병사들은 뿔뿔이 흩어져 도망치기 시작했다. 나쓰카를 비롯해 하야미, 이토 등이 병사들을 제지하려고 했으나 전혀 말을 듣지 않고 달아났다'

"전군 돌격하라!"

단바의 명령에 따라 사마구치 안에 있던 병사 4백 명이 한순간에 뛰어나왔다.

대부분이 농민 병사들이었다. 무논에 익숙한 이들은 논에서도 평지처럼 쉽게 움직였다. 다베에도 창을 불끈 쥐고 논으로 뛰어들었다.

오시 성 병사들이 점점 다가오자 적군 병사들 중에는 울음을 터뜨리며 도망치는 자도 있었다. 아무도 마사이에를 거들떠보지 않았다. 심지어 대장을 앞질러 달리는 이도 있었다.

"어떻게 된 거냐! 아직 일각도 지나지 않았다!"

단바는 말을 멈춰 세우고 썰물처럼 밀려나가는 적들을 향해 고함을 질렀다.

마사이에는 호위 담당 가신의 보호를 받으며 도망치다가 단바의 목소리를 알아들었다.

(저 녀석이 마사키 단바인가?)

그제야 마사이에의 가슴속에 단바라는 이름이 새겨졌다. 그런 마사이에의 곁을 부하 병졸들이 우르르 지나갔다. 그때 미쓰나리가 보낸 전령이 말을 타고 달려왔다.

"이시다 총대장 쪽은 지금 퇴각합니다."

"그래? 그쪽도 졌단 말인가?"

마사이에는 자기만 패배한 것이 아니라는 사실에 안도하듯 부드러운 목소리로 전령에게 물었다.

"그렇다면 우리도 군사를 물린다!"

하지만 그의 명령을 들을 부하들은 몇 십 기밖에 남지 않은 기마무사들뿐이었다.

나가노구치에서도 요시쓰구가 퇴각을 결정했다.

"화승총 부대가 전멸했으니 별수 없다. 퇴각한다."

말머리를 돌려 여전히 물살이 거세게 흐르고 있는 오시카와 강을 등졌다.

성 쪽에서 요시쓰구의 목소리를 흉내 내어 꾸짖는 소리가 들려왔다.

"퇴각하냐?"

(뭐야?)

요시쓰구가 성문 쪽을 바라보았다. 붉은 갑옷을 걸친 커다란 무사가 우뚝 서 있었다.

"그렇다면 전투 기록에 이렇게 적어라. 오시 성의 총대장은 나리타 나가치카. 이 나가노구치를 지키는 대장은 일등 무공에 빛나는 시바자키 이즈미라고 하느니라!"

거한이 큰 소리로 외쳤다.

(이상한 녀석이로군.)

시바자키 이즈미라는 사내는 자신의 무공을 내세우며 전투 기록에 적으라는 요구까지 했다. 무술은 얼마나 강한지 몰라도 머리는 든 게 없는, 전형적인 반도 무사인 것 같았다.

하지만 요시쓰구는 그런 사내들이 싫지 않았다. 오히려 마음에 들었다.

"나는 오타니 요시쓰구다. 네 말 알아들었다."

큰 소리로 대답하고 슬쩍 웃었다. 그리고 전쟁터에서 세운 무훈을 기록하는 가신에게 명령했다.

"기록해 둬라."

사마구치를 지키는 단바는 마사이에의 병력이 물러가는 모습을 지켜보았다. 그는 맨 뒤에 서서 적을 경계하며 보병들 먼저 성으로 돌려보냈다. 제일 늦게 성 안으로 들어오자 병사들이 환호성을 지르며 단바를 맞이했다. 단바는 말을 천천히 몰며 고개를 힘차게 끄덕여 환호성에 답했다. 이윽고 다른 성문에서도 승전의 환호성이 들려왔다. 단바는 말을 세우고 한껏 턱을 치켜든 채 기쁨의 함성이 들려오는 쪽을 바라보았다.

(이즈미와 유키에도 해낸 모양이로군.)

이즈미와 유키에만이 아니었다. 성문에서 벌어진 모든 전투에서 오시 성이 승리를 거두었다.

단바가 혼마루로 돌아가려고 말을 돌렸을 때였다.

"이봐, 골목대장 마사키!"

단바보다 병사들이 더 깜짝 놀랐다. 감히 그런 표현을 입에 담다니.

목소리의 주인공은 세이젠지의 괴승 묘료였다. 그는 병사들이 길을 터주기를 기다렸다가 천천히 단바에게 다가왔다. 오늘 아침도 술에 취해 있었다.

(하필 이럴 때 나타날 게 뭐람.)

단바는 속으로 혀를 끌끌 찼지만, 전투에서 승리를 거둔 터라 너그럽게 받아주었다.

"오, 스님이시군요."

말 위에서 내려다보며 위엄 있는 목소리로 말했다.

"이겼소."

하지만 단바는 자신의 말투가 개구쟁이 소년이 으스대며 자랑하는 것처럼 느껴졌다.

"뭐가 이겼다는 거야? 다음 공격 때도 또 이렇게 이기리란 보장은 없을 텐데."

묘료는 단바의 위엄 따위는 아랑곳하지 않고 툭 내뱉었다. 맞는 말이다. 적은 분명히 다시 공격할 것이다. 그것도 만반의 준비를 갖추어서.

"끄응."

신음하지 않을 수 없었다.

(아무리 그래도 그렇지.)

단바는 내심 불만스러웠다. 세이젠지는 어쨌든 성 안에 있다. 사마구치가 무너지면 바로 옆에 있는 세이젠지는 어떻게 될지 뻔하지 않은가. 고맙다는 말 한 마디쯤은 해줄 법도 한데.

하지만 한잔 걸친 묘료는 전쟁이니 절이니 하는 덧없는 일에 전혀 관심 없다는 듯이 말했다.

"빨리 좀 끝내주지 않겠나? 시끄러워서 아침잠을 잘 수 없잖아."

소음을 없애달라는 푸념이다.

(대단한 양반이야.)

단바는 저도 모르게 감탄하고 말았다. 주위를 둘러보니 병사들도 뭔가 심오한 격언이라도 들은 듯이 다들 고개를 끄덕이고 있었다.

"헹."

단바는 너무도 터무니없는 소리라고 생각했다.

그때였다. 어린 치도리가 "비키세요" 하며 묘료를 밀치고 다가왔다. 주먹밥을 가득 담은 광주리를 안고 힘에 부치는지 비틀거리며 병사들을 향해 걸어오고 있었다. 치도리 뒤를 여자들이 따라오고 있었는데 다들 주먹밥을 안고 있었다.

"꼬마 아가씨, 하나만 줄래?"

단바가 치도리에게 물었다.

"안 돼."

치도리는 비틀거리면서도 딱 잘라 말했다.

"말 타고 편하게 있었으면서. 이건 열심히 일한 아저씨들 줄 거야."

어리지만 나름 생각을 한 것인지 더 이상 말도 못 붙일 정도로 칼같이 거절했다. 여자들은 조마조마한 표정을 지으며 단바를 바라보았다. 치요가 나서서 치도리에게 다가가려고 했다. 단바는 '됐다'라는 눈짓을 보내 치요를 제지했다.

"하지만 나도 일은 좀 했는데."

말 위에서 몸을 숙여 치도리의 눈을 바라보며 장난스레 말했다.

"정말?"

"그럼."

치도리는 아랫입술을 삐죽 내밀고 심각한 표정으로 생각에 잠겼다. 이윽고 '옛다, 받아라' 하듯 광주리를 말 위의 단바에게 쑥 들이밀었다.

"고맙구나."

단바는 주먹밥을 집어 들었다. 그 순간, 묘료가 껄껄 웃음을 터뜨렸다. 고개를 숙이고 있던 치요도 묘료를 따라 웃었다. 다른 여자들은 물론 병사들까지 웃기 시작했다. 다 함께 웃었다.

(바로 이거야.)

단바는 사람들의 모습에 만족해하며 채찍으로 말을 쳤다.

"우리 사기는 높다. 이길 수 있어!"

단바는 주먹밥을 먹으며 말을 달렸다.

21

 패주한 장수들은 마루하카야마 산기슭에 급히 지은 미쓰나리의 막사로 속속 모여들었다.
 막사는 엉성하게 지은 두 칸짜리 건물이었다. 장수들은 작은 공간에 빙 둘러앉아 패인을 검토했다. 먼저 병력이 얼마나 피해를 입었는지 계산부터 해야 했다.
 각 성문에서 벌어진 전투에서 죽거나 부상당한 병사가 도합 1,200명이 넘었다. 그 가운데 가장 피해가 컸던 쪽은 사카마키 유키에가 지키는 시모오시를 공격했던 미쓰나리의 병력이었다. 8백 명 이상이 죽었고, 그보다 많은 인원이 부상을 입어 더 이상 전투를 할 수 없게 되었다.
 오시 성 쪽은 아무리 헤아려도 50명이 채 안 되는 병력이 손실을 입었을 뿐이었다.
 "문제는 그 이상하리만치 발이 푹푹 빠지는 논일세. 그 논 때문에 병사들을 한꺼번에 진격시킬 수가 없어."
 마사이에가 지적했다. 오시 성 어느 성문을 공격했건 간에 장수들은 하나같이 이 문제를 지적했다. 다들 그 논 때문에 병사를 일제히 진격시킬 수 없었다. 그러다가 허를 찔렀다.

"아닙니다. 이곳 사무라이들의 기묘한 전략 때문입니다."

다른 장수가 말했다. 다른 이도 "맞아요, 적이지만 사무라이들이 정말 대단했소" 하며 감탄하는 어조로 말했다.

수많은 의견들이 오고갔지만, 장수들은 빤한 결론에 이를 수밖에 없었다.

(적은 강하다.)

그렇다면 이 오시 성의 수비를 맡고 있는 총대장을 다시 봐야 한다.

"나가노구치를 지키는 시바자키 이즈미라는 장수가 총대장은 나리타 나가치카라고 했다. 장수를 저토록 능수능란하게 부리는 총대장은 어떤 자란 말인가?"

이렇게 말하고 요시쓰구는 심각한 표정을 짓고 여러 장수를 바라보았다.

요시쓰구가 거느린 장수 중에서도 이즈미처럼 강한 사내는 여럿 있었다. 하지만 모두 실력은 있어도 다루기 힘든 인물들이었다. 오랜 세월 여러 대에 걸쳐 충성해온 가신이라 하더라도 무예가 출중하면 많은 녹을 주고 데려가는 다이묘가 얼마든지 있었다. 때문에 그들은 "마음에 들지 않으면 얼마든지 주군을 바꾸겠다"는 듯이 내키는 대로 행동했다.

(그 시바자키 이즈미라는 장수도 틀림없이 그런 사내일 것이다.)

까다로운 장수를 그토록 능숙하게 다루기 위해서는 오랫동안 길을 들였을 것이다.

(보통이 아니다. 총대장은 틀림없이 유능한 인물일 것이다.)

요시쓰구는 그런 생각이 들었다.

"어떤 자였나?"

요시쓰구는 사자의 역할을 맡아 나리타 나가치카를 만난 적이 있는 마사이에에게 물었다.

"매우 뛰어난 장수처럼 보이기는 했는데……"

마사이에는 근심 어린 표정으로 대답했다.

(이 녀석은 모르는구나.)

문득 요시쓰구의 머릿속에 한 남자가 떠올랐다.

호조 우지카쓰. 겨우 반나절 만에 점령한 이즈 아마나카 성을 지키는 장수로 히데요시 쪽에 붙은 사내다. 우지카쓰는 히데요시에게 항복한 뒤 미쓰나리가 이끄는 부대의 길잡이 역할을 맡았다. 호조 가문 사람이라면 나리타 나가치카를 알지도 모른다.

"나리타 나가치카란 남자를 본 적이 있나?"

요시쓰구가 우지카쓰에게 물었다. 우지카쓰는 히데요시에게 항복할 때 깎은 머리를 긁으며 '있다'고 대답했다. 아들 우지마사가 밥 먹는 모습을 보고 호조 가문의 멸망을 예견했던 우지야스가 세상을 떠났을 때 나리타 우지나가를 대신해 조문 온 인물이 나리타 나가치카였다고 한다. 나가치카가 스물여덟 살 때였다.

"어떤 인물이었소?"

요시쓰구는 다그치듯 물었다가, 이 얼간이에게 물어본 것 자체가 잘못이라는 생각이 들었다. 속으로 후회가 밀려왔다.

"태평한 사람이었습니다. 그때 제가 열 살이 갓 넘은 때였는데, 저하고도 잘 놀아준 기억이 나고……."

우지카쓰는 옛날이야기라도 시작할 기세였다.

"알겠소."

요시쓰구는 실망하며 우지카쓰의 말을 끊었다.

도무지 감을 잡을 수가 없었다. 다른 장수들도 본 적 없는 적의 총대장을 파악하려 머리를 굴리고 있었다.

불쑥 좁은 막사에 미쓰나리의 큰 웃음소리가 울려 퍼졌다.

"그 녀석들, 제법이야."

미쓰나리는 다른 장수들과 생각이 달랐다. 피해상황을 듣고 할 말을 잃기는 했지만, 열 배나 되는 자기 군사들을 물리친 오시 성의 장수들을 떠올리자니 묘하게 통쾌한 기분마저 느껴졌다. 그런 적을 무너트리기에 아주 적절한 전략이 있지 않은가.

"자, 여러분."

미쓰나리는 눈빛을 반짝이며 말을 이었다.

"수공으로 갑시다."

미쓰나리가 무장으로서 신뢰를 잃게 되는, 결정적인 명령이었다.

오시 성 수공.

후세에 길이 남을 일본 최대의 수공은 이렇게 해서 실행에 옮겨지게 되었다.

수공을 지시받은 장수들은 처음부터 반응이 싸늘했다.

(이 무슨 바보 같은.)

요시쓰구는 내색하지 않았지만 화가 치밀었다. 사실 미쓰나리는 처음부터 다짜고짜 수공을 하자고 했다. 요시쓰구가 만류해 일단 군대를 이끌고 성을 공격했던 것이다.

요시쓰구는 화가 났지만, 여러 장수가 있는 자리에서 총대장인 미쓰나리의 명령에 이견을 내세우지는 않았다. 첫 전투에서 패한 지금, 총대장인 미쓰나리의 자질에 의문을 품는 장수도 있다. 그런 상황에서 명령에 복종하지 않으면 좋을 리 없다고 판단했다.

미쓰나리는 계속해서 명령을 내렸다.

"둑 쌓을 준비를 하고, 각자 진을 뒤로 물려라. 그 전에 마루하카야마 산에서 수공을 위한 구역을 설정하겠다."

장수들이 언짢은 표정을 지었다.

"수공을 한다면 틀림없이 이기겠군. 그렇다면 처음부터 수공으로 나갔어야지."

불쾌한 표정을 감추지 않고 자리에서 일어선 부장도 있었다.

"이거 내가 뭐하러 여기 온 건지 모르겠군."

불끈 화를 내며 막사를 나가버리는 자도 있었다.

장수들 모두 각자의 진영으로 돌아갔다. 막사에는 요시쓰구와 미쓰나리 단둘이 남게 되었다. 그제야 요시쓰구는 제멋대로인 미쓰나리에게 호통을 쳤다.

"이보게, 왜 수공을 하겠다는 건가! 수공을 하면 이번 오시 성 공격에 참여한 장수들이 무공을 세울 기회를 잃게 되지 않나! 자넨 총대장이란 말일세! 장수들 마음을 얻지 못하면서 어떻게 통솔하겠다는 건가!"

간토 지방의 장수들은 도요토미 정권에 가세한 지 얼마 되지 않았다. 그들은 어떻게든 무공을 세워 도요토미의 마음에 들고 싶어 열을 올리고 있었다. 그런데 미쓰나리가 수공을 꺼내들면 어떻게 되겠는가. 싫든 좋든 무공은 모두 미쓰나리가 독차지하게 된다.

"자네 그걸 알고나 있나?"

요시쓰구는 미쓰나리를 노려보았다. 하지만 미쓰나리도 요시쓰구를 노려보며 자리에서 벌떡 일어나 단호하게 말했다.

"수공으로 이기겠어. 누가 뭐라고 하든 수공을 하겠네."

미쓰나리와 요시쓰구는 장수들이 기다리는 마루하카야마 산으로 올라갔다. 높이 20미터도 되지 않는 언덕 같은 고분인데 산으로 불렸다. 꼭대기에 있는 평지는 직경 20미터도 되지 않을 정도로 좁았다.

미쓰나리는 정상에서 논밭 사이에 불쑥 솟아난 숲처럼 보이는 오시 성을 내려다보았다.

"둑은 도네가와 강과 아라카와 강의 하류를 이어서 쌓는다."

도네가와 강은 오시 성을 마주 보고 선 미쓰나리의 오른쪽, 아라카와 강은 왼쪽에 있다. 미쓰나리는 두 강을 차례로 가리키며 설명했다.

"그다음에는 상류에서 강물을 터서 오시 성 쪽으로 흐르게 하고 기다리기만 하면 된다."

(과연 그게 가능할까?)

불만스러운 장수들은 미쓰나리의 계획에 의문을 품었다.

하지만 미쓰나리는 '가능하다' 고 생각했다.

이 일대는 워낙 홍수가 잦았다. 오시 성도 홍수가 있고 나서 생긴 호수 위의 섬에 지었다. 인공적으로 홍수를 일으키고 아래에서 둑으로 물을 막으면 성은 틀림없이 물에 잠길 것이다.

하지만 도네가와 강과 아라카와 강은 너무 멀리 떨어져 있는 것이 문제였다.

"대체 얼마나 거대한 둑을 세우려는 겁니까?"

한 장수가 걱정스럽다는 표정을 지으며 물었다.

미쓰나리는 짐짓 가볍게 대꾸했다.

"대략 7리쯤 될까?"

"7리라고요?"

장수들은 깜짝 놀랐다. 7리면 약 28킬로미터. 히데요시가 빗추의 다카마쓰 성에 수공을 할 때 쌓은 둑은 3.5리밖에 안 되었다. 7리면 곱절이다.

"뭐 닷새면 쌓을 수 있을 테니까."

미쓰나리의 말을 듣고 요시쓰구는 깜짝 놀라지 않을 수 없었다. 천하의 히데요시도 3.5리나 되는 인공 둑을 쌓는 데 12일이 걸렸다.

미쓰나리가 마사이에를 불렀다.

"인원 10만 명을 5일간 철야로 일을 시키려면 얼마나 들겠나?"

놀란 표정을 짓는 장수들을 흘끔 살펴보며 미쓰나리가 물었다.

마사이에는 의외로 놀라는 기색이 없었다. 이 사내는 이미 계산이 나온 모양이었다.

"관백 전하와 똑같은 방식으로 하겠다는 거군. 얼마를 낼 텐가?"

마사이에가 씩 웃으며 되물었다. 전하와 방식이 똑같다는 건 히데요시도 노동에 대가를 지불했기 때문이다. 얼마를 내겠느냐는 물음은 액수를 얼마로 생각하느냐고 묻는 것이었다.

"낮에는 영락전 60문, 밤에는 100문. 거기에 각각 쌀 한 되를 덧붙이지."

미쓰나리가 대답했다. 크게 쓰겠다는 소리다.

부부가 닷새 동안 야간에만 일을 해도 4인 가족이 1년 가까이 먹을 수 있는 쌀을 살 수 있는 품삯이었다.

장수들은 품삯으로 돈을 지불하겠다는 발상에 놀라워했다.

"돈을 준다고?"

둑을 쌓을 때 필요한 인원은 돈을 들이지 않더라도 2만 명의 병력으로 위협하면 어느 정도 모을 수 있다.

(그런데 10만 명을 모으려면 위협만으로는 어렵다. 무슨 수로 10만 명을 모은단 말인가?)

미쓰나리는 무력으로 농민들을 위협하는 짓이 싫었다. 히데요시의 제자로 자처하는 그가 인공 둑을 쌓기 위해 돈의 힘을 빌리는 것은 자연스러운 일이었다.

"영락전으로 대략 8만4백 관문이로군."

마사이에가 답을 내놓았다.

"전하보다 비용이 훨씬 많이 들어가겠는걸."

(그게 어때서?)

미쓰나리는 코웃음을 치며 장수들을 바라보았다.

"멀고 가깝고를 가리지 말고 온 마을에 병사들을 보내 인원을 긁어모으시오."

장수들의 불쾌한 심기에는 관심이 없다는 듯 쾌활한 목소리로 명령을 내렸다.

"돈을 준다면 움직이지 않을 사람이 없소. 두고 보시오. 아낙네들도 앞다퉈 찾아올 테니까."

마사이에가 하지 않아도 될 소리를 덧붙였다.

(과연 가능할까?)

못마땅한 표정을 짓고 있던 요시쓰구의 눈에 병사의 안내를 받으며 올라오는 한 농부의 모습이 눈에 들어왔다.

"왔나?"

미쓰나리는 올 줄 알고 있었다는 듯 그자에게 다가갔다. 조금 전 나리타 나가치카를 아는 농민을 붙잡았다는 보고를 받았을 때 당장 데려 오라는 지시를 내려 두었던 것이다.

"이름은?"

미쓰나리가 부드럽게 물었다. 장수들도 재밌는 구경거리가 생겼다는 듯 몰려들었다.

농민은 얼른 땅바닥에 엎드리더니 "시모오시 마을에 사는 가조라고 하옵니다"라며 머리를 조아렸다.

다베에의 아들이자 치요의 남편인 가조였다. 그는 첫 전투가 있고 나서 오시 성에 대해 모든 걸 이야기를 해주겠다며 제 발로 찾아왔다. 가조는 미쓰나리가 이끄는 관백의 군사들이 자신을 대신해 복수해줄 수 있을 것이라 생각했다.

"어찌 농사꾼이 나리타 나가치카와 알고 지낸단 말인가?"

미쓰나리가 대뜸 물었다.

"에, 그야 노보우 님은 농사일이 있을 때마다 도와주겠다고 찾아오기 때문입죠."

"노보우 님?"

미쓰나리는 처음 듣는 말에 의아한 표정을 지었다.

가조는 얼른 머리를 조아리며 대답했다.

"아, 나가치카 님의 별명입니다."

"별명이 왜 노보우 님이지?"

미쓰나리의 옆에 있던 요시쓰구가 캐물었다. 그 별명에 적군을 이끄는 총대장의 인품이 담겨 있을 것이란 확신이 들었다.

"아, 그건……."

가조는 머뭇거리다가 어렵사리 말을 이었다.

"데쿠노보우라서 다들 노보우 님, 노보우 님 하고 부릅니다."

장수들 가운데 몇몇이 웃음을 터뜨렸다.

(첫 전투에서 졌다고 적을 과대평가한 건가?)

요시쓰구는 살짝 마음이 놓였다.

하지만 미쓰나리는 웃지 않았다. 승리한 적을 떠올리며 통쾌함까지 느꼈던 그였지만, 자신이 상대하는 사내는 도무지 정체를 알 수 없는 인물인 것 같았다.

"어떻게 생각하나?"

미쓰나리가 요시쓰구에게 물었다.

"데쿠노보우, 바보 얼간이라고 불려도 아무렇지 않게 받아들이는 사내라니."

요시쓰구는 심각한 표정으로 중얼거렸다.

"너무 현명해서 그런 걸까, 아니면 어리석어서일까?"

"마사키 님, 적들이 물러납니다."

사마구치 성루 위에서 적을 관찰하던 병사가 소리쳤다.

미쓰나리의 장수들이 수공을 준비하기 위해 진을 물린 것은 첫 전투가 벌어진 그날 저녁 무렵이었다. 같은 시각, 관백의 군사들이 일제히 포위망을 풀었다.

"문을 열어라!"

성문으로 단바가 밖으로 뛰어나갔다. 병사의 말대로 철수하는 나쓰카 마사이에의 군사들이 보였다.

(뭔가 있다.)

단바의 표정이 한층 일그러졌다.

나가노구치를 공격하던 오타니 요시쓰구도 진을 물렸다. 이즈미도 성문에서 그 광경을 바라보고 있었다. 병사들도 적진에서 벌어지는 광경을 보기 위해 문 주위로 몰려들었다.

"시바자키 님, 포기한 걸까요?"

한 병사가 이즈미에게 물었다.

"멍청한 녀석. 이제부터 진짜 공격이 시작될 거다."

이즈미 또한 뭔가 엄청난 일이 벌어질 거라 예견하고 있었다.

22

"기쁜 소식이오. 오시 성이 이시다 미쓰나리의 2만 병사를 간단하게 물리쳤다는구려."

호조 우지마사는 오다와라 성 혼마루 접견실에서 오시 성의 성주인 나리타 우지나가를 불러 큰 소리로 알렸다.

오시 성이 서전을 승리로 이끌었다는 소식은 호조 진영이 간토 지방 곳곳에 파견한 '노키자루'라 불리는 닌자들을 통해 오다와라 성에 보고되었다.

(아니…… 뭣이?)

아우인 야스타카를 거느리고 엎드려 있던 우지나가는 온몸에 식은땀이 흘렀다.

"오시 성은 계속해서 완강하게 저항하고 있다 하오. 그대도 오시 성 가신들에게 부끄럽지 않도록 농성에 힘을 다하도록 하시오."

우지마사는 우지나가의 속마음도 모르고 순진하게 칭찬을 늘어놓았다.

칭찬이 계속될수록 우지나가는 온몸에서 물기가 쪽쪽 **빠져나가는**

기분이었다. 엎드린 채로 간신히 "아, 예" 하고 대답했지만 겨드랑이를 타고 흐르는 땀은 어찌 할 수가 없었다.

"어쩌다가 전투가 벌어진 것이냐? 게다가 이기기까지 하다니. 대체 이게 무슨 말이냐!"

접견실에서 물러나온 우지나가가 야스타카에게 작은 목소리로 꾸짖듯이 말했다.

(누굴까?)

누군가 전투를 벌였다. 대체 누굴까? 그럴 만한 인물이 떠오르지 않았다. 성대인 나리타 야스스에는 전투가 벌어지기 직전에 앓다가 죽었다는 이야기를 조금 전 접견실에서 들었다.

(그렇다면 이즈미인가?)

시바자키 이즈미가 용맹하다고는 하지만, 가신들을 부추겨 전투에 몰아넣을 만한 재주는 없다. 유키에 또한 마찬가지다.

(단바는 전력 차이를 판단 못할 멍청이가 아니야. 그렇다면 대체 누구란 말인가?)

나가치카는 아예 머릿속에 떠오르지도 않았다.

"어쨌든 관백과 내통한 건 이제 소용없게 됐다. 관백이 어떻게 나올까?"

우지나가는 등골이 오싹해지는 걸 느끼며 중얼거렸다.

우지나가의 염려대로 히데요시는 약속을 지키지 않았다며 격분했다. 나중에 히데요시는 호조 진영에 나리타 가문이 내통했다는 사실을 폭로하여 우지나가를 궁지에 몰아넣는다. 그뿐만 아니었다. 오다와라 성을 점령한 뒤에는 살려주는 조건으로 황금 1천 냥을 내놓으라고 요구한다. 우지나가는 울며불며 사방으로 뛰어 간신히 황금 9백 냥과 도노카시라(야크의 꼬리털로 만든 장식으로 투구에 치장한다─옮긴이) 열여덟 개를 마련해 바쳤다고 한다. 결국 우지나가는 빈털터리가 되고 만다.

『오시 성 전기』에 따르면 미쓰나리가 인공 둑 건설에 착수한 날은 덴쇼 18년(1590년) 6월 7일이다. 이 책에는 전대미문의 어마어마한 공사에 대해 이렇게 적고 있다.

'주변의 농부, 상인, 어린아이 등 수십 만 명을 모아 밤낮을 가리지 않고 흙을 날랐다.'

공사현장은 마치 간토 지방 사람들이 모두 오시 성으로 모여든 듯했다. 미쓰나리는 곳곳에서 온 인부들을 7리에 이르는 둑 공사 예정지에 길게 배치했다.

인공 둑의 규모는 아랫변이 11간(약 20미터), 윗변이 4간(약 7미터)에 높이는 5간(약 9미터)으로 결정되었다. 길이를 제외하면 히데요시가 빗추의 다카마쓰 성을 공격할 때 쌓았던 인공 둑과 거의 똑같은 규모였다.

도네가와 강과 아라카와 강은 인간 띠로 연결되었다. 이 인부들 중에는 가조도 섞여 있었다.

(오시 성 녀석들, 두고 봐라.)

가조는 화풀이라도 하듯 곡괭이로 땅을 찍었다. 오시 성 사무라이들에게 복수하는 듯한 쾌감이 느껴졌다.

가조를 비롯한 인부들은 공사의 목적에 대해 설명을 듣지 못했다.

비싼 품삯에만 정신이 팔려 알려고 드는 사람도 없었다. 설사 알게 됐더라도 이토록 어마어마한 규모의 수공을 진짜로 실행하리라고는 믿지 못했을 것이다. 제법 눈치가 있는 사람들도 오시 성에서 치고 나올 병력에 대비하기 위해 세우는 방어벽 정도로 짐작했다.

가조는 흙을 파서 가마니에 담고, 지정된 곳에 쌓아올렸다.

"어디서 왔소?"

옆에서 가마니에 흙을 채우던 야윈 사내가 물었다.

"그러는 자네는 어디서 왔나?"

가조가 난폭하게 곡괭이를 내려치며 되물었다.

"고가에서 왔지."

가조는 깜짝 놀랐다. 동쪽으로 멀리 떨어진 고가에서도 농민들이 소문을 듣고 찾아온 것이다.

가조도 "난 시모오시 마을 사람일세"라고 무뚝뚝하게 대꾸했다.

"그럼 오시 성 사람이로구먼. 충성심이라곤 없네그려."

"닥쳐. 농사꾼이 충성이고 나발이고 무슨 소용인가?"

가조는 야윈 남자를 쨰려보고 불쑥 언성을 높였다.

그 무렵 미쓰나리는 마루하카야마 산에서 아득하게만 여겨졌던 인공 둑이 차츰차츰 모습을 드러내는 광경을 보면서 말로 표현할 수 없는 흥분에 싸여 있었다.

마루하카야마 산도 인공 둑의 일부가 되었다.

오늘날에도 마루하카야마 산은 누구나 올라갈 수 있다.

'사키타마 고분공원' 주차장에서 마루하카야마로 가는 길이 있다. 그 길을 걷다 보면 양쪽 지면보다 조금 높은 기분이 든다. 바로 미쓰나리가 만든 인공 둑의 흔적이다.

『교다 시사』에 따르면 마루하카야마 산에서 북쪽으로 뻗어나간 둑은 교다 시 사이타마에서 시작해 나가노를 거쳐, 시라카와까지 뻗어 있었다고 한다.

"으음."

미쓰나리는 연방 고개를 끄덕이며 마루하카야마 정상에서 서성이고 있었다.

요시쓰구는 미쓰나리가 히데요시의 빗추 다카마쓰 수공을 목격한 이래 이렇듯 기상천외한 전술을 구사해보는 게 소원이었다는 것을 알고 있었다.

"결국 이게 하고 싶었던 거로군."

요시쓰구는 어린아이처럼 들뜬 친구에게 말했다.

미쓰나리는 나무라는 소리를 들으면서도 기분 좋게 웃었다.

"저 녀석들, 적이지만 참 장한 놈들이야. 죽을힘을 다해 저항하는 적은 막대한 군사력과 돈으로 깔아뭉갠다. 그게 전하의 전술이지."

(전투할 가치가 있는 놈들이다. 온 힘을 쏟아 부어 격파하겠다.)

미쓰나리를 말릴 수 있는 사람은 아무도 없었다.

공사는 야간에도 계속되었다.

인공 둑을 따라 일정한 간격으로 횃불을 밝혀 일대가 대낮처럼 환했다.

(이거야 방법이 없군.)

사마구치 보루에서 단바는 야간에도 벌어지는 적진의 공사 광경을 뚫어지게 바라보고 있었다.

보루에서 보면 불빛으로 이루어진 다리가 놓인 듯했다. 그 앞에는 미쓰나리가 이끄는 군사들이 배치되어 인공 둑을 방어하고 있었다.

(저렇게 환하면 야간 기습을 할 수도 없겠어.)

뚜렷한 묘책 없이 성루 위에서 손가락이나 빨고 있을 수밖에 없었다.

나가치카가 느릿느릿 성루로 올라왔다.

"저것 좀 보게."

단바는 옆에 앉는 나가치카에게 말했다.

"이상한 전술이로군."

나가치키는 그다지 놀라는 기색도 없이 대꾸했다.

"무얼 하고 있는지 알겠나?"

"아니."

전혀 모르겠다는 듯이 나가치카가 고개를 가로저었다.

(내가 잘못 생각했나?)

단바는 나가치카의 태도에 살짝 실망했다. 전투가 시작되기 전에 이 사내에게 느꼈던, 정체를 알 수 없는 존재감이 지금은 전혀 느껴지지 않았다.

(혹시 그냥 마음 내키는 대로 행동했던 게 아닐까?)

단바는 자신이 너무 깊이 생각한 것은 아니었는지 자책하며 속으로 실소를 했다.

"둑이야. 도네가와 강과 아라카와 강을 연결하고 있는 거지."

단바는 어린아이에게 알려주듯 차근차근 설명했다.

"상류에서 강을 터서 물이 흘러들어오게 하려는 속셈일세."

단바가 뒤를 가리키며 말했다.

"흐음."

"그러면 강물이 저 둑에 막혀 고이게 될 텐데, 그럼 어떻게 되겠나?"

"성이 물에 잠기겠지."

나가치카의 대답을 들으며 단바는 조용히 고개를 끄덕이고 심각한 표정으로 인공 둑을 바라보았다.

"수공일세. 8년 전에 관백이 빗추 다카마쓰 성에서 구사했던 전술이지. 다카마쓰 성은 결국 항복하고 말았네."

단바는 나가치카가 깜짝 놀라기를 기다렸다. 하지만 그 기대는 어긋났다.

"음, 그래?"

재미없는 이야기를 듣는 듯한 반응이었다.

"놀랍지 않은가?"

단바가 불끈 화가 난 듯이 물었다.

"별로."

나가치카는 여전히 재미없다는 표정으로 대꾸했다. 뿐만 아니라 이런 소리까지 덧붙였다.

"단바, 자넨 생각보다 멍청하군."

멍청이에게 멍청하다는 소리를 듣는 것만큼 화나는 일은 없다.

(이 자식이!)

어렸을 때 그랬던 것처럼 단바가 나가치카의 머리통을 쥐어박으려고 할 때였다.

"저 둑을 쌓는 게 누군가?"

나가치카가 별로 심각한 기색도 내비치지 않고 물었다.

"농민들일 테지. 돈 욕심 때문에 몰려온 거야. 빗추 다카마쓰 성 공략 때도 돈을 뿌려댔으니까."

"그렇다면 염려할 건 없지 않겠어?"

(이 녀석이 지금 무슨 소릴 하는 거지?)

단바는 화가 치밀었다. 용맹하고 지략이 뛰어난 장수더라도 저런 전술 앞에서는 속수무책일 텐데, 태평하게 엉뚱한 소리나 지껄이고 있단 말인가.

"뭐가 염려할 게 없다는 거야."

단바가 호통을 쳤다.

나가치카는 고개를 돌리며 코웃음을 치듯 대꾸했다.

"그러니까 멍청하다고 하는 거지."

단바는 더 이상 화도 나지 않았다.

(뭔가 수공을 깰 방법이 있는 걸까?)

둑을 뚫어지게 바라보는 나가치카의 옆모습이 낯설었다. 전에 단바가 느꼈던, 정체를 알 수 없는 존재감이 되살아나고 있었다.

23

 미쓰나리는 공언한 대로 닷새 만에 인공 둑을 완성시켰다. 6월 7일에 착공해 11일에 준공한 것이다.
 이 날 미쓰나리는 히데요시가 그랬듯 요시쓰구와 함께 인공 둑 위에 자리를 잡고 우뚝 섰다.
 (바로 이거야.)
 미쓰나리는 끝없이 이어지는 인공 둑을 바라보며 자신이 이룬 위업에 크게 만족스러워했다. 둑 위에는 여러 장수들과 2만이 넘는 병사들도 일정한 간격으로 서 있었다. 물을 끌어들이는 행사를 더욱 화려하게 연출하기 위해 미쓰나리가 지시한 것이다.
 "이 전투가 후세에 길이 전해질 수 있도록 이 둑을 이시다 둑이라고 이름 짓겠네."
 미쓰나리가 자랑스럽다는 듯이 요시쓰구에게 말했다.
 "자네 멋대로 하게."
 요시쓰구는 탄식을 섞어 쏘아붙인 뒤 말투를 바꾸어 밝게 소리쳤다.
 "이시다 미쓰나리여, 소망을 이루어라!"

이제 미쓰나리가 하고 싶은 대로 내버려둘 셈이었다.

"물론이지."

미쓰나리는 자신만만하게 대꾸하고, 작은 체구로 한껏 숨을 들이마셨다.

"무너뜨려라!"

히데요시가 그랬듯이 큰 소리로 명령을 내렸다. 동시에 이시다 둑 위에 있던 2만 명의 병사들이 꽹과리를 마구 두드리며 지축을 뒤흔들 듯이 함성을 질렀다.

도네가와 강물을 끌어들이는 입구는 인공 둑의 그쪽 마지막 지점인 시라카와도에서 약 10킬로미터 떨어진 에바라(지금의 사이타마 현 후카야 시 에바라 —옮긴이)에 있는 둑이었다. 아라카와 강물은 인공 둑과 아라카와의 접점인 구게에서 약 4킬로미터 상류에 있는 이시하라(구마타니 시 이시하라 —옮긴이) 둑에서 끌어들일 작정이었다.

미쓰나리는 두 하천의 둑에 엄청난 양의 화약을 장치하게 했다. 둑에서 대기하고 있던 병사들은 꽹과리 소리와 함성을 신호 삼아 일제히 화약에 불을 댕겼다. 천지를 뒤흔들 듯한 폭음과 함께 둑은 형체도 없이 날아가버렸다. 도네가와 강과 아라카와 강의 강물은 곧바로 방향을 바꾸어 오시 성을 향해 밀려갔다. 사납게 내달리는 물살은 강물이 아니라 성난 파도였다.

시바자키 이즈미는 나가노구치에 있었다.

나가노구치에 있는 사람은 이즈미뿐만이 아니었다. 적이 수공을 펼칠 게 확실했지만, 언제 공격을 해올지 알 수 없었다. 때문에 각 성문을 지키는 장수들은 병사들을 거느리고 경계를 늦추지 않고 있었다.

(드디어 시작인가?)

이즈미는 요란한 함성을 듣더니 성문을 활짝 열고 재빨리 밖을 둘러보았다. 나가노구치 성문은 도네가와 강 상류 방향에 있었다.

이즈미가 도깨비 같은 얼굴에 험상궂은 표정을 지었을 때였다. 함성이 멈추더니 한순간 주위가 거짓말처럼 조용해졌다. 여름인데도 서늘한 바람이 불어오는 것 같았다.

이즈미는 제 눈을 의심했다. 정적을 뚫고 지축을 뒤흔드는 굉음이 멀리서 들려왔다. 곧이어 저편에 해일 같은 탁류가 밀려오는 것이 보였다.

"피해라!"

이즈미가 큰 소리로 외쳤다.

각 성문을 지키는 장수들은 병사들에게 혼마루로 피신하라는 명령을 내렸다. 성에서 가장 높은 곳은 혼마루였다. 물살을 피하려면 성 안에서 그곳밖에 없었다.

시모오시구치에 있던 유키에도 말에 올라 혼마루로 피하라고 명령했다. 그는 다리가 불편한 나이든 병사를 말 위로 끌어올렸다.

사마구치에 있던 단바도 마찬가지였다. 말 위에서 외쳤다.

"혼마루로 피해라! 혼마루 쪽으로 가라!"

땅을 울리는 굉음은 점점 커졌다. 사마구치 병사들은 앞을 다투어 정문 쪽으로 달려갔다.

단바는 말을 달렸다. 각 성문을 둘러본 뒤 혼마루로 갈 작정이었다.

제일 먼저 물살이 닥친 곳은 나가노구치였다.

병사들은 모두 피신하여 한 명도 남아 있지 않았지만, 성난 파도처럼 밀려든 물살은 성문을 부수고 마을을 덮쳤다. 폭이 10여 미터나 되는 물줄기는 점점 수위를 높여 순식간에 지붕까지 삼켰다.

물살은 성 밑 마을을 지나 아무도 없는 사마구치 쪽에 이르러 성문을 밀쳐내고 물대포처럼 성 밖으로 뿜어져나갔다.

"온다!"

미쓰나리가 인공 둑 위에서 소리쳤다.

오시 성을 휩쓴 강물이 여러 겹의 파도를 앞세우고 미쓰나리 쪽을 향해 달려왔다.

"쓸려가도 난 모르네."

굉음 속에서 요시쓰구가 씩 웃으며 미쓰나리를 놀렸다. 미쓰나리도 멋쩍은 미소를 지었다.

성난 파도가 길이 7리에 이르는 인공 둑에 계속해서 부딪혔다. 긴 둑이 일제히 뒤흔들렸다. 둑에 부딪힌 거센 파도는 물보라를 일으키며 미쓰나리를 덮쳤다. 그 순간, 미쓰나리는 자신이 히데요시와 하나가 된 것을 느꼈다.

(이제부터다!)

미쓰나리는 파도를 맞으며 오시 성을 노려보았다.

그의 계산은 치밀했다. 오시 성을 중심에 놓고 반원 모양으로 인공 둑을 둘러쌓았다. 인공 둑과 부딪힌 성난 물살은 일제히 방향을 바꾸어 오시 성으로 몰려갔다. 파도는 더욱 거세게 오시 성을 뒤덮었다.

성문을 두루 둘러보고 무사하다는 사실을 확인한 단바는 첫 번째 파도의 공격에서 벗어난 니노마루 숲에서 혼마루를 향해 말을 달렸다. 등 뒤에서 굉음이 점점 가까이 밀려오는 소리가 들렸다.

(두 번째 파도가 오는 건가?)

단바는 속도를 높였다. 눈앞에 희한한 구경거리가 나타났다.

묘료가 뛰고 있었다.

(아니, 이건.)

단바는 눈을 반짝였다.

늙은 묘료가 죽을 둥 살 둥 달리고 있었다.

"스님도 뛰는 거요?"

단바가 따라붙으며 말 위에서 소리쳤다.

"그 정도 기운이면 혼마루까지는 갈 수 있겠구려."

단바는 그렇게 내뱉고 묘료 곁을 스쳐 지났다. 뒤에서 묘료가 욕설을 퍼붓는 소리가 들렸다.

계속 말을 달리는데 앞에서 두 모녀가 뛰고 있는 모습이 보였다.

(주먹밥을 준 그 아이인가?)

치도리와 어미인 치요였다.

"꼬마 아가씨!"

단바가 소리쳐 부르자 어린아이는 뛰면서 뒤를 돌아보았다.

"아, 엄마를 태워줘."

어미는 어미대로 "제 딸을"이라며 비명처럼 소리쳤다.

"이거 눈물 나는 광경이로군."

단바는 슬쩍 웃더니 양쪽 허벅지로 말 옆구리를 바짝 조여 허리를 고정시켰다. 그리고 큰 상체를 옆으로 눕혀 두 팔로 모녀를 낚아채 단숨에 말 위로 끌어올렸다.

"저는 먼저 갑니다!"

뒤따라 온 유키에가 단바를 앞질렀다. 유키에도 성문을 일일이 살피고 오는 길일 것이다. 나이든 병사와 함께 타고 있으면서, 한 손으로 여러 병사들을 태운 다른 말을 끌고 속도를 높였다.

굉음이 귀를 찢듯 커지고 있었다. 어느덧 단바는 혼마루와 니노마루를 잇는 다리 앞에 이르렀다. 하지만 그곳은 이미 수많은 사람들이 몰려 있었다.

"어찌된 일이냐!"

먼저 도착한 유키에가 큰 소리로 물었다.

"혼마루가 꽉 찼습니다."

사람들은 앞다퉈 다리를 건너려고 했지만, 인파에 막혀 혼마루로 들어갈 수가 없었다.

단바가 소리쳤다.

"성주님 저택을 개방하면 4천 명은 수용할 수 있을 거야!"

그때 이즈미가 말을 타고 도착했다.

"니노마루가 물에 잠긴다!"

이즈미가 고함쳤다. 혼란 속에서도 이 사내는 자식들을 구출해왔다. 여섯 자식을 말 등에만 태울 수는 없었다. 갑옷 여기저기 아이들이 매달려 있었고, 옆구리에도 어린아이를 안고 있었다. 아이들은 말이 속도를 높여 달리자 신이 났는지 꺅꺅 환호성을 질렀다.

"이 녀석들, 얌전히 굴지 못하겠느냐!"

이즈미가 꾸짖었지만, 아이들의 웃음소리는 좀처럼 그치지 않을 듯했다.

(저 녀석도 성문을 둘러보고 온 건가?)

의외라는 생각을 하면서도 단바는 "피하지 못한 사람은 없나?" 하고 물었다.

이즈미는 매달린 아이들이 때문에 비틀거리며 대답했다.

"저 양반이 끝일세."

이즈미가 뒤를 가리켰다. 뒤에서 달려오고 있는 이는 묘료였다.

"이노옴, 골목대장! 어서 혼마루로 들어가지 못하겠느냐!"

묘료가 헐떡거리며 간신히 입을 열었다.

그러나 혼마루는 이미 사람들로 빽빽이 들어차 있었다.

(대체 어떻게 된 거야!)

불끈 화가 치솟아 오른 단바는 다리 건너편 혼마루 성문을 노려보았다.

단바를 비롯한 사람들이 니노마루에서 이러지도 저러지도 못하고 발을 동동 구르고 있던 그때 혼마루는 더 이상 발 디딜 틈이 없었다. 저택 현관 앞에도 사람들이 빼곡하게 들어찼다. 하지만 저택 안에 발을 들이려는 사람은 아무도 없었다.

"괜찮아. 어서들 안으로 들어와!"

가이가 현관에서 재촉했지만 백성들은 움직이지 않았다.

당연한 일이었다. 백 년 동안 오시 성에 딸린 영지를 지배해 온 나리타 가문의 저택이 아닌가. 당시 백성들에게 저택에 들어가는 일은 신전에 발을 들이는 것이나 마찬가지였다.

"어서 안으로 들어오라니까!"

나리타 가문의 가신들도 목이 터져라 외쳤지만, 백성들은 서로 눈치만 살필 뿐 어느 누구도 들어가려고 하지 않았다. 그때 그들 앞에 나선 남자가 있었다. 화급한 상황에서도 큰 키로 느릿느릿 움직이고 있었다.

나가치카는 가이의 양쪽 겨드랑이 밑에 손을 넣어 가뿐하게 들어올렸다.

(어머!)

성격과 어울리지 않게 가이는 부끄러워하며 얼굴을 붉힌 채 얌전히 허공에 떠 있었다.

"그대로 있어봐."

나가치카는 가이를 들어올리고 둘러싼 사람들을 향해 장난기 어린 미소를 지었다.

"사람들이 왜 안 들어오는지 알아? 내 발을 봐."

모두 의아한 표정을 지으며 나가치카의 발을 보았다. 이 얼간이는 맨발이었다.

(아!)

가이는 그제야 깨달았다. 백성들의 발은 모두 진흙투성이였다. 하지만 그녀의 발은 먼지 한 점 없었다.

가이는 허공에 뜬 상태에서 재빨리 신발을 벗었다. 그리고 땅바닥에 내려섰다.

"우리 둘 다 맨발이면 단바 녀석이 또 야단 칠 거야."

나가치카가 무척 진지한 표정으로 말했다.

그 모습을 본 백성들이 장난기 어린 미소를 지었다. 가이는 얼른 자기 발에 흙을 묻혔다. 그리고 발을 나가치카의 발 위에 문질렀다.

나가치카는 뭐하는 거냐는 표정으로 가이를 내려다보았다. 하지만 가이는 아랑곳하지 않고 백성들을 향해 시선을 돌렸다. 그러더니 "됐어!" 하고 큰 소리를 지르며 저택 안으로 뛰어들어갔다. 그제야 백성들도 앞다퉈 저택 안으로 몰려들어갔다.

(멋지군. 사람들을 저택으로 끌어들였어.)

가이는 복도를 달리며 나가치카의 순간적인 재치에 감탄했다. 키 큰 남자의 옆모습을 바라보는 그녀의 눈빛이 뜨거웠다.

하지만 그것도 잠깐이었다.

사람들에게 추월당하면서도 허둥지둥 뛰어가는 나가치카는 철없는 어린아이 같았다. 맨발로 저택 안을 뛰어다니는 것이 이렇게 즐거운 일이었는지 몰랐다는 듯이 뛰어가고 있었다.

혼마루에 몰려든 사람들이 저택 안으로 들어가면서 니노마루에 가득 찬 인파도 움직이기 시작했다. 사람들은 다리를 건너 혼마루로 들어갔다.

"어서 들어가라!"

단바가 호통을 치며 사람들 뒤를 따라갔다.

"이놈이 사람 죽일 기세로군."

묘료가 툭 내뱉으며 다리를 건넜다.

"어서 들어가세요."

단바가 슬쩍 웃으며 묘료에게 말하는 순간 두 번째 파도가 니노마루에 들이닥쳤다. 단바는 파도를 뒤집어썼다. 유키에와 이즈미도 온몸이 젖었다. 아이들은 이런 상황에서도 신이 나서 환호성을 질렀다.

단바는 고개를 돌려 산노마루를 보았다. 거대한 물살이 우거진 나무를 휩쓸어 버리더니 다시 무서운 속도로 다가오고 있었다.

"서둘러라!"

단바가 외쳤다.

단바 일행이 혼마루에 들어와 성문을 닫자마자 니노마루를 뒤덮은 해일 같은 강물이 혼마루 외벽을 덮쳤다. 성난 파도는 보루를 쓸어버리고 성문을 때렸다. 다행히 혼마루는 무사할 수 있었다.

(……이렇게까지 해야 하는 걸까?)

눈앞에 벌어진 오시 성의 참상을 인공 둑에서 바라보며 가조는 눈을 가리고 싶은 심정이었다.

둑으로 둘러싸인 성은 순식간에 호수로 변했다. 혼마루만 남긴 채 온통 물에 잠겼다. 여기저기 수면 위로 나무의 윗부분이 보였다. 저기가 니노마루일 것이다.

(치요와 치도리는 무사할까?)

가조는 새삼 자신이 가담한 수공의 결과에 소름이 돋았다.

"자네 논도 물에 잠겼나?"

이건 너무 심하지 않느냐는 투로 고가에서 왔다는 야윈 농부가 물었다. 그 또한 측은한 표정을 짓고 있었다. 그의 말대로 시모오시 마을의 논은 물론이고 살던 집까지 탁류가 삼켜버렸다.

(아니다.)

"잘못한 건 저 성에 있는 사무라이들이야."

가조는 고가 출신 농부를 노려보며 저도 모르게 버럭 소리를 쳤다.

"그 사무라이들이 순순히 항복했다면 이런 꼴은 당하지 않았을 테니까."

가조는 전율을 떨쳐내려는 듯 언성을 높였다.

치요는 혼마루에서 인공 둑을 겁먹은 얼굴로 바라보고 있었다. 치요 옆에 있던 사람들도 "저것 좀 봐. 호수 같아" 하며 소리를 질렀다. 모두들 성 밖 풍경에 기가 질린 모습이었다.

무사히 피신한 손녀와 며느리를 찾아온 다베에는 재회를 기뻐하는 어린 치도리의 머리를 쓰다듬으며 한숨을 내쉬었다.

(전쟁만 없다면.)

다베에는 백성들 모두 전쟁을 원망하고 있다는 사실을 느낄 수 있었다. 미쓰나리가 감행한 수공은 제일 먼저 백성들의 사기를 꺾어 놓았다.

미쓰나리는 인공 둑 위에서 물에 흠뻑 젖은 채 여전히 흥분의 절정을 맛보고 있었다. 오랜 꿈을 달성한 자만이 느낄 수 있는 기분이었다.

(자, 이제 어떻게 나올 테냐. 오시 성 용사들아!)

미쓰나리는 호적수를 상대로 장기판에서 '장군'을 부른 사람처럼 호수에 거의 잠기다시피 한 오시 성을 뚫어지게 바라보았다.

"모내기할 때 논두렁에서 추는 춤으로 병사들의 사기를 높이려는 건가? 성대남답군."

(그런 거였나?)

단바도 크게 낙담했다. 확실히 병사들의 사기는 올라간 듯했다. 하지만.

(사기가 올라간들 둑을 무너뜨릴 수는 없지 않은가?)

단바가 앞서 가는 나가치카의 등에 무언의 질문을 던졌다.

나가치카는 단바의 속내를 들었다는 듯이 뒤를 돌아보았다.

"단바!"

나가치카가 다른 이들에게는 들리지 않게 작은 목소리로 불렀다.

"뒤를 부탁하네."

나가치카는 미소를 지으며 더 이상 따라오지 말라고 명령을 내리고, 홀로 인공 둑을 향해 배를 저어갔다.

"부탁하다니? 뭘?"

이즈미가 이해가 안 된다는 표정으로 단바에게 물었다.

(아닌가?)

단바는 스스로에게 물었다. 병사들의 사기를 올리려는 게 아니었단 말인가?

미쓰나리와 장수들은 계속 접근하는 배 한 척을 주목했다. 그 배에는 예복을 입은 사내가 타고 있었다. 얼굴은 제대로 보이지 않았지만, 산 위에서 보기에도 키가 큰 남자라는 건 알 수 있었다.

(누구지?)

미쓰나리는 궁금증이 일었다.

작은 배는 선단과 인공 둑 중간에서 멈춰 섰다. 키 큰 사내는 절벽처럼 솟아오른 인공 둑에 무리 지어 있는 병사들을 향해 쾌활한 목소리로 크게 소리쳤다.

"자, 관백 전하의 군사 여러분. 지금부터 구경할 춤은 오시 성에서 4백 년 세월 동안 전해 내려온 논두렁 춤이다. 수공을 펼치느라 따분할 텐데 부디 마음껏 즐기기 바란다."

그는 두 팔을 펼치고 인공 둑을 쭉 둘러보았다.

센고쿠 시대는 전쟁터에서도 낭만을 추구하던 시대였다. 명성이 높은 무사들끼리 일대일로 맞붙는 동안 병사들은 손을 놓고 구경했고, 용감한 적에게 화승총이나 화살을 쏘는 것은 비겁한 짓으로 치부되기도 했다.

미쓰나리의 병사들 앞에서 펼치는 나가치카의 대담한 행동은 그들의 마음을 크게 흔들어놓았다. 나가치카의 말이 끝나자마자 2만이 넘는 인공 둑 위의 병사들은 일제히 환호성을 질렀다. 대지가 울부짖는 듯한 엄청난 소리였다.

"준비!"

나가치카는 갈채를 받으며 뒤에 있는 악기와 노래를 담당한 여인들을 향해 소리쳤다.

악기의 리듬을 타고 나가치카의 춤이 시작되었다. 나가치카는 배 위에서 날렵하게 발을 놀리며 춤을 추었다. 한 동작 한 동작마다 적병들은 환호성을 질렀다.

나가치카는 발을 쓱 움직여 인공 둑을 등지고 서서 노 젓는 사공을 바라보았다. 시선이 마주치는 순간, 나가치카의 밝게 웃던 얼굴이 갑자기 얼음처럼 싸늘하게 변했다.

"더 접근하라."

나가치카가 차가운 목소리로 명령했다.

가조도 인공 둑에서 고개를 내밀고 키 큰 사내의 춤을 지켜보고 있었다. 그 남자를 태운 작은 배가 인공 둑을 향해 점점 더 다가왔다.

(아니, 저건?)

가조는 깜짝 놀랐다. 그제야 배에 탄 사람이 누구인지 깨달았던 것이다.

(노보우 님 아닌가?)

가조도 센고쿠 시대를 사는 사내였다. 나가치카의 대담한 행동에 자연히 미소를 짓고 말았다.

"참으로 호기로운 사내로군."

마루하카야마 산에서는 미쓰나리가 감탄하고 있었다.

"마사이에, 저걸 봐라!"

미쓰나리는 늦게 도착한 마사이에의 어깨를 감싸 안고, 작은 배에서 춤을 추는 남자를 가리켰다.

"2만 명이나 되는 적 앞에서 춤을 추다니! 아마 대단한 무사겠지. 오시 성 사람 아무나 붙잡고 누군지 묻고 싶군그래."

마치 자기 일인 양 미쓰나리는 자랑스럽게 소리쳤다.

마사이에는 작은 배에서 춤을 추는 사내의 정체를 알고 있었다. 키 큰 남자를 보자마자 얼굴에서 점점 핏기가 사라졌다.

"사람을 부를 필요까진 없어."

마사이에가 백일몽이라도 꾼 사람처럼 중얼거렸다.

"무슨 소린가?"

미쓰나리는 창백해진 마사이에의 얼굴을 의아한 눈빛으로 바라보았다.

"오시 성 사람을 부를 필요는 없다고! 대단한 무사 정도가 아닐세. 저 사내가 바로 나리타 가문의 총대장 나리타 나가치카야!"

악몽에서 깨어나고 싶다는 듯이 마사이에가 악을 썼다.

"……뭐라고?"

자세히 살펴보니 안개 속에서 사내의 얼굴이 서서히 드러나는 것 같았다. 대담하게도 그는 갈채를 받는 데 익숙한 춤꾼처럼 여유 있는 미소를 짓고 있었다.

마루하카야마 산에 모인 장수들은 모두 할 말을 잃었다.

(……이걸 어찌한다?)

미쓰나리의 표정이 돌변했다. 그는 심각한 얼굴로 고개를 숙이고 생각에 잠겼다.

적의 총대장이 가까이 있다. 화승총으로 명중시키는 건 손 안에 든 달걀을 깨는 것만큼이나 간단했다.

그때였다. 미쓰나리에게 수공을 실패의 길로 유도하는, 운명적인 편지가 날아들었다.

"관백 전하께서 보낸 사자가 도착했습니다."

마루하카야마 산으로 올라온 미쓰나리의 가신이 히데요시의 사자를 데리고 왔다. 사자가 가지고 온 서찰을 읽는 미쓰나리는 안색이 차츰 벌겋게 달아올랐다.

"왜 그러나?"

요시쓰구는 미쓰나리의 표정을 놓치지 않았다.

"전하께서 이리 납시겠다는군."

미쓰나리는 이미 흥분해 있었다. 그는 요시쓰구에게 서찰을 내밀며 나직한 목소리로 말을 이었다.

"수공을 구경하러 오시겠다는 거야."

26

 나중 이야기지만, 히데요시는 우에스기 가게카쓰, 마에다 도시이에 등에게 보낸 서찰에서 미쓰나리의 수공을 구경하러 가겠다는 뜻을 밝혔다. 미쓰나리에게도 그 뜻을 미리 전했을 뿐이다. 히데요시는 격려해주고 싶은 마음에서 방문을 생각했을 것이다.
 그러나 미쓰나리는 그렇게 받아들이지 않았다.
 (전하께서 오기 전에 어떻게 해서든 성을 함락해야 한다.)
 미쓰나리의 다짐은 히데요시에게 아부하고 싶어서가 아니었다. 미쓰나리는 스스로를 히데요시의 제자라고 생각했다. 스승을 실망시키고 싶지 않았다. 한편으로 히데요시를 자신과 능력을 견주는 경쟁상대로 여기기도 했다. 때문에 히데요시가 도착하기 전에 어떻게든 오시 성을 점령해야겠다는 다짐은 자연스러운 일이었다.
 요시쓰구는 속으로 혀를 찼다.
 (전하, 왜 쓸데없는 행차를.)
 요시쓰구는 미쓰나리의 심정을 잘 알고 있었다. 사람의 마음을 잘 읽어내는 히데요시가 왜 이런 치명적인 과오를 범하는 것인지 요시쓰구는 도저히 이해할 수 없었다.

아니나 다를까, 미쓰나리는 마가 끼었다고밖에 생각할 수 없는 명령을 내렸다.

"사이카슈에 화승총 명사수가 있다고 했지? 그 병사를 데리고 오너라."

미쓰나리가 가신에게 명령했다.

사이카슈는 5년 전에 히데요시에게 항복한 기슈(지금의 와카야마 현)의 화승총부대. 미쓰나리는 히데요시에게 특별히 부탁해 그들을 이곳까지 데리고 왔다. 요즘으로 따지자면 저격병을 빌린 셈이다. 사이카슈에 소속된 소총수라면 배 위에 있는 나가치카를 틀림없이 쏘아 죽일 수 있을 것이다.

"잠깐, 그건 안 돼!"

요시쓰구는 미쓰나리의 명령을 듣고 버럭 언성을 높였다. 배 위에 있는 나가치카를 쏘아 죽일 경우 그 후에 어떤 일이 벌어질지 짐작할 수 있었다.

"저자를 쏘면 저 녀석들이 어떻게 나올지 모를 일이야."

"시끄럽네."

미쓰나리는 나가치카를 뚫어지게 바라보며 말을 잘랐다.

미쓰나리는 남에게 의견을 구하지도 않고, 또 구할 필요도 없는 인물이었지만 요시쓰구의 의견에는 항상 귀를 기울였다. 하지만 어찌된 까닭인지 오시 성 전투에서만은 그의 조언을 계속 거부했다.

둑 위 병사들의 환호성은 점점 커져 인공 둑에 메아리쳤다. 나가치카 한 사람을 중심으로 적군이나 아군이나 한 덩어리가 되어 흥분하고 있었다.

"어처구니없군. 적군이고 아군이고 순식간에 휘어잡았어."
유키에가 중얼거리자 옆에 있던 가이가 소리를 질렀다.
"지금 나가치카는 죽을 작정이야."
배 위의 단바도 그제야 나가치카의 비책을 눈치 챘다.
"일부러 화승총에 맞아 죽으려는 속셈이었어. 그렇게 해서라도 분위기를 뒤집으려는 거야!"
단바가 버럭 소리를 질렀다.
"총대장이 죽으면…… 전투는커녕 모두 성문 열기를 바라게 될 텐데."
이즈미가 말했다.
"자넨 내 말이 이해가 안 되나?"
단바는 보루 위에서 갈채를 보내는 백성과 가신들을 가리켰다.
"나가치카라는 이름을 들으면 백성들은 웃음부터 터트려. 자네, 병사들이 나가치카를 바라보는 눈빛을 봤나? 모두 좋아하고 있어, 저 얼간이를. 그런 자가 죽으면 우리 병사들이 어떻게 할 것 같은가?"
단바의 설명을 듣고 그제야 이즈미도 표정이 심각해졌다.
백성들이 갓난아기처럼 여기는 나가치카가 적에게 죽는다. 그렇게 되면 병사들은 복수의 화신이 되어 목숨을 포기하고 싸우려들 것이다. 목숨이 아깝지 않은 병사들은 인공 호수를 헤엄쳐 적진으로 뛰어들 것이다. 그렇듯 결사적인 전투는 틀림없이 위기에 처한 오시 성에 뜻하지 않는 반전을 마련해줄 것이다.

(그렇다면 저 얼간이는 백성들을 사람으로 생각하지도 않는다는 건가!)

단바는 오싹했다.

수공을 당해 오시 성이 절체절명의 위기에 몰렸을 때 나가치카가 우뚝 일어섰다. 수공을 깰 수 있다고 한 비책이 자기 목숨을 내놓는 대신 다른 이들을 자기 뜻대로 움직이려는 것이라니. 소름 끼치는 책략이었다.

"저 얼간이는 백성들의 머릿속을 뻔히 들여다보고 이런 술책을 부리는 거야. 저렇게 나쁜 놈은 다시 없을 거야."

단바는 재빨리 사공에게 명령했다.

"노를 저어라! 저 녀석을 말려야겠다!"

사이카슈의 명사수가 마루하카야마 산에 도착했다.

미쓰나리는 단호한 어조로 명령을 내렸다.

"저자를 쏴라!"

화승총 병사는 침울한 목소리로 "예" 하며 곧바로 화약을 재기 시작했다.

요시쓰구는 속이 탔다.

"지금 상태대로만 가면 충분히 이길 수 있네. 자네는 기다리기만 하면 승리를 손에 넣을 수 있단 말이야."

애원하는 목소리로 미쓰나리를 다그쳤다.

다른 장수들은 요시쓰구가 왜 이리 초조해하는지 이해할 수 없었다. 마사이에는 잘난 척하며 이런 소리까지 했다.

"총대장을 죽이면 전투는 끝나지 않겠나?"

(이런 멍청한 녀석!)

요시쓰구는 버럭 화를 냈다.

"'전쟁'의 '전' 자도 모르는 자네는 입 다물게!"

평소에는 늘 여유 있고, 관대하게 사람을 대하던 요시쓰구가 언성을 높이며 마사이에에게 소리를 질렀다. 요시쓰구는 나가치카의 정체를 확실히 파악할 수 있었다.

(희대의 장수이다.)

"저걸 봐! 병사들을 보란 말이야. 적군이고 아군이고 저자에게 호감을 느끼고 있어. 분명 범상치 않은 장수일세. 자칫 서툰 짓을 하다간 우리가 궁지에 몰릴지도 모른단 말이야!"

요시쓰구가 미쓰나리를 설득하다가 배 위의 나가치카에게 시선을 옮겼을 때였다. 요시쓰구는 나가치카를 보고 깜짝 놀랐다. 춤사위가 바뀌어 있었다. 모내기할 때 추는 춤에서 '다아소비'라고 하는 연초의 행사 때 추는 춤으로 바뀐 것이다. 한 해 쌀농사가 잘되게 해달라고 신에게 비는 의식인데, 나가치카가 가장 좋아하는 행사였다.

이제 나가치카의 춤이 막 수확기 때의 춤으로 넘어가고 있었다. 가을 춤은 풍작을 기원해 남녀가 성교하는 모습을 표현한다. 무척이나 외설스러운 춤사위였다. 나가치카는 입고 있던 예복 앞섶을 들추더니 요란하게 허리를 흔들어댔다.

인공 둑 위의 병사들은 폭소를 터트리며 소리를 질러댔다. 하지만 요시쓰구는 두렵기만 했다.

(대체 어떻게 된 녀석인가?)

나가치카의 춤이 계속될수록 요시쓰구는 점점 더 두려워졌다.

"아직 멀었나?"

미쓰나리가 최고조에 달한 환호성을 들으며 저격병을 호되게 꾸짖었다.

이윽고 장전을 마친 저격병이 "됐습니다" 하며 나가치카를 향해 총구를 겨누었다. 거리는 50간(약 90미터). 명사수에게는 아무 문제도 안 되는 거리였다.

"잠깐."

요시쓰구는 재빨리 저격병을 제지하고 미쓰나리에게 소리쳤다.

"다시 생각하게. 모르겠나? 저 오시 성 녀석들은 예로부터 피로 피를 씻는 수많은 전쟁터에서 살아남은 전사들의 후예일세. 아비가 죽으면 자식은 그 시체를 딛고 계속 싸운다는 반도 무사의 피가 흐르는 놈들이야. 사무라이뿐만이 아니라 농사꾼들조차 그 피가 흐르고 있단 말일세!"

나가치카가 죽으면 오시 성 사람들은 그 시체를 타고 넘어 사냥개처럼 덤벼들 것이 틀림없었다. 보루 위에서 환호성을 지르고 있는 백성들 또한 마찬가지였다. 심각한 표정으로 나가치카를 바라보는 가이, 그리고 유키에도, 배 위에서 사공에게 호통을 치는 단바나 이즈미도. 그들 모두가 죽음을 각오하고 싸울 것이 틀림없었다.

"다시 생각하란 말일세. 저 사내를 그냥 성으로 돌려보내."

요시쓰구는 미쓰나리의 두 어깨를 움켜쥐고 소리를 질렀다. 하지만 미쓰나리는 생각을 바꾸지 않았다.

"어서 쏘지 못하겠느냐!"

요시쓰구의 손을 뿌리치더니 미쓰나리는 머뭇거리는 저격수에게 호통을 쳤다.

"옛!"

저격수는 조준 자세를 취했다.

"그만둬!"

요시쓰구는 저격병에게서 화승총을 빼앗으려고 했다.

"막아라!"

미쓰나리가 명령하자 병사들이 몰려들어 요시쓰구를 깔아뭉갰다.

"놓지 못하겠느냐!"

요시쓰구는 버둥거렸지만 꼼짝할 수 없었다.

(이젠 그 이야기를 털어놓을 수밖에 없겠군.)

요시쓰구가 결심했다.

"내 말 들어!"

눈을 부릅뜨고, 겨우 움직일 수 있는 고개를 쳐들고 소리쳤다.

"나리타 가문은 이미 항복했네. 성주인 나리타 우지나가는 전하와 내통하겠다는 뜻을 전해왔어. 자네는 싸우지 않아도 어차피 성을 손에 넣을 수 있단 말일세."

미쓰나리는 망치로 뒤통수를 얻어맞은 것처럼 멍한 표정을 지었다. 하지만 고집을 꺾지 않았다. 오히려 요시쓰구가 털어놓은 진실이 그의 결심을 더욱 부추긴 꼴이 되고 말았다.

"쏴라."

미쓰나리가 싸늘한 목소리로 명령했다. 그 순간 수공은 실패가 확실해졌다.

"안 돼!"

요시쓰구가 외쳤지만 저격수는 나가치카를 조준했다. 배 위의 키 큰 표적은 등을 지고 있었다. 하지만 표적이 이쪽을 돌아선 순간, 저격수는 숨이 멎을 듯이 깜짝 놀랐다. 배 위의 사내는 총구를 바라보며 빙긋이 미소를 짓고 있었다.

저격수는 그만 방아쇠를 당기고 말았다. 평소대로 방아쇠를 조이듯 당겨야 했는데, 깜짝 놀란 바람에 움켜쥐듯 세게 당기고 만 것이다.

호수 위에 총성이 울려 퍼졌다.

방아쇠를 제대로 당기지 못했는데도 탄환은 표적을 향해 일직선으로 날아가 명중했다. 나가치카의 몸이 배 밖으로 날아가더니 호수 속으로 첨벙 가라앉았다.

"나가치카!"

단바가 뱃전을 걷어차며 뛰어들었다. 보루 위에 있던 가이도 나가치카의 이름을 외치며 호수로 뛰어들었다.

"가이히메!"

당연히 유키에도 뛰어들 수밖에 없었다. 단바는 나가치카가 떨어진 곳까지 헤엄쳤다. 지방이 많고 키가 크기 때문인지 나가치카는 곧바로 둥실 떠올랐다.

"나가치카!"

단바는 수면에 뜬 나가치카의 머리를 가슴으로 떠받치며 큰소리로 외쳤다. 다행히 나가치카는 살아 있었다.

눈을 뜨고 단바를 바라보았다. 슬쩍 웃음을 짓는가 싶더니 곧 정신을 잃고 말았다.
"이런 멍청한 자식!"
단바가 소리를 질렀다.

한 발의 총성이 둑 위에서 환호성을 지르며 흥분에 들떠 있던 병사들의 입을 다물게 했다. 순식간에 정적이 흘렀다. 병사들은 아직 꿈속에서 벗어나지 못한 얼굴을 하고 멍하니 호수 위를 바라보았다.
마법을 걸었던 키 큰 사내가 주문을 풀고 호수 위에 떠 있었다.
(그리고 보니 전쟁 중이었군.)
미쓰나리의 병사들은 그제야 제정신을 차렸다. 자신들이 누구이며 여기가 어디인지 깨닫는 순간, 머릿속에서 전쟁이란 게 너무 지긋지긋하다는 생각이 가장 먼저 떠올랐다.
미쓰나리는 말없이 산을 내려가고 있었다. 등 뒤로 여러 장수가 그의 쓸쓸한 뒷모습을 바라보고 있었다.
"놔라!"
요시쓰구는 자기를 누르고 있던 병사들을 뿌리치고 멀어져가는 미쓰나리를 바라보았다.
"이제 이 전투는 수렁에 빠지고 말았다."
요시쓰구는 힘없이 중얼거렸다.
인공 둑에 있던 가조는 마루하카야마 산을 올려다보았다. 꼭대기에서 자그마한 사내가 병사 몇을 거느리고 내려오고 있었다.
"지난번 그 녀석인가?"

가조는 자신의 눈빛이 분노에 가득 차 번뜩이고 있다는 사실을 깨닫지 못했다.

27

 정신을 잃은 채 성으로 옮겨진 나가치카는 안채에 있는 방에 눕혀졌다.
 "평생 팔을 제대로 쓸 수 없을지도 모르겠군."
 이즈미가 정신을 잃은 나가치카를 보며 말했다. 단바도 말없이 고개를 끄덕였다.
 저격병이 방아쇠를 제대로 당기지 못한 덕분에 치명상은 면했지만, 나가치카는 어깨에 총탄을 맞았다.
 단바는 가이를 바라보았다. 가이는 꼼짝도 않고 나가치카의 머리맡에 앉아 있었다. 나가치카가 눈을 뜨지 않으면 영원히 그렇게 앉아 있을 분위기였다.
 가이 옆에서 계모인 다마도 나가치카를 들여다보고 있었다. 다마는 별일 아니라는 듯이 냉정한 표정이었다.
 (성주의 부인도 참 묘한 분이셔.)
 단바가 조금 섭섭하다고 느낄 때였다.
 "나가치카!"

가이가 날카롭게 외쳤다.

나가치카가 눈을 떴다. 가이에게는 대답도 않고, 단바를 보더니 슬쩍 웃으며 일어나려고 했다.

"그냥 누워 있게."

단바가 만류하자 나가치카는 자리에 누워 뻔뻔스럽게 물었다.

"우리 성 사람들은 지금 어떤가?"

(이 자식, 무슨 소릴 하는 거야?)

단바는 이 종잡을 수 없는 사내에게 속으로 욕을 퍼부었다.

오시 성 병사들은 나가치카가 저격당하자 난리가 났다. 어찌나 흥분했는지 단바의 힘으로도 말릴 수 없을 지경이었다. 사기가 오른 정도가 아니라 반쯤 미친 듯이 당장 쳐들어가자고 악을 써댔다. 안채에 단바와 이즈미밖에 없는 까닭도 중신들 모두 백성들과 병사들을 말리고 있기 때문이었다.

"멍청한 녀석. 병사들이고 농민들이고 적을 죽이겠다며 난리야."

단바가 시무룩한 표정을 지으며 나가치카를 노려보았다.

"……네 의도대로 됐어."

나가치카는 아무런 말 없이 무표정한 얼굴로 단바의 시선을 받아들였다.

"의도대로라니, 그게 무슨 말이지?"

가이가 캐물었다.

"으음."

단바는 대답을 할 수가 없었다.

나가치카가 병사들이 죽을 각오로 싸우게 하려고 자기 목숨을 내버리려 했다는 말을 가이에게 할 수 없었다. 또한 나가치카가 직접 자기 입으로 그런 소리를 한 적도 없다. 추측에 지나지 않는다.

나중에 단바는 자신의 추측이 틀렸다는 사실을 알게 된다. 나가치카의 비책은 따로 있었다. 그리고 단바는 예기치 못한 사태에 직면하게 된다.

"나가치카, 어떻게 된 거야?"

가이가 나가치카에게 물었다.

이즈미가 대신 대답했다.

"성대님이 화승총에 맞아 죽으면 병사들이 목숨도 내던지고 싸울 거라는 계산에서 그런 춤을 춘 거죠."

이즈미는 고개를 돌리고 수염을 쓱쓱 문지르면서 말했다.

(좋지 않은 예감이 바로 이거였나?)

가이는 전율했다.

가이가 보기에 나가치카는 터무니없는 짓을 아무렇지도 않게 하는 사내였다. 그런 사실을 알고 있으면서도 가이는 "그게 정말이야, 나가치카?"라고 캐물었다.

나가치카는 "아니, 뭐" 하며 대충 얼버무리며 헤실헤실 웃는 게 아닌가.

"무슨 그런 대답이 있어, 이 얼간이야!"

가이는 버럭 소리를 지르고, 나가치카를 올라타고 깔아뭉갰다.

"병사들 사기를 올리기 위해 죽으려고 작정했던 거야?"

악을 쓰면서 나가치카의 목을 졸랐다.

"히메, 숨을 못 쉬겠어."

부상당한 나가치카는 아무런 저항도 하지 못하고 고통을 호소했지만, 화가 머리끝까지 치솟은 가이의 귀에는 신음 소리가 들리지 않았다.

(무슨 짓을 하는 거야?)

단바는 급히 달려가 가이의 두 어깨를 잡고 떼어내려고 했다. 단바는 오른손으로 가이의 오른쪽 어깨를 잡았다. 하지만 다음 순간.

(……엇, 오른쪽 어깨가 잡히지 않아.)

허공을 움켜쥔 느낌이 들었다. 단바는 재빨리 손을 아래쪽으로 내렸다. 가이의 어깨에 닿는 감촉이 느껴졌는데, 어깨는 어느새 밑으로 내려가 있었다. 마치 물 위에 뜬 나뭇잎을 잡으려고 할 때처럼 쑥쑥 아래로 가라앉는 느낌이었다. 단바는 계속 아래로 손을 뻗었다. 그 바람에 몸의 균형을 잃고 말았다.

(이런!)

단바가 혀를 차는 순간, 왼손에 잡힌 가이의 오른쪽 어깨가 살짝 들썩였다.

(당했다!)

단바는 그만 바닥에 넘어지고 말았다. 순식간에 벌어진 일이었다.

"이즈미, 도와줘. 체술(맨몸으로 공격이나 방어를 하는 일본 무술—옮긴이)이야!"

단바가 이즈미에게 도움을 청했다.

"알겠네."

이즈미는 벌떡 일어나 가이의 어깨에 손을 얹었다. 하지만 그도 맥없이 바닥에 내동댕이쳐졌다. 덩치가 커서 충격은 단바에 비할 바가 아니었다.

단바가 보기에 가이는 살짝 몸을 흔들었을 뿐이다. 그런데도 이즈미는 바닥에 내동댕이쳐졌다. 가이의 손은 여전히 나가치카의 목을 조르고 있었다.

(에잇!)

단바는 또 다시 가이의 어깨를 움켜쥐었다. 하지만 조금 전보다 더 거센 충격과 함께 자빠졌다. 이어 머리 너머로 이즈미가 날아가는 모습이 보였다.

다마는 보기 좋게 나자빠지는 40대 남자들을 바라보며 기품 있게 '호호' 웃었다.

단바와 이즈미가 안채에서 곤욕을 치르는 동안 유키에는 반쯤 정신이 나간 병사들을 진정시키느라 안간힘을 쓰고 있었다.

"왜 쳐들어가지 못하게 하는 거요! 노보우 님이 화승총에 맞았어! 복수를 하겠단 말이요!"

한 농부가 유키에의 멱살을 잡고 악을 썼다.

"아니, 죽지는 않았다니까! 부상당한 것뿐이라고!"

유키에가 아무리 말을 해도 듣지 않았다.

"배를 타고 야간 기습을 하자!"

병사들은 제멋대로 떠들었다.

"안 돼요. 작은 배 몇 십 척에 기껏해야 몇 명이나 탈 수 있겠소!"

"그럼 우리끼리만 가겠소!"

병사들이 힘차게 고개를 끄덕였다.

"글쎄, 안 된다니까! 참 골치 아프네."

유키에는 머리를 감싸 쥐고 말했다. 그때였다.

"조용히들 하시오!"

노인의 쉰 목소리가 들려왔다. 시모오시 마을의 촌장 다베에였다.

"내가 이미 손을 썼소. 헤엄 잘 치는 사람 셋을 보냈소!"

다베에는 세 사람의 이름을 댔다. 그들은 이미 반각 전에 헤엄쳐 성을 나갔다고 했다.

"이미 둑에 도착했을 거요. 그 사람들이 둑을 허물기로 했소이다."

헤엄 잘 치는 세 사람은 호수 위에 멈추어 있었다.

물가에서는 미쓰나리의 병사들이 호수 쪽을 지켜보며 화톳불을 피우고 있었다. 오시 성 병사들이 배를 타고 야간 기습을 감행하지 않을까 경계하고 있는 것이다.

(이런 상태에서 접근할 순 없겠어.)

세 사람은 작전을 포기했다. 인공 둑 위에 화톳불을 피운 덕분에 수면 바깥을 살펴볼 수 있었는데, 몇 간마다 보초병이 서서 호수를 감시하고 있었다.

하지만 보초들이 조심해야 할 적은 호수의 수면에 있지 않았다.

병사들이 호수를 감시하는 가운데, 불빛이 닿지 않는 어두컴컴한 인공 둑의 후미진 곳. 그곳에 한 사람이 드나들 수 있는 구멍이 파인 굴이 있었다. 그 굴은 아는 사람도 없어 신경 써서 경계하는 보초병도 없었다.

"에잇, 제길."

굴속에서 한 남자가 낮은 목소리로 투덜거리며 열심히 흙을 긁어내고 있었다. 시모오시 마을의 농부 가조였다.

"이봐!"

밖에서 가조를 부르는 소리가 들렸다. 가조는 숨이 멎을 뻔했다. 손길을 멈추고 굴 밖으로 나왔다. 어둠 속에서 낯익은 얼굴들이 나타났다. 가조와 마찬가지로 성에서 농성하기를 거부한 자들이었다.

"시모오시 마을에 사는 가조 아닌가?"

그 가운데 한 사람이 물었다.

"아니, 모치다 마을에 사는 도메잖아? 뭐하러 왔는가?"

가조가 화를 내듯 퉁명하게 묻는 말에 도메라고 불린 사내는 당연하다는 투로 대꾸했다.

"이 둑을 무너뜨리러 왔지. 당연하잖아? 저놈들이 노보우 님을 건드렸어. 사마 마을, 나가노 마을 사람들도 같이 왔네."

"그렇다면 어서 거들어."

가조가 무뚝뚝하게 말하고 굴로 발길을 옮겼다.

"이 굴이 무너지는 거 아닐까?"

실제로 굴천장에서 끊임없이 흙이 조금씩 떨어지고 있었다.

"그럼 들어오지 마."

가조는 도메에게 쏘아붙이더니 주변에 쌓인 흙과 흙이 담긴 가마니나 치우라 하고 다시 굴속으로 들어갔다.

"제길."

굴속으로 들어간 가조는 허리에 찬 작은 칼을 뽑아 흙 가마니에 구멍을 뚫었다. 안에 담긴 흙을 어느 정도 빼낸 다음 가마니째로 뽑아냈다. 빼낸 흙과 가마니는 머뭇머뭇 뒤따라 들어온 도메와 그 일행들이

굴 밖으로 옮겼다.

"관백의 졸개 녀석들, 두고 봐라. 잘도 노보우 녀석을 쐈겠다. 따끔한 맛을 보여주마. 각오나 해 둬라."

가조의 눈에서 눈물이 흘러나왔다. 가조는 빤히 알고 있었다. 가이가 아내의 원수를 갚아주었고, 궁지에 몰린 가이를 나가치카가 구해주었다는 사실까지. 치요에게는 아무런 죄가 없다. 죄가 있다면 자기 자신에게 있다.

나가치카가 저격당한 순간, 가조의 마음이 움직였다. 가조는 눈앞에서 벌어진 그 광경을 보고 나서야 자기가 시모오시 마을 사람들처럼 나가치카를 좋아하고 있다는 사실을 인정하게 되었다.

(……그냥 두지 않겠다.)

가조는 해가 저물자마자 바로 인공 둑으로 달려왔다. 그리고 자신에게 이렇게 엄청난 힘이 있었나 싶을 정도로 힘차게 둑에서 흙 가마니를 뽑아내기 시작했던 것이다.

"가조, 잘될 것 같은가?"

도메가 밖에서 굴속을 들여다보며 물었다.

"시끄러!"

가조가 그렇게 호통을 쳤을 때였다. 흙 가마니 사이로 힘차게 물줄기가 솟구쳤다. 순식간에 거세진 물줄기는 가조를 굴 밖으로 날려버렸다.

가조보다 더 깜짝 놀란 사람은 밖에 있던 도메였다.

"피해!"

소리를 지르며 쏜살같이 도망쳤다. 가조도 그 뒤를 따라 죽어라 달렸다.

  물이 뿜어져 나오는 소리는 인공 둑 위에서 보초를 서고 있던 병사의 귀에도 들렸다.

  "뭐지?"

  소리가 나는 쪽으로 고개를 돌려보니 도망치는 몇몇 남자가 보였다.

  "이봐! 거기 서!"

  초병의 외침은 마지막 말이 되고 말았다. 그가 서 있던 인공 둑 일대가 한꺼번에 무너져버리고 말았다. 곧이어 어마어마한 물살이 미쓰나리의 군진을 향해 밀려 나갔다.

28

'이시다 미쓰나리, 오시 성 수공 실패.'

오다와라 전투를 기록한 사료에는 거의 빼놓지 않고 이러한 문구가 등장한다. 미쓰나리가 평생을 두고 뼈저리게 후회할, 돌이킬 수 없는 실책이었다.

『개정 미카와 후풍토기』에는 인공 둑이 무너져 생긴 피해를 '막사 60~70채가 떠내려가고, 물에 빠져 죽은 병사가 270여 명이다' 라고 기록하고 있다.

미쓰나리는 도쿠가와 이에야스와 대립한 대표적인 인물이다. 그의 오시 성 공격에 대한 사료는 대부분 에도 시대에 만들어졌다. 그 때문에 사료를 기록한 사람들은 미쓰나리를 인공 둑 붕괴도 막아내지 못한 어리석은 장수라고 깎아내렸다.

가조와 몇몇 농민들이 합심하여 인공 둑을 무너뜨린 곳은 현재 지명으로 교다 시 쓰쓰미네와 고노스 시 후쿠로의 중간 지점이다. 미쓰나리가 본진을 차린 마루하카야마 산에서는 남쪽으로 3킬로미터 떨어진 곳이다. 홍수는 미쓰나리의 본진을 덮쳤다. 성난 파도가 늘어선 막사를 쓸어버리고, 놀란 병사들을 단숨에 집어삼켰다.

호수에 있던 오시 성의 세 남자도 무슨 일이 벌어졌다는 것을 눈치챘다. 물이 인공 둑 방향으로 흐르기 시작했다. 둑 위에 있는 병사들이 비명을 질러댔다.

"둑이 무너졌다."

세 사람은 재빨리 방향을 바꾸어 오시 성을 향해 필사적으로 헤엄쳤다.

미쓰나리는 하늘이 무너지고 땅이 꺼지는 듯한 굉음에 놀라 막사를 뛰쳐나왔다. 저쪽 편 둑이 무너져 물살이 엄청난 기세로 달려오고 있었다. 우왕좌왕하는 병사들을 집어삼키면서 미쓰나리의 막사를 향해 밀려오고 있는 게 아닌가.

"마루하카야마 산으로!"

미쓰나리가 소리쳤다.

오시 성을 휩쓸었던 성난 파도가 미쓰나리의 적이 되어 밀려오고 있었다. 그는 물살에 쫓겨 마루하카야마 산으로 달려 올라갔다.

정상에 이르러 헐떡거리며 뒤를 돌아보니 해일 같은 홍수는 미쓰나리의 발아래까지 몰려와 출렁거리고 있었다. 뒤따르던 병사는 급류에 휩쓸려 떠내려가고 말았다.

"헉!"

미쓰나리는 눈이 휘둥그레졌다. 마루하카야마 산은 물살을 피해 달려온 병사들로 가득했다. 미쓰나리는 겨우 마음을 가다듬고 주위를 둘러보았다. 고분군의 다른 봉우리에도 병사들이 모여 있었다. 시커먼 물이 꿈틀거리며 흐르는 가운데 봉우리 여기저기서 비명이 들려왔다. 빠른 속도로 불어나는 물이 고분군 봉우리까지 계속 차올랐다. 인공 둑은 도미노처럼 연쇄적으로 무너지면서 흘러나오는 수량이 시시각각 늘어나고 있었다.

"치부소는?"

요시쓰구는 막사에서 뛰어나와 말에 올라탔다. 그는 마루하카야마 산에서 북쪽으로 1킬로미터쯤 떨어진 나가노(지금의 교다 시 나가노) 인공 둑 근처에 포진하고 있었다.

"물살이 너무 거세서 도저히 총대장께서 계신 본진에 접근할 수 없습니다."

미쓰나리에게 무슨 일이 벌어진 건 아닌지 확인하기 위해 보냈던 가신이 말 위에서 소리쳤다.

가신의 말을 들을 필요도 없었다. 거센 물살의 포효는 요시쓰구의 진에도 울려 퍼지고 있었다.

"피하라!"

요시쓰구가 큰 소리로 외쳤다.

가조는 무사했다. 다른 백성들과 함께 인공 둑에 달라붙어 있었다. 발 아래로 병사들이 단말마의 비명을 지르며 쉴 새 없이 떠내려갔다.

"엄청나군! 잡히면 목이 날아가는 정도로 넘어갈 것 같지는 않은데!"

함께 둑에 매달린 도메가 떨리는 목소리로 소리쳤다.

가조도 그제야 자기가 얼마나 어마어마한 일을 저질렀는지 깨달았다. 고개가 절로 끄덕여졌다. 그는 한눈에 봐도 알 수 있을 정도로 몸을 덜덜 떨고 있었다.

인공 둑이 무너졌다는 소식에 오시 성도 소란스러워졌다.
"물이 빠진다!"
혼마루 저택 밖에 있던 백성들이 소리를 지르며 성 안을 뛰어다녔다. 소리를 들은 병사들이며 아녀자들까지 현관으로 몰려왔다.
그 소식은 안채에서 나가치카의 곁을 지키고 있던 단바에게도 전달되었다.
"정말이냐?"
이즈미가 소리를 지르며 방을 뛰쳐나갔다. 가이도 튕기듯 일어나 이즈미를 따라나갔다.
단바는 나가치카의 얼굴을 살폈다. 하지만 둑이 무너졌다는 소식에도 그는 표정에 변화가 없었다.
(……이건가?)
단바는 그제야 이해했다.
(이 녀석이 무모한 짓을 저지른 건 성 안의 병사들을 사기를 높이기 위한 것이 아니었어. 성 밖에 있는 백성들의 마음을 움직이려 했던 거야. 그게 나가치카의 속셈이었어.)
"나가치카, 자네가 수공을 깰 수 있다고 한 게 바로 이런 거였나?"
단바가 누워 있는 나가치카에게 물었다. 방에는 나가치카와 단바, 단둘만이 남아 있었다. 나가치카는 단바를 쳐다보더니 살짝 미소를 지었다.

"성 밖 백성들도 모두 우리 편일세. 당연한 거 아니겠나?"

나가치카가 조용히 자신의 술책을 털어놓았다.

(이런 사나이가 바로.)

단바는 전율했다. 나가치카를 지켜보며 예감해왔던 장수로서의 그릇이 바로 이런 것이라는 생각이 들었다.

(이런 사나이가 바로 명장이라는 건가?)

돌이켜보면 명장이란 사람 좋고, 어수룩해 보이기 때문에 사람들이 그를 편안하게 대하지만, 평범한 이들은 도저히 생각할 수 없는 계략을 지닌 자를 일컫는 말이 아니었던가. 단바는 어린 시절부터 나가치카를 계속 지켜보았지만, 오늘처럼 이 사내가 두려웠던 적은 없었다.

(역시 그랬군. 내 생각이 어긋나지 않았어.)

단바는 나가치카가 명장이라는 증거를 똑똑히 목격한 셈이었다.

"병사들의 사기를 올리려는 목적이 아니었다는 거지?"

단바는 기뻐하며 소리쳤다.

"이 사람아, 나도 눈치 채지 못했단 말일세!"

그렇게 내뱉고 단바는 밖으로 뛰쳐나갔다.

혼마루 성문은 병사와 백성들로 가득했다. 단바는 인파를 헤치고 먼저 와 있던 유키에와 이즈미, 가이와 나란히 섰다. 성 밖을 바라보니 수위가 점차 낮아져 니노마루로 건너가는 다리가 모습을 드러냈다.

(됐다.)

단바가 속으로 그렇게 중얼거리고 있는데, 옆에 있던 유키에가 한 노인을 가리키며 말했다.

"이 영감님 마을 사람들이 호수를 헤엄쳐 건너가 둑을 무너뜨린 겁니다."

(저 영감은?)

단바는 노인의 얼굴이 낯익었다. 처음에 농성을 거부하던 시모오시 마을의 촌장 다베에였다.

"지난번에는 무례했습니다."

다베에는 땅바닥에 무릎을 꿇고 사과했다. 전쟁터에서 단바가 보여 준 모습을 목격한 다베에는 아직 자신이 살아 있지만, 산목숨이 아니라는 생각이 들었다.

"됐소. 잘했구려."

단바는 부드럽게 말을 했지만 속으로는 다른 생각을 하고 있었다.

(그 사람들이 둑을 무너뜨린 게 아니다.)

단바는 적군이 둑을 얼마나 삼엄하게 경계하고 있었는지 잘 알고 있었다. 호수를 헤엄쳐 둑에 접근하기는 도저히 불가능한 일이었다.

마침 성에서 보냈던 헤엄 잘 치는 세 남자가 부축을 받으며 돌아왔다.

"참으로 잘했다. 이제 우리 성은 살았어."

다베에가 세 사람을 칭찬했다. 하지만 그들은 고개를 저었다. 둑은 자기들이 도착하기 전에 무너졌다고 했다.

"다른 사람이 둑을 허문 겁니다."

세 남자 중 하나가 호흡을 가다듬으며 말했다.

"그렇다면 대체 누가 무너뜨린 거지?"

이즈미가 고개를 갸웃거렸다. 호수에서 돌아온 세 사람도 짐작이 가지 않기는 매한가지였다.

"우리 편이지, 성 밖에 있는. 누군지는 모르겠지만."

단바가 큰 소리로 말했다. 단바는 평생 둑을 허문 사람이 누군지 알지 못하고 만다.

"예."

다베에가 몸을 잔뜩 웅크리고 대답했다. 헤엄 잘 치는 세 사람이 둑을 허문 게 아니라는 사실을 알고 다베에는 몸 둘 바를 몰랐다. 그는 자기 아들이 둑을 무너뜨렸다는 사실을 먼 훗날 알게 된다.

그때 성 밖에서 굉음이 들려왔다. 단바를 비롯한 사람들이 보루 위로 뛰어올라 성 밖을 바라보았다. 저 멀리 인공 둑 여기저기서 폭발하는 불꽃이 피어오르고 있었다.

(쳐들어올 거다.)

단바는 불꽃을 노려보며 생각했다.

"적이 둑을 허물어 물을 빼고 있다. 공격하려는 것이다. 물이 빠지면 모든 성문이 드러날 것이다. 각자 맡은 위치로 돌아가 성문을 방어하라!"

병사들의 사기는 하늘을 찌를 듯했다. 모두 단바를 향해 "예!"라고 힘차게 대답했다.

미쓰나리는 폭발음을 들으며 마루하카야마 산에서 오시 성을 뚫어져라 노려보았다. 동이 터오르는 가운데 오시 성이 불멸의 요새처럼 웅장한 모습을 서서히 드러냈다.

"치부소, 무사한가?"

요시쓰구가 물에 흠뻑 젖은 채 가신들을 이끌고 산을 올라왔다.

"그래."

미쓰나리는 오시 성을 바라보며 곁에 다가온 요시쓰구에게 중얼거렸다.

"부성이라. 전하가 말씀하신 그대로군."

"이봐, 사키치."

요시쓰구는 새삼 미쓰나리의 어린 시절 이름을 불렀다. 나리타 가문이 내통할 거라는 사실을 숨겨왔던 것을 사과할 셈이었다. 요시쓰구가 말을 이으려 하는데, 미쓰나리가 그의 얼굴을 바라보며 먼저 입을 열었다.

"괜찮네. 놈들은 정말 상대할 가치가 있는 전사들이야. 나는 첫 전투와 수공에서 실패했네. 그뿐일세."

나리타 가문이 내통을 하건 말건 이제 미쓰나리에게는 관심 밖의 일이었다.

(내 목숨과 바꾸어서라도 꼭 이겨야 할 상대다.)

미쓰나리는 수공이 실패로 끝난 지금도 여전히 불굴의 투지를 불태우고 있었다.

"그런데 말이야."

요시쓰구가 물을 뿜어내는 인공 둑을 심각한 눈빛으로 바라보며 입을 열었다.

"왜 둑이 무너진 건가?"

둑의 두께가 충분하지 못했나? 아니다. 빗추의 다카마쓰 성을 공격할 때와 규모가 비슷한 둑이라 수압을 충분히 견딜 수 있었을 것이다.

둑이 무너지기 직전에 호수에서 헤엄치는 자들을 봤다는 보고를 받긴 했지만, 삼엄한 경계를 뚫고 둑을 무너뜨릴 수는 없었을 것이다. 그렇다면 둑은 왜 무너진 걸까……

요시쓰구는 미쓰나리와 함께 한동안 말없이 둑을 바라보았다.

잠시 후 병사들이 몇몇 농부를 끌고 왔다.

"아니, 너는?"

미쓰나리는 한 번 본 얼굴을 잊지 않았다. 끌려온 농부들 가운데 낯익은 얼굴을 발견하고 그는 의아한 표정을 지었다. 가조라는 오시 성의 농사꾼 아니었던가?

"이놈들이 둑을 무너뜨렸다고 자백했습니다."

"사실인가?"

요시쓰구가 가조에게 다가가자 병사가 "어서 바른 대로 고하지 못하겠느냐?" 하며 가조를 다그쳤다.

고개를 숙이고 있던 가조가 불쑥 얼굴을 들었다.

"당신들이 노보우를 총으로 쐈어. 게다가 논도 엉망으로 만들었고. 나는 오시 성의 농부다. 어떻게 참고 있으란 말인가! 두고 봐라, 그냥 놔두지 않겠다!"

얻어맞아 퉁퉁 부은 얼굴에 노기를 머금고 가조가 내뱉었다. 그의 말에 모두 깜짝 놀랐다.

미쓰나리는 나리타 가문의 총대장을 머릿속에 떠올렸다.

(이거였던가? 그 키 큰 사내가 자진해서 표적이 된 건 이걸 노린 거였나? 그 춤사위는 성 밖 자기 백성들에게 보낸, 목숨을 건 절규였단 말인가?)

"요시쓰구, 이 때문이었나? 자네가 나를 말린 이유가?"

미쓰나리는 요시쓰구를 바라보며 물었다. 그러나 요시쓰구도 이런 일이 벌어질 줄은 생각하지 못했다.

"이게 나리타 나가치카의 계책이었단 말인가!"

미쓰나리가 외쳤다.

(나리타 나가치카가 수공을 깼다.)

미쓰나리는 마음속으로 감탄했다. 나리치카의 지략과 용감한 백성들에게.

(그 사내를 위해서라면 백성들은 죽음도 무릅쓰고 보복을 하려고 든다는 건가?)

센고쿠 시대 사나이들은 용감한 자를 사랑했다. 미쓰나리 또한 예외가 아니었다.

"이 사람들을 풀어줘라. 이익에 눈이 어둡지 않은 자들을 처단할 수는 없다."

미쓰나리는 그렇게 말하고 돌아섰다.

(이기고야 말 테다.)

2만 명의 군사를 막아내고 수공까지 이겨낸 대단한 적이다. 반드시 처부수겠다.

"물이 빠지면 총공격하라고 전군에 전달하라!"

미쓰나리가 큰 소리로 명령을 내렸다.

29

 오다와라 성에서 농성하던 나리타 우지나가의 신변에도 위험이 닥쳤다. 다케노하나구치를 지키던 우지나가에게 혼마루로 들어오라는 우지마사의 명령이 전달되었다.

 (내통했다는 사실이 들통 난 건가?)

 우지나가는 몸이 좋지 않다는 핑계로 막사에서 움직이지 않고 있었다. 하지만 네 번째 전령으로 우지마사의 전속 의사인 다무라 안세이가 왔을 때는 더 이상 버틸 수가 없었다.

 "알겠소이다."

 말리는 가신들을 뿌리치고 우지나가는 몇몇 가신만 거느린 채 막사를 출발했다. 아우인 야스타카에게 뒷일을 맡겼다. 우지나가의 불길한 예감은 적중했다.

 "이걸 봐라."

 우지나가가 엎드려 절을 하기 무섭게 호조 가문의 5대 당주인 우지나오는 서찰 한 통을 접견실 바닥에 내던졌다. 읽지 않아도 무슨 서찰인지 알 수 있었다. 우지나가가 직접 야마나카 나가토시에게 보낸 밀서였다. 상석에 아들 우지나오와 나란히 앉은 우지마사는 도량이 넓다는 걸 과시하고 싶은 속셈인지 미소까지 지으며 말했다.

"그대가 원숭이 얼굴을 한 녀석에게 보낸 밀서라더군. 어젯밤 상대편인 도쿠가와 이에야스가 보내왔다. 물론 이게 진짜는 아닐 테지?"

변명할 길이 없었다. 하지만 단바가 평범한 인물이라고 평가했던 우지나가도 이 순간만큼은 사나이다운 모습을 보였다.

"결코 가짜가 아닙니다."

『개정 미카와 후풍토기』에 따르면 우지나가는 이렇게 대답했다고 한다.

"분노의 깊이는 능히 가늠할 수 있습니다. 이미 각오는 되어 있습니다. 어서 제 목을 거두십시오."

우지나가는 나직이 말하며 고개를 숙였다.

"그걸 말이라고 하는가!"

우지나오는 격분하여 비명 같은 소리를 지르고 자리에서 벌떡 일어났다. 우지나오의 목소리를 신호 삼아 몇몇 병사가 우르르 접견실로 들어왔다.

우지나오는 무릎에 손을 얹은 채로 가만히 눈을 감았다. 그때 때 아닌 함성이 성 밖에서 들려왔다.

"잠깐."

우지나오는 병사들을 제지하고 장지문을 열어 성 밖을 바라보았다. 가사가케야마 산은 여전히 알록달록한 깃발이 가을 단풍처럼 수놓아져 있었다. 우지나오가 의아한 표정으로 깃발을 바라보는데, 가사가케야마 산에서 수만 정은 될 법한 화승총이 일제히 불을 뿜었다. 탄환이 성에 닿을 리 없다.

(이쪽을 봐라.)

일제 사격은 오다와라 성 사람들에게 그렇게 이야기하고 있었다.

"호조의 조무래기들아, 보고 있느냐?"

히데요시는 가사가케야마 산꼭대기에서 오다와라 성을 바라보며 크게 소리쳤다. 그 뒤로 5층짜리 천수각이 높이 솟았다. 나중에 '이시가키야마 산 이치야 성'이라 불리는 성이 완성되어 히데요시가 본진을 옮긴 것이다. 덴쇼 18년(1590년) 6월 26일이었다.

오다와라 성에 있는 우지나오는 히데요시의 천수각이 보이지 않았다. 숲이 가리고 있었기 때문이다.

"시간을 어기지 말라. 전부 베어 넘어뜨려라."

히데요시가 명령을 내리고 "영차!" 하며 큰 소리로 몸소 구령을 붙였다.

그 소리를 신호 삼아 산 사면에 있던 병사들이 일제히 도끼로 삼나무 밑동을 찍었다. 이윽고 삼나무가 기울어지자 병사들이 산꼭대기로 뛰어올라갔다. 천수각을 가리던 나무들이 계속해서 쓰러졌다. 뭉게뭉게 피어오른 흙먼지가 가라앉으면서 차츰 시야가 열렸다. 저 멀리 오다와라 성이 보였다.

"어떠냐?"

히데요시는 기뻐서 어쩔 줄 몰라 했다.

"……아니!"

우지나오는 더 이상 말을 잇지 못했다.

오다와라 성에서 보면 산꼭대기에 갑자기 성이 나타난 것처럼 보였다. 우지나가의 목을 베려던 병사들도 할 말을 잃었다. 곁으로 달려온 우지마사도 한동안 말을 하지 못하고 멍한 표정으로 지켜보다가 겨우 입을 열었다.

"하룻밤 사이에 성을 쌓다니!"

히데요시가 노부나가의 가신이었던 젊은 시절에 미노노쿠니(지금의 기후 현 남부—옮긴이) 스노마타에서 선보였던 수법이다. 실제로 하룻밤 만에 쌓지는 않았지만 적군이 깜짝 놀랄 정도로 빠르게 성을 쌓았다.

하지만 규모를 따지면 스노마타에 쌓았던 성은 비교가 되지 않았다. 스노마타에 쌓은 성은 작은 성채 정도에 지나지 않았지만, 우지나가의 눈앞에 나타난 성은 혼마루, 니노마루 같은 여러 겹의 성곽을 갖춘 요새였다.

"아니다. 나무에 종이를 둘러 성벽처럼 보이게 했을 뿐이야!"

우지나오는 악몽을 떨쳐내려는 듯이 비명처럼 소리쳤다.

에도시대에도 몇몇 사람들이 우지나오와 똑같이 생각했다. 『간핫슈고전록』도 우지나오와 같은 의견을 보이고 있다. 하지만 이는 잘못된 견해다. 현재 '이시가키야마 산 이치야 성 역사공원'이란 이름으로 남아 있는 성곽 흔적을 보면 바로 알 수 있다. 가공하지 않은 돌을 쌓아 올린 담이나 혼마루, 니노마루를 쌓기 위해 깎은 평지가 아직도 남아 있어, 이 성이 요새였다는 사실을 확실히 알 수 있다.

우지나가 또한 우지나오의 착각을 눈치 챘다.

"관백이 그런 잔재주를 부릴 리가 없다. 저건 진짜 성이다."

오히려 우지나가가 딱하다는 말투로 중얼거렸다.

"보았느냐!"

히데요시는 성에서 계속해서 소리를 질렀다. 흥분하면 소변이 마렵다. 자유분방한 히데요시는 그 자리에서 소변을 보았다.

히데요시는 소변을 보면서 도쿠가와 이에야스를 호조 가문이 지배하던 간토 지역의 영주로 임명했다고 한다. 오다와라 전투의 승리가 얼마 남지 않았다는 사실을 확신하고 있었다는 이야기다.

"간핫슈는 그대에게 주겠다."

히데요시는 내켜하지 않는 이에야스에게 함께 소변을 보게 하며 이렇게 말했다. 이틀 뒤에는 이에야스에게 에도에 성을 쌓으라는 지시까지 내렸다.

오다와라 성의 성주 우지마사는 여전히 가사가케야마 산 정상에 나타난 성에서 눈길을 떼지 못했다. 우지나가는 넋이 나간 채로 우두커니 서 있는 이 부자에게서 벗어나기 위해 슬금슬금 뒷걸음질을 쳤다. 그러나 병사들이 그런 움직임을 놓칠 리가 없었다. 일제히 칼자루에 손을 얹었다.

"멈춰라!"

날카로운 목소리로 명령이 떨어졌다. 우지마사였다.

"떠나고 싶은 자는 떠나게 내버려둬라."

그러더니 다시 시선을 가사가케야마 산 정상으로 옮겼다. 우지나가는 한동안 측은한 부자의 뒷모습을 지켜보다가 고개를 숙이며 입을 열었다.

"그간 많은 신세를 졌습니다."

그리고 조용히 접견실을 나왔다.

"이번엔 상대가 좋지 않구나."

우지마사는 산꼭대기의 성을 바라보며 점점 멀어지는 우지나가의 발소리를 듣고 있었다.

"곤란하게 되었군. 상대가 정석대로 나올 모양이야."

오시 성에서는 나가노구치를 맡은 이즈미가 요시쓰구의 진을 보며 심각한 어투로 말했다. 미쓰나리는 두 번째 총공격을 감행하려는 중이었다. 적의 선봉대는 모두 인공 둑에 썼던 흙 가마니를 짊어지고 있었다.

"논을 몽땅 메워버릴 작정이로군."

발이 푹푹 빠지는 무논이 성을 둘러싸고 있는 곳은 오시 성뿐만이 아니다. 그런 논에는 풀을 베어 깔고 진군하는 것이 상투적인 방법이었다. 미쓰나리는 풀 대신 흙 가마니를 사용하라고 전군에 명령했다. 이즈미가 이야기한 '정석'이란 바로 이것이다.

그뿐만이 아니었다. 미쓰나리의 병력은 더 늘었다. 히데요시가 지원군을 보내온 것이다.

오시 성에서 남동쪽으로 30킬로미터 떨어진 이와쓰키 성을 점령한 하사노 나가마사, 기무라 히타라노스케 등이 이끄는 병력 1만 여명이 가세했다. 하사노는 나가노구치를 공격하는 요시쓰구 쪽에, 기무라는 시모오시구치를 공략하는 미쓰나리 쪽에 각각 배치되었다. 호흡을 가다듬은 미쓰나리의 대군은 선(線)이 아니라 면(面)을 이루며 오시 성으로 밀려오고 있었다.

"이번엔 막아낼 수 없을 것 같은데."
유키에는 시모오시구치에서 미쓰나리 진영을 노려보았다.
"공격하라!"
말을 탄 미쓰나리가 중군에서 명령을 내리자 선봉대가 일제히 흙 가마니를 논에 던져 넣었다. 흙 가마니를 던져 넣은 병사들이 뒤로 물러서면 그 뒤에 있던 두 번째 줄 병사들이 또 흙 가마니를 논에 던졌다.
(이제 이길 수 있다.)
미쓰나리는 공격의 고삐를 늦출 생각이 전혀 없었다. 결코 방심하지 않고 우세한 물량을 활용해 강하게 밀어붙일 작정이다. 그리고 대승을 거둔 뒤에 오다와라로 개선해 나리타 가문과 내통한 사실을 숨겼던 히데요시에게 실컷 비난을 퍼부을 작정이었다.
시모오시구치 앞에 있는 논은 점점 흙 가마니로 메워져갔다.

사마구치에서도 말을 탄 단바가 심각한 표정으로 마사이에의 대군을 뚫어지게 바라보고 있었다. 마사이에의 병사들이 시야를 가득 메우고 해일처럼 밀려들고 있었다.
"저렇게 논을 메우고 들어오면 도저히 막아낼 도리가 없겠습니다."
옆에 있던 기마무사가 외쳤다.
"이왕 이렇게 된 거 아예 우리가 치고 나갑시다."
다베에가 창을 불끈 들었다. 다베에는 흥분한 나머지 생사도 잊은 듯한 눈빛으로 단바를 바라보았다.

그 말을 들은 단바는 눈을 부라리더니 주창을 휘둘러 다베에의 창자루를 베어버렸다.

"우리는 지금 전투 중이다. 목숨을 헛되이 버리면 안 된다."

단바는 다베에에게 창을 들이대며 호통을 쳤다.

(무섭군.)

단바는 주변의 백성과 무사들을 쭉 둘러보고 등골이 서늘해졌다. 다베에만이 아니다. 모든 병사들의 눈빛에 광기가 서려 있었다. 분명히 패배할 걸 알면서도 다들 죽음을 선택한 것이다.

(전쟁이 두려워.)

전에 나가치카에게 말한 적이 있다. 단바는 자기 눈앞에 펼쳐진 광경이 얼마나 끔찍한 것인지 뼈저리게 느끼며 마지막 명령을 내렸다.

"농민들은 모치다구치로 물러가라. 무사들은 목숨을 걸고 이자들을 지켜라!"

모치다구치는 첫 전투 때 미쓰나리가 병력을 배치하지 않고 도주를 유도하는 성문으로 설정한 곳이다. 그쪽이라면 도망칠 방법이 있을지도 모른다.

"이제 와서 무슨 소리를 하는 게요!"

다베에가 광기 어린 눈을 치켜뜨고 단바에게 대들었다.

(모두가 그 녀석 때문이다.)

단바는 전율했다. 나가치카의 책략이 농민들까지 이렇게 미치게 만들었다.

"전투에서 목숨을 잃는 것처럼 어리석은 일은 없다! 나가치카에게 마음을 빼앗겨 목숨을 헌신짝처럼 버리는 멍청이가 될 텐가!"

단바가 버럭 소리쳤다. 아무도 대꾸하지 못했다.

"빨리 가라!"

단바는 주창을 둘러 사람들을 혼마루 저편에 있는 모치다구치 방향으로 내몰았다.

하지만 다베에는 단바의 행동을 보고 의구심을 떨칠 수 없었다. 단바는 말머리를 돌리더니 모치다구치와는 반대 방향으로 말을 몰았다.

"뭡니까! 우리더러 모치다구치로 가라면서 마사키 님은 왜 적들이 오는 곳으로 가시는 겁니까!"

다베에가 단바의 뒤통수에 대고 소리쳤다.

"나 말이냐?"

단바는 천천히 고개를 돌려 다베에를 바라보았다.

단바는 알고 있었다. 나가치카라는 키 큰 사내에게 마음을 빼앗긴 사람이 바로 자신이라는 사실을.

"내가 바로 그 멍청이이기 때문이다!"

단바는 씩 웃고는 성 밖으로 말을 몰았다.

"한 명 나왔다!"

단바가 성문을 나서자 선봉대의 대장이 소리쳤다.

중군에 있던 마사이에도 그 소리를 듣고 말 위에서 몸을 들어 성쪽을 바라보았다.

"……저 주창을 든 장수는?"

마사이에가 잊을래야 잊을 수 없는 이름이다.

"마사키 단바 아니냐!"

마사이에가 비명처럼 소리쳤다.

논둑길을 일직선으로 달리는 단바는 주창을 당겨 쥐었다. 하지만 창을 빙글 돌리는 동작을 하지 않았다.

칠흑 같은 마인이 점점 다가왔다. 선봉대 병사들의 눈에 그는 죽음을 의미하는 거대한 암흑처럼 보였다.

단바는 눈을 부릅뜨더니 짐승처럼 포효했다. 그 소리에 사마구치를 공격하려던 4천 병사가 일시에 동요하고 말았다. 특히 단바가 달려오는 논둑길 부근의 병사들이 제정신을 잃은 듯 흙 가마니를 팽개치고 줄행랑을 치기 시작했다. 도망치는 병사들 때문에 일직선이었던 선봉대의 대열이 구불구불 흐트러졌다.

(또 지는 건가?)

겁에 질린 마사이에의 얼굴에서 핏기가 사라졌다.

"적은 혼자다! 뭘 두려워하느냐!"

그렇게 외치기는 했지만, 공허하게 비명을 지르는 듯한 느낌은 어쩔 수 없었다.

단바의 포효는 점점 더 무시무시해졌다. 도망치는 적들을 향해 창을 휘두르려는 바로 그 순간이었다.

"모두 멈추시오! 멈추시오!"

큰 외침이 들리더니 기마무사 하나가 단바의 앞을 가로막았다.

(뭐지?)

단바는 얼른 고삐를 당겨 말을 세웠다.

『나리타계도』에 따르면 이 기마무사는 히데요시의 호위무사로 가미야 빈고노카미란 자였다. 그는 두 팔을 벌리고 오시 성 병사들과 마사이에의 병사들 모두 깜짝 놀랄 소리를 내뱉었다.

"싸움은 끝났소. 오다와라 성은 7월 5일 함락되었소."

(……뭐라고?)

단바는 할 말을 잃었다.

오다와라 성이 함락되었다는 소식은 오시 성의 여덟 성문에 비슷한 시각에 전달되었다.

나가노구치에도 전령이 도착했다. 고함을 지르며 죽을 각오로 적진을 향해 돌진하는 이즈미의 앞을 가로막은 이는 우지나가와 함께 오다와라 성 농성에 따라나섰던 마쓰오카 이와미라는 나리타 가문의 가신이었다.

"성주님은 무사하오. 오시 성은 어서 성문을 열라는 명령이 계셨소."

마쓰오카가 간절한 표정으로 애원했다.

시모오시를 공격하던 미쓰나리와 방어하던 장수 유키에 사이에도 오다와라에서 보낸 전령이 끼어들었다.

"양쪽 모두 창을 거두시오! 오시 성은 관백 전하가 보낸 사자를 받아들이시오!"

전령이 드높이 외쳤다.

"오시 성보다 오다와라 성이 먼저 함락됐다는 건가!"

미쓰나리가 신음했다.

사자는 히데요시가 보냈다. 이렇게 된 이상 미쓰나리는 오시 성 무사들의 결정을 기다릴 수밖에 없었다.

단바는 사마구치에 온 사자인 가미야로부터 우지나가가 쓴 서찰을 받아들고 혼마루로 말을 달렸다. 혼마루 안채에 누워 있는 나가치카에게 전해야 할 소식이었다.

방 안에는 여러 장수들이 단바를 기다리고 있었다. 이부자리에서 몸을 일으킨 나가치카를 둘러싸고 다들 심각한 표정으로 앉아 있었다. 가이와 다마도 보였다. 이즈미는 나가노구치에 전령으로 왔던 나리타 가문의 가신 마쓰오카 이와미를 성 안으로 데리고 들어왔다.
"성주님께선 무사하십니다."
마쓰오카는 나가노구치에서 전달했던 내용을 여러 장수들에게 다시 전했다. 그의 말에 따르면 우지나가는 오다와라 성이 함락될 때까지 성 안에 남아 있다가 함락되자마자 야마나카 나가토시를 통해 이시가키야마 산에 있는 히데요시의 본진으로 찾아가 황금 1천 냥을 내놓는 조건으로 목숨을 건졌다고 한다.
"나가치카, 이걸 읽게."
단바는 우지나가가 쓴 서찰을 내밀었다.
우지나가가 입에서 신물이 나도록 이야기하던 '성 문을 열라'는 내용이 유려한 문장으로 적혀 있었다. 나가치카는 마치 안부를 묻는 편지를 읽은 것처럼 전혀 표정에 변화가 없었다.
단바가 나가치카에게 애원하듯 말했다.
"이제 별 도리 없네. 오다와라 성이 함락당한 지금 천하는 관백의 수중에 들어갔어. 이대로 계속 싸운다면 우리 성은 천하의 모든 병사들을 적으로 삼아야 될 걸세. 병사들은 물론이고 백성들까지 모두 죽음을 면치 못할 거야."

단바의 말을 들으며 장수들도 고개를 끄덕였다. 유키에도 살짝 고개를 끄덕였다. 이즈미도 내키지 않는 표정으로 고개를 숙인 것으로 동의했다.

이 자리에 있는 오시 성의 사람들은 알 수 없었을 테지만, 히데요시는 오시 성 공격을 위해 더 많은 지원군을 준비하고 있었다. 오다와라 성을 점령한 이튿날, 간토 지역의 여러 성을 함락시킨 마에다 도시이에와 우에스기 가게카쓰의 병력을 서둘러 오시 성으로 보냈던 것이다.

"알겠지, 나가치카?"

단바가 확인하기 위해 물었다. 하지만 나가치카가 장수로서 대단한 그릇을 지녔다는 사실을 인정한 단바마저도 이 얼간이의 대답에는 흥분하지 않을 수 없었다.

"아직 전투는 끝난 게 아니지 않은가?"

나가치카가 툭 내뱉었다.

"이 사람아! 농담하지 마!"

단바는 여느 때와 마찬가지로 버럭 언성을 높일 수밖에 없었다.

반각 뒤, 단바는 시모오시구치로 향하고 있었다. 총대장인 이시다 미쓰나리에게 전투를 계속할 것인지 아닌지 답변을 주기 위해서였다.

단바가 말을 타고 성문을 나서자 약 6천 명에 이르는 공성군 병사들은 마른침을 삼켰다. 단바는 상대편 대장을 조용히 바라보았다. 그리고 숨을 크게 들이쉰 뒤 입을 열었다.

"우리 오시 성은 성문을 열기로 했소. 그러니 그쪽에서도 앞으로의 일을 논의할 사자를 준비하시오."

그 순간 상대편 병사들이 환호성을 질렀다.

(졌다.)

어깨를 떨어뜨린 이는 미쓰나리였다. 미쓰나리는 환호하는 병사들과 달리 엄습하는 패배감을 맛보았다. 엄청난 군사를 이끌고 공격했지만, 실패했다. 반드시 성공을 거둘 거라고 믿었던 수공도 깨졌다.

(내가 졌다.)

적이 성문을 열겠다는 것은 미쓰나리에게 패배를 의미했다.

졌다.

그렇게 생각한 순간, 미쓰나리의 머릿속에서 불쑥 생각이 떠올랐다.

(그 사나이를 만나고 싶다.)

나를 이긴 그 키 큰 사나이를 만나고 싶다.

미쓰나리는 나리타 나가치카를 만나고 싶다는 생각이 간절했다.

에필로그

30

 다른 기록들에는 거의 보이지 않지만 『나리타기』에는 이시다 미쓰나리가 몸소 오시 성에 들어와 나리타 나가치카로부터 성을 넘겨받았다는 내용이 적혀 있다.
 일반적으로 공격 측 총대장이 성을 직접 넘겨받는 일은 없다. 잔당이 성 안에 남아 있다가 기습을 해올지도 모르기 때문이다. 성을 넘겨받는 일은 대개 휘하 장수에게 맡겼다.
 마사이에도 성을 직접 넘겨받겠다고 나서는 미쓰나리가 불만스러웠다. 불만 정도가 아니다. 잔꾀가 많은 마사이에는 오시 성이라면 성문만 떠올려도 굴욕감에 얼굴이 화끈거렸다. 어떻게든 외면하고 싶은 곳이었다.
 "성문을 열기로 결정했다고는 하지만, 적의 성에 총대장이 친히 들어가는 일을 나는 받아들일 수 없네."
 말을 타고 오시 성 정문을 지나 호수 위로 난 질퍽거리는 외길을 나아가며 마사이에가 투덜거렸다.
 미쓰나리는 만류하는 장수들의 말을 듣지 않고 직접 성문을 여는 조건에 관한 협의를 하러 입성하겠다고 나섰다. 더구나 부하 몇 명만 거느리고 가겠다고 고집을 부렸다.

미쓰나리는 만류하는 마사이에에게 대꾸도 하지 않았다. 정문을 지나자 혼마루가 보이기 시작했다.

(저곳에 그 사나이가 있다.)

괴괴한 호수 위에 길게 누운 혼마루는 놀라운 지략을 지닌 장수가 직무를 보기에 어울리는 곳으로 보였다.

"시즈가타케 전투(1583년) 때 전하께서 후추 성에서 농성하던 마에다 님을 홀로 찾아간 적이 있었지."

요시쓰구가 마사이에의 말을 받아 입을 열었다.

시즈가타케 전투는 오다 노부나가의 유산을 차지하기 위해 히데요시와 오다 휘하에서 높은 지위를 차지했던 시바타 가쓰이에가 자웅을 겨룬 전투였다. 히데요시가 천하를 손에 넣는 결정적인 계기가 된 전투로, 비와코 호수 북쪽에서 벌어졌다. 미쓰나리도 큰 도움은 되지 않았지만, 창을 들고 나가 무사들과 함께 무공을 세웠다.

당시 마에다 도시이에는 시바타 가쓰이에의 휘하에 있었지만 히데요시와 오랜 친구이기도 했다. 그 때문인지 도시이에는 전투가 한창 치열하게 벌어지는 순간 자기 병사를 빼내 후추 성(지금의 후쿠이 현 에치젠 시)에 틀어박혔다. 히데요시는 싸움에 이겨 기타노쇼 성(지금의 후쿠이 현 후쿠이 시)으로 도망친 가쓰이에를 뒤쫓아 진군했는데, 가는 길에 후추 성을 통과하게 됐다. 히데요시는 적인지 아군인지 확실치 않은 도시이에의 성에 홀로 들어가 성문을 열어 휘하의 장수들을 놀라게 했다.

"그 흉내를 내겠다는 건가?"

요시쓰구가 말 위에서 미쓰나리를 놀리듯 말했다.

미쓰나리의 머릿속에는 요시쓰구가 지적한 대로 그때 후추 성 문 앞에서 껄껄 웃던 히데요시의 모습이 선명하게 남아 있었다. 하지만 지금은 그런 흉내를 내려는 것이 아니었다.

"만나고 싶네. 2만 대군을 멋지게 물리친 오시 성 총대장을."

미쓰나리가 차분한 목소리로 대꾸했다.

혼마루에 들어선 뒤에도 마사이에는 잔소리를 멈추지 않았다. 나리타 가문의 가신이 앞장서서 안내하는 혼마루 저택 복도를 걸어가면서도 미쓰나리에게 끊임없이 불평을 늘어놓았다.

"설마 이름까지 밝히지는 않을 테지?"

"밝힐 걸세."

미쓰나리는 정면을 바라보며 대꾸했다.

"그렇게 하지 않으면 전하 흉내를 제대로 낼 수 없을 테니까."

요시쓰구는 그렇게 말하더니 껄껄 웃었다.

"부하들을 매복시켰다가 죽이려고 들 거야."

(멍청한 녀석. 네 좁은 그릇으로 적을 가늠하지 마라.)

미쓰나리는 마사이에의 말에 눈썹을 찡그리고, 노골적으로 경멸을 드러내며 마사이에게 쏘아붙였다.

"그런 비겁한 짓을 할 사람이 우리와 정면으로 맞붙었겠나?"

미쓰나리를 비롯한 세 사람은 접견실로 들어가 상석에 자리를 잡고 앉았다.

접견실을 둘러보니 나리타 가문의 가신들이 이미 접견실을 메우고 있었다. 맨 앞에 불쑥 튀어나온 듯이 키 큰 남자가 멍한 표정으로 앉아 있었다.

(······저 사나이인가?)

미쓰나리는 맥이 빠졌다. 아니, 뭔가 잘못된 게 아닐까? 멀리서 얼굴을 보기는 했지만 저런 남자는 아니었을 텐데. 그런 생각을 하고 있는데 키 큰 사내가 입을 열었다.

"이런 꼴을 보이게 되어 면목 없소이다. 오시 성 성대 나리타 나가치카라고 하오."

어깨에서 팔에 걸쳐 붕대를 감고 있었다.

(정말 이 남자란 말인가?)

미쓰나리는 새삼스러운 눈빛으로 나가치카를 바라보았다. 자세히 살펴보니 도무지 표정 변화가 없는 얼굴이었다. 그런데도 뭐가 그리 우습냐고 호통을 쳐주고 싶을 만큼 장난스러운 표정으로 보이기도 했다.

미쓰나리도 자기소개를 하지 않을 수 없었다.

"총대장 치부 소보인 이시다 미쓰나리요."

상대편 총대장이 사자로 몸소 찾아오다니. 오시 성 사람들은 깜짝 놀랐다.

"뭐라고?"

단바도 미쓰나리의 두둑한 배짱에 탄성이 절로 나왔다.

미쓰나리는 웅성거리며 동요하는 나리타 가신들은 아랑곳하지 않고 양옆에 앉은 두 사람을 가리켰다.

"이쪽은 나가노구치 공격을 맡았던 형부 소보 오타니 요시쓰구. 이쪽은……."

마사이에를 소개하려다가 생각을 바꿨다.

"아, 전투가 시작되기 전에 만났겠군. 대장 대보인 나쓰카 마사이에라고 하오."

"배짱 한번 좋군."

유키에가 감탄했다는 듯이 옆에 앉은 이즈미에게 중얼거렸다.

나가치카는 표정을 바꾸지 않고 멍하니 미쓰나리를 바라볼 뿐이었다. 입을 열려고 하지도 않았다.

(말수가 적은 사내로군.)

미쓰나리도 무의미한 인사나 쓸데없는 이야기를 하지 않는 사내였다. 피차 아무 소용없다는 걸 알면서도 나누는 공허한 대화를 증오하기까지 했다.

"본론으로 들어가겠소. 성문을 열기 전에 화의를 위한 조건을 제시하겠소."

불쑥 용건부터 꺼냈다.

"하루나 이틀 이내에 무사, 농민, 마을 주민들은 모두 성에서 떠날 것. 농민들은 반드시 마을로 돌아가되 도주하지 말 것. 무사들은 영지를 떠날 것. 이상이오."

미쓰나리는 단숨에 조건을 제시했다.

"또 나리타 우지나가, 야스타카 형제는 아이즈의 영지로 옮기게 된 가모우 우지사토 님에게 맡기기로 결정했소."

"알겠소. 그뿐이오?"

나가치카는 조건을 선뜻 수용했다.

(이런 정도 녀석밖에 안 되는 인물인가?)

미쓰나리는 눈앞의 키 큰 남자를 바라보며 은근히 실망했다. 자신의 수공까지 막아낸 적의 총대장이라면 뭔가 반격할 것이라고 기대했다. 그런데 화의의 조건을 넙죽 받아들이고 만 것이다.

(역시 성을 잃게 되니 고분고분해진 거로군.)

미쓰나리는 침울한 기분으로 "그렇소"라고 대답했다.

"아직 남았다."

마사이에가 끼어들었다.

"무사들은 모든 재산을 두고 영지에서 떠난다. 성에 있는 군량미, 칼이나 창도 빠짐없이 내놓아라."

"뭐라고? 그런 화의 조건은 들어본 적도 없소!"

단바가 저도 모르게 소리를 질렀다.

단바의 말이 옳다. 성문을 열게 되면 성 안에 있는 재산은 포기하더라도 무사들은 모든 물건을 가지고 나간다. 심지어 패장인데 선물까지 받는 경우도 있었다.

마사이에는 자신을 공포에 몰아넣은 오시 성 사람들을 용서할 수 없었다. 다행히 얼간이 같은 패장은 화의의 조건을 뭐든 받아들일 눈치가 아닌가.

(땅바닥을 기듯 비참하기 짝이 없는 꼴을 맛보게 해주마.)

마사이에는 고개를 들고 접견실에 있는 무사들을 내려다보며 말했다.

"세상이 바뀌었다. 새로운 관습은 관백 전하께서 만드신다."

마사이에가 오만한 태도로 쌀쌀맞게 대꾸했다.
"이봐, 그게 무슨 소린가?"
미쓰나리가 마사이에에게 작은 목소리로 물었다.
히데요시가 명령한 화의의 조건에 그런 항목은 없었기 때문이다.
"이 한심한 전투에서 전리품도 없다면 전하를 뵐 낯이 없지."
(특기인 아부를 부리려는 건가?)
미쓰나리가 싸늘한 눈으로 마사이에를 바라보고 있는데, 접견실의 가신들이 술렁거리기 시작했다.
미쓰나리는 시선을 가신들 쪽으로 돌렸다.
"야, 이놈아! 그럼 우리는 굶어죽으라는 소리냐?"
나리타 나가치카에 못지않은 거한이 마사이에를 향해 소리쳤다. 수염을 부들부들 떨면서 소리치는 모습이 마치 분노에 찬 들짐승 같았다. 그 짐승 같은 거한을 나리타 나가치카가 난처한 표정으로 타일렀다.
"아, 좀 조용히 하게."
"성대님도 뭐라고 말 좀 하쇼!"
"그렇지 않아도 지금부터 하려던 중이라니까."
나리타 나가치카가 변명하는데, 가신들 가운데 높은 자리에 앉아 있던 다른 장수들도 성대를 질책했다.
"그럼 얼른얼른 하시지 뭐하는 거요? 성대님이 꾸물거리고 있으니 나도 뭐라고 하고 싶어도 말을 할 수가 없지 않소."
소년처럼 체구가 작은 사내가 나섰다.
"아아, 성대님이 말씀하실 테니 좀 잠자코 계세요."
사내는 나이든 어른을 나무라면서 나리타 나가치카를 거들었다. 미쓰나리는 그 소년 같은 사내를 알고 있다. 사카마키 유키에라는 장수였다.

(대체 이게 무슨 상황이란 말인가?)

어처구니없어 미쓰나리는 요시쓰구를 바라보았다. 그도 도무지 이해가 되지 않는다는 표정으로 턱을 쓰다듬으며 접견실의 가신들을 바라보고 있었다.

"무슨 소리를 하려는 거요? 다시 전투를 계속하기라도 하겠다는 겁니까?"

"아, 맞아. 그거야."

나가치카는 별일 아니라는 투로 말했다. 수염이 무성한 거한을 비롯해 가신들이 모두 조용해졌다.

"이시다 님."

나가치카는 실내가 조용해지자 미쓰나리를 바라보며 말을 건넸다.

"우리 성주인 나리타 우지나가의 명으로 성문을 열려고 했지만, 성에 있는 재산을 가지고 나갈 수 없다면 무사나 백성들은 모두 굶어죽을 수밖에 없소. 그렇게 죽느니 차라리 이 성을 무덤 삼아 싸우다 죽는 게 낫소. 다행히 우리 쪽에는 마사키 단바, 시바자키 이즈미, 사카마키 유키에를 비롯하여 무술이 뛰어난 가신들이 아직 건재하오. 굳이 전투를 하고 싶다면 얼마든지 상대해드릴 테니 어서 진으로 돌아가 전투 준비를 하시오."

나가치카가 당당하게 말했다.

『나리타계도』는 나가치카의 말을 이렇게 기록하고 있다.

"성 안에서 죽을 수밖에 없다. 다시 성을 지키러 나가겠다."

(역시 이 사내는 2만 명이나 되는 군사와 수공을 깬 장본인이로구나.)

마쓰나리는 그제야 마음속에 그리던 사나이를 본 느낌이 들었다. 나리타가 말을 마치고 입을 꾹 다물자 접견실이 환호성에 휩싸였다.

(잘했어!)

가이는 조심스레 손뼉까지 치며 좋아했다. 이 아가씨도 접견실 복도에서 화의 논의를 훔쳐들으며 소리는 지르지 못했지만, 기분은 들떠 있었다.

단바는 어떠한 조건이라도 받아들이고 성문을 열어야 한다고 생각했던 자신이 부끄러웠다.

(나가치카에게 전쟁은 아직 끝난 게 아니었구나.)

아니, 진짜 전쟁은 지금부터가 아닐까?

나가치카의 답변을 들은 마사이에는 안색이 점점 창백해졌다.

"네놈이 문제를 일으켰다. 네가 수습하라."

요시쓰구가 마사이에를 차갑게 외면하며 말했다.

"대답하라!"

칠흑의 마인이 마사이에에게 호통을 쳤다. 마사이에는 육식동물 우리에 던져진 먹잇감 같은 기분이었다.

"오시 성 및 영지의 재산은 마음대로 가지고 나가도록 하라."

마사이에는 간신히 말했다.

"아니! 우리는 이미 싸우기로 결정했다."

나가치카는 표정에 변화도 없이 퉁명스럽게 대꾸했다.

"재산은 마음대로 가지고 나가라고 하지 않는가!"

마사이에는 거의 울먹이는 목소리로 소리쳤다.

"그런 소리 하지 말라. 성의 재산이 탐난다면 무력으로 빼앗으면 된다."

(제정신인가?)

잔뜩 긴장한 마사이에는 나가치카의 의도가 무엇인지 머릿속으로 가늠해보았다. 마사이에도 바보는 아니다. 미쓰나리에 필적할 두뇌를 지닌 장수였다. 마사이에는 나가치카의 무표정한 얼굴에서 속내를 읽어낼 수 있었다.

(……진심이로구나.)

결론에 이른 마사이에는 자신의 섣부른 언동을 후회했다.

"나리타 님."

미쓰나리가 미소를 지으며 말했다.

"그렇게 사람 곯리지 마시오. 관백 전하께서 원하시는 것은 단지 성문을 열어달라는 것뿐. 다른 것은 전혀 없다고 알고 있소."

나가치카가 말했다.

"그런가? 그럼 그건 됐고."

나가치카가 순순히 물러났다.

마사이에는 나가치카에게 희롱당한 기분이 들었다.

(이놈이!)

마사이에의 머릿속에서 부아가 치미는데, 나가치카가 더욱 불을 지르는 소리를 했다.

"그렇다면 우리도 성문을 여는 조건으로 두 가지만 이야기하겠소."

"패한 쪽에서 조건을 붙인단 말인가?"

마사이에는 무심코 언성을 높였다.

"엥?"

나가치카가 그런 소리를 내며 마사이에를 흘끔 보았다. 마사이에는 흠칫 기가 죽어 입을 다물었다.

"말하시오."

미쓰나리가 부드러운 음성으로 재촉했다.

"그렇다면 이야기하겠소."

나가치카는 자세를 가다듬었다.

나가치카가 내건 조건은 미쓰나리나 가신들이 듣기에도 기묘한 것들이었다.

"이번 두 차례 전투에서 여기저기 어질러놓은 흙 가마니 말이오. 그걸 깨끗하게 치워달란 거요. 그냥 두면 농민들이 논농사를 지을 수 없을 테니까."

나가치카는 "그거야 뭐 어질러놓은 사람이 치우는 게 당연한 노릇이겠고."라며 구시렁구시렁 덧붙였다.

(또 논농사 이야기인가?)

나리타 가신들 사이에서 작은 웃음소리가 났다.

(뭔가 싶었더니 내세울 조건이란 게 고작 그거란 말인가?)

미쓰나리도 따라서 웃고 말았다.

"알았소. 두 번째는?"

나가치카는 감정이 실리지 않은 표정으로 입을 열었다.

"그리고 그쪽 병사들 가운데 투항한 농민을 벤 자가 있소. 그자의 목을 내놓으시오."

나지막한 목소리로 말했다. 듣는 이에 따라서는 아주 냉정하리만치 잔인한 음성이었다.

나가치카의 조건만큼이나 미쓰나리가 보인 반응 또한 뜻밖이었다.

"그건 용서할 수 없는 일이로구려."

미쓰나리가 노기를 띠며 대꾸했다.

자기 병사 가운데 농민을 벤 자가 있다니. 미쓰나리는 무슨 일이 있어도 힘없는 양민을 학대하는 짓은 용서할 수 없었다.

(저 친구답군.)

얼굴까지 벌겋게 달아오를 정도로 화가 난 미쓰나리를 바라보며 요시쓰구가 슬쩍 웃었다.

"알겠소. 어느 장수 휘하에 있는 자건 찾아내서 목을 베리다."

미쓰나리는 떨리는 목소리로 단단히 약속했다.

나가치카가 비로소 웃음을 보인 것은 바로 그때였다. 미쓰나리의 눈에는 언뜻 광채가 비치는 듯한 느낌을 주는 함박웃음이었다.

(저렇게 웃는 모습을 보이기도 하는가?)

미쓰나리는 저도 모르게 히데요시를 떠올렸다. 히데요시도 거리낌 없이 웃는 남자였다. 그 웃음은 이유를 따질 수도 없고, 가늠할 수도 없는 얼굴 표정이었다. 저렇게 웃는 모습을 보면 가신들도 어찌할 바를 모를 것이다.

나가치카의 웃는 모습에 정신이 팔려 있는 미쓰나리에게 요시쓰구가 작은 목소리로 속삭였다.

"총대장, 그 이야기."

할 수만 있다면 잊은 척 그 이야기를 꺼내고 싶지 않았다. 하지만 채근까지 받은 상황에서 모른 척한다면 분명 요시쓰구가 나서서 언급할 것이다.

"그런가?"

미쓰나리는 고개를 숙여 무릎에 시선을 두었다가 이윽고 고개를 들었다.

"아직 한 가지 조건이 남아 있소."

"나리타 우지나가의 딸 가이를 전하의 곁에 두도록 한다."

접견실에 모인 가신들 모두 흠칫했다. 하지만 나가치카는 안색 하나 변하지 않고 장지문 쪽으로 시선을 던졌다. 문 밖에서 가이가 귀를 기울이고 있을 것이었다.

나가치카가 미쓰나리를 바라보며 대답했다.

"알겠소."

마치 별일 아니라는 투였다.

장지문 밖 복도에서 누군가 뛰어나가는 발소리가 들려왔다.

"이게 화의 조건의 전부요."

미쓰나리가 말했다.

"그럼 이만."

나가치카는 훌쩍 자리에서 일어섰다.

(잠깐만.)

미쓰나리는 무심코 손을 들었다. 나가려는 나가치카를 막고 싶었다.

(그토록 치열하게 싸웠는데 당신과의 만남이 겨우 이렇게 끝난단 말인가?)

(나는 너라는 남자를 더 알고 싶단 말이다.)

그러나 잡담을 싫어하는 미쓰나리는 엉뚱한 질문을 했다.

"나리타 님, 그 상처는 전투에서 입은 부상이오?"

나가치카는 마루하카야마 산에서 저격 명령을 내린 사람이 미쓰나리라는 사실을 아는지 모르는지 평소처럼 실실거리는 말투로 대답했다.

"아, 뭐. 난 화살이나 탄환은 싫어하오. 단바 녀석이 싸움에 나가지 못하게 해서 가신들을 춤으로 위로라도 할까 생각했는데 그만 당하고 말았소. 그런데, 그 명령을 내린 게 당신이오?"

미쓰나리는 짐짓 놀란 표정을 지었다. 나가치카는 '어때, 재미있었느냐?'라고 묻듯이 반짝거리는 눈으로 미쓰나리를 바라보았다.

(아무래도 대화가 될 것 같지 않군. 설사 된다고 해도 내가 할 이야기는 없겠구나.)

천하의 명장이라는 히데요시의 언행을 20년 가까이 지켜본 미쓰나리였다. 마음속에 오만가지 생각이 들어 있는 것이 명장들이다.

(혹시 저 사람 말에는 특별히 담긴 의미가 없는 게 아닐까?)

미쓰나리는 나가치카에게서 무언가를 끄집어내보겠다는 생각을 곧바로 접었다. 그런데도 의도와는 다르게 나가치카가 뿜어내는 분위기에 자신이 빨려 들어가고 있었다. 스스로가 생각해도 놀랄 만큼 말을 많이 하고 있었다.

"전투에 나서지 못하게 한 장수가 마사키요?"

미쓰나리는 단바를 바라보며 물었다.

"사마구치를 지키던 마사키 단바 님이시로군. 우리 장수가 혼쭐이

났다던데."

미쓰나리는 마사이에를 가리키며 말했다.

단바는 차분한 표정으로 말했다.

"아니오. 내가 막아내느라 힘들었소."

미쓰나리는 전혀 힘들지 않았다는 사실을 알 수 있다. 곁에 있는 마사이에가 몸을 움츠리는 것만 보더라도 분명했다.

미쓰나리는 유키에에게 시선을 돌렸다.

"그쪽 젊은 무사는 나를 상대한 사카마키 님이시군."

"그렇소."

유키에는 천하의 다이묘도 눈치를 살피는 미쓰나리를 무시하는 듯한 눈빛으로 바라보더니 턱을 치켜들고 웃었다.

"젊은이가 상당히 뛰어나더군."

미쓰나리의 말을 들은 유키에의 표정이 갑자기 일그러졌다. 미쓰나리는 속으로 살짝 놀랐다.

"적장한테 그런 말을 듣다니……."

유키에는 더 이상 말을 잇지 못하고 눈물을 뚝뚝 흘리며 울기 시작했다. 주군이나 아군의 장수들에게 들을 수는 있어도, 적에게 칭찬을 받는 일은 흔치 않다. 유키에의 귀에는 아군과 적군의 관계를 넘어선, 말로 표현할 수 없는 찬사처럼 들렸다.

(순수한 무사로군.)

미쓰나리는 자기 부대를 쳐부순 젊은 무사가 의외로 순진하다는 사실에 감동했다.

"그대만 한 장수는 관백 전하의 직속 부하 가운데도 찾아볼 수 없소."

 미쓰나리의 말에 젊은 무사는 표정을 싹 바꾸며 대꾸했다.

"뭐, 나야 전투의 천재니까요."

 다른 이들은 여전히 입을 다물고 있었다.

"전하께서도 인정하는 장수, 오타니 요시쓰구를 깬 시바자키 님은 어디 계신가?"

 미쓰나리가 이즈미를 찾았다.

"이제야 내 차례인가?"

 마사키 단바 옆에 앉아 있던 거한이 천둥 같은 목소리로 대꾸했다. 미쓰나리는 우렁찬 목소리에 깜짝 놀란 모습을 보일 뻔했다.

"무공 일등은 그대인가? 하기야 우리 편 오타니는 오시 성 공격에 최강 군단을 데리고 나섰으니."

 미쓰나리는 이즈미에게 살짝 고개를 숙였다. 미쓰나리가 쓴웃음을 짓게 된 것은 다음 순간이었다.

"그렇지."

 이즈미는 마사키 단바를 의기양양한 얼굴로 바라보았다.

 미쓰나리가 슬쩍 고개를 돌려 요시쓰구를 보니 그도 쓴웃음을 지으며 '저게 나하고 싸운 녀석이야'라는 표정을 지었다.

 단바는 이즈미에게 시끄러우니 그만하라는 듯이 "그래, 알겠네"라고 대꾸했다.

(참 특이한 친구들이로군.)

 미쓰나리는 어이가 없었지만, 한편으로는 희귀한 야생동물을 구경하는 기분이 들기도 했다.

(……그만 갈까?)

자리에서 일어서려다가 미쓰나리가 멈춰 섰다. 꼭 묻고 싶은 말이 있었다.

"나리타 님."

미쓰나리는 다시 나가치카를 불렀다. 나가치카는 '엥?' 하는 표정으로 얼굴만 내밀었다.

"호수 위에서 춤을 춘 건 계책이었소? 그렇지요?"

나가치카는 미소를 지으며 딱 한마디만 했다.

"설마."

(역시 그런가? 나한테 속셈을 다 드러낼 사내가 아니지.)

"그럼 이만."

미쓰나리는 그제야 자리에서 벌떡 일어섰다.

"잠깐만."

미쓰나리를 불러 세운 이는 단바였다. 단바는 성주인 우지나가가 보낸 사자도 가져오지 못한 소식이 궁금했다.

(우리는 얼마나 용감하게 싸운 걸까……)

난세를 살아가는 단바는 그 점이 궁금했다.

"호조 가문의 지성은 몇 곳이나 남았소?"

단바가 물었다.

"모르고 있었소?"

미쓰나리는 뜻밖이라는 표정으로 단바를 바라보았다. 그리고 모두가 깜짝 놀랄 사실을 전했다.

"이 성뿐이오. 함락되지 않은 성은."

미쓰나리는 통쾌하기 짝이 없다는 듯이 외쳤다. 그는 나리타 가신들을 향해 돌아서서 덧붙였다.

"이 오시 성 공격에서 나는 큰 타격을 입었소. 하지만 이 전투는 반도 무사의 용맹을 드러낸 전투로 백 년 뒤에도 계속 언급될 것이오."

접견실을 메운 반도 무사들의 얼굴에 자랑스러운 표정이 떠올랐다.

"잘 싸우셨소."

미쓰나리가 힘차게 선언하고 살짝 고개를 숙였다. 오시 성 무사들이 일제히 외쳤다.

"옙."

31

 미쓰나리, 요시쓰구, 마사이에가 사마구치 성문을 지나 오시 성을 나왔다.
 "먼저 가겠네."
 아직 분을 삭이지 못했는지 마사이에는 툭 내뱉고 말을 달려 먼저 가버렸다. 말 머리가 마루하카야마 산을 향하고 있었다. 먼저 가겠다기보다 조금이라도 빨리 이 자리를 벗어나고 싶은 것이 분명했다. 미쓰나리는 왠지 자꾸 웃음이 났다.
 "졌어, 졌어. 완패야."
 부하들이 듣는데도 아랑곳하지 않고 큰 소리로 외쳤다. 패배를 인정했지만 상쾌하고, 후련하기까지 했다.
 요시쓰구는 조금 전부터 계속 고개를 갸웃거리고 있었다.
 "이해가 안 가는군. 어떻게 오시 성 총대장이 그 유별난 장수들을 지휘할 수 있었을까?"
 요시쓰구는 나가치카가 배 위에서 춤을 추는 모습을 보았을 때 그가 장수로서 대단한 그릇이라고 확신했다. 하지만 조금 전 접견실에서 마사키, 시바자키, 사카마키 같은 중신들이 나리타 나가치카를 대하는 태도를 보면 도저히 휘하의 장수들을 통솔할 수 있을 것 같지 않았다.

"불가능하겠지."

미쓰나리는 당연하다는 듯이 말했다.

"통솔은커녕 아무것도 할 수 없을 거야. 그게 저 나리타 나가치카라는 사내가 지닌 장수로서의 비밀이지. 그래서 가신들은 물론이고 백성들까지 다들 보살펴주려고 드는 걸세. 나가치카는 그런 사람이야."

미쓰나리는 직접 만나고 나서야 나리타 나가치카의 그릇을 간파한 것 같았다. 하지만 처음 그 사내를 보았을 때 느낀 어리석어 보이는 인상이 실제 모습이 아닐까 하는 의구심도 여전히 떨쳐내지는 못했다. 실제로 미쓰나리는 그 총대장이 지휘하는 모습을 본 적이 없다. 두 눈으로 본 것은 배 위에서 춤을 추던 모습과 화의 조건을 협상할 때 이야기하던 모습뿐이다.

(어쩌면 그 남자는 있는 그대로의 모습을 내보이고 있는 건지도 모른다.)

미쓰나리는 나리타 나가치카라는 사내가 도무지 이해되지 않았다. 하지만 그의 어리석은 모습이 허풍 심한 가신들과 고집스러운 백성들 사이에서 절묘한 조화를 이루고 있다는 사실만은 알 수 있었다.

"이 오시 성은 무사와 백성들이 하나가 되어 있어."

미쓰나리는 고개를 돌려 성을 돌아보았다.

"애당초 이해득실로 맺어진 우리가 이길 수 있는 상대가 아니었던 거지."

(그럴지도 모른다.)

요시쓰구도 속으로 고개를 끄덕였다.

오다와라 성에서 히데요시에게 아부하며 뭔가 이익이나 얻으려는 자들이 모인 군대는 애당초 오합지졸에 불과하지 않았을까? 그 좋은 예가 저 앞에서 멀어져가는 마사이에일 것이다.

"이보게."

미쓰나리가 요시쓰구를 바라보며 입을 열었다.

"나는 군사 전략에 재능이 없다는 사실을 깨달았네."

요시쓰구는 친구가 오시 성을 함락하지 못한 것을 반성하고 있다고 생각하며 놀리듯 대꾸했다.

"그렇다면 앞으로는 이재에 밝은 장점만 살릴 텐가?"

"아니."

미쓰나리는 고개를 젓더니 새로운 희망을 말했다. 요시쓰구가 깜짝 놀랄 정도로 거대한 염원이었다. 미쓰나리는 뒤늦은 반성 같은 건 하지 않는 남자였다.

"난 언젠가 내 영지의 반을 갈라서라도 최고의 무사들을 거느리고 천하제일의 대전투를 지휘해보겠네."

나중 일이지만(시기에는 여러 가지 설이 있다) 이시다 미쓰나리는 오우미노쿠니 미즈쿠치의 영주였을 때 자신의 녹봉 4만 석에서 절반을 떼 주면서까지 당시 가장 지혜롭고 뛰어난 장수라던 시마 사콘(생몰 연도가 분명하지 않지만 대개 1540~1600년으로 본다 ─ 옮긴이)을 초빙했다.

히데요시가 죽고, 오시 성 전투가 벌어진 지 10년 뒤인 게이초 5년(1600년) 미쓰나리는 도쿠가와 이에야스와 맞서 세키가하라 대전을 벌이지만, 패주하고 오우미 산속에서 숨어 있다가 잡히고 만다. 도주한 미쓰나리를 숨겨주었던 사람은 그의 영지 농민들이었다고 한다. 체포된 뒤에 목에 칼을 차고 오사카, 사카이 등의 도시를 돌아 교토로 호송되었다.

교토 로쿠조가와라의 형장에서도 미쓰나리의 강인한 정신은 흔들림이 없었다. 유명한 고승이 마지막으로 불경을 읽어주겠다고 했지만 정중하게 거절하고, 여느 때와 다름없는 태도로 죽음을 맞이했다고 한다.

『명장언행록』에는 이런 이야기가 적혀 있다.

미쓰나리가 목에 칼을 차고 이리저리 끌려 다닐 때였다. 길가에서 구경하던 사람이 조롱했다.

"천하를 손에 넣으려던 이시다 미쓰나리의 꼴을 보아라!"

미쓰나리는 소리가 난 쪽으로 고개를 돌리고 당당하게 말했다고 한다.

"내가 대군을 이끌고 천하를 판가름할 전투를 벌인 일은 하늘과 땅이 무너지지 않는 한 숨길 수 없을 터. 한 점 부끄러움 없다."

오시 성을 떠나며 천하의 전투를 다짐했던 미쓰나리에게 미련은 전혀 없었을 것이다. 오타니 요시쓰구는 오시 성 전투 후 병에 걸려 피부가 헐고 시력을 잃었다. 미쓰나리가 도쿠가와 이에야스와 결전을 벌이겠다고 다짐했을 때 그가 머물던 오우미노쿠니의 사와산성에서 여러 날에 걸쳐 마음을 돌릴 것을 설득했다고 한다. 미쓰나리의 친구이기 때문이었을 것이다.

"자네 재능은 누구도 따라가지 못할 걸세. 하지만 매우 중요한 부분이 좀 모자르지. 자네 전략은 전혀 승산이 없어."

하지만 미쓰나리는 오시 성을 공격할 때와 마찬가지로 요시쓰구의 조언에 귀를 기울이지 않았다. 요시쓰구는 미쓰나리가 뜻을 굽히지 않을 거라고 보고, 패전을 각오하면서까지 친구의 진영에 가세했다. 병든 몸을 감추기 위해 얼굴을 흰 천으로 가리고 가마를 탄 채로 전쟁터로 향했다.

요시쓰구에게는 내키지 않는 전투였다. 도쿠가와 이에야스 진영에 가담한 장수들은 전투가 시작되기 전에 이런 소문을 입에 올렸다고 한다.

"이번 전투에서 미쓰나리의 장수 중에 오타니 요시쓰구가 반드시 전사할 것이다."

소문대로 요시쓰구는 세키가하라 전투에서 싸우다 죽었다.

나쓰카 마사이에도 세키가하라 전투에서 미쓰나리 측에 가담했다. 하지만 전쟁터에서 제대로 싸워 보지도 못하고 도망쳤다. 그러다 이에야스 측의 야마오카 호아미가 이끄는 부대와 맞닥뜨려 호되게 당한 끝에 자기 성으로 도망쳤다.

『고금무가성쇠기』에는 그때의 일을 이렇게 적었다.

'몇 되지 않는 작은 부대에게 패배해 여러 사람에게 웃음거리가 되었다.'

자기 성으로 도망친 마사이에는 성을 포위한 이케다 데루마사의 "이 영지는 지킬 수 있도록 이에야스 공에게 부탁을 드리겠다"라는 말에 속아 넘어가 성문을 열었다가 바로 붙잡혀 오우미의 히노에서 사형을 당했다.

미쓰나리가 떠났지만, 오시 성 접견실에서는 한동안 아무도 자리를 뜨는 이가 없었다.

이윽고 나가치카가 일어섰다.

"자, 인연이 있으면 또 봅시다."

우지나가가 따라와도 좋다는 허락을 내린 가신은 몇 되지 않았다. 무사들 대부분은 이 자리에서 해산되었다. 가신들이 지켜보는 가운데 나가치카는 똑바로 앞만 보며 접견실을 떠났다.

조금 전 접견실 복도를 뛰쳐나간 가이는 혼마루 보루에서 얼굴을 가리고 울고 있었다.

"히메."

남자의 손이 가이의 어깨에 살짝 닿았다. 가이는 목소리의 주인을 바로 알 수 있었다. 유키에였다.

"군량미를 가지고 나가느냐 못 나가느냐를 두고 그렇게 물고 늘어지면서 내 문제는 냉큼 받아들이다니!"

가이는 돌아서자마자 언성을 높여 나가치카를 욕했다.

"나가치카 님을 무척 좋아하셨군요."

유키에가 미소를 지으며 말하자 가이는 발끈하며 고개를 돌렸다.

"미워! 그런 녀석!"

유키에가 타이르듯 말했다.

"히메. 조만간 그 원숭이 녀석에게 안기게 될 겁니다. 그러니까 지금이라도 진심으로 좋아하는 남자 품에 안기세요."

좋아하는 여자의 마음을 얻지 못한 남자들이 꼭 하는 말이었지만, 진심으로 여자를 위한 말이었다.

"그래야겠어."

서둘러 혼마루 쪽으로 돌아가는 가이를 보며 유키에는 살짝 실망했다.

유키에는 멀어져가는 가이의 뒷모습을 지켜보았다. 가이는 불쑥 걸음을 멈추고 잠시 서 있다가 돌아서서 외쳤다.

"유키에, 난 말이야 원숭이 녀석의 뼈까지 녹여서 침실에서 놈의 영지를 빼앗아버릴 테야."

영지를 놓고 전투를 벌이는 무장 같은 표정으로 큰소리쳤다.

나중 일이지만 가이는 간토 지역 정벌을 끝낸 히데요시가 군사들을 계속 진군시켜 오슈(무쓰노쿠니를 줄여서 부르는 말. 일본 혼슈의 동북지방 ─옮긴이)를 정벌하던 중에 시모쓰케노쿠니(지금의 도치기 현) 오야마에 들렀을 때 처음 대면해 첩실이 되었다고 한다. 그 뒤로는 '가이히메'라고 불리며 오사카 성에서 살았다.

아라이 하쿠세키가 쓴 『번한보』에 따르면 '히데요시의 총애가 깊었다'고 한다. 틈이 날 때마다 가이가 아버지에게 영지를 달라고 떼를 써서 히데요시는 시모쓰케노쿠니의 가라스야마 3만 석을 우지나가에게 주었다는 이야기도 적혀 있다. 당시 사람들에게는 깜짝 놀랄 일이었다.

사람들은 "한 여인이 잠자리 한두 번 하는 사이에 3만 석이 오갔다"라며 통쾌하게 여겼다고 한다.

가이가 무술이 뛰어났던 것은 사실인 모양이다.

나리타 우지나가가 아이즈에 있는 가모우 우지사토에게 몸을 의탁했을 때 우지사토의 가신이 반역을 꾀해 가이의 계모인 다마가 죽고 말았다. 오시 성 전투가 벌어진 지 1년 뒤의 일이다. 우지나가는 마침 집을 비운 상태였는데, 모반을 꾀한 자를 나기나타(긴 자루 끝에 언월도처럼 휘어진 칼날이 달린 무기로 예전에는 여성들이 사용했다고 한다 ─옮긴이)로 죽인 사람이 가이였다고 한다. 『나리타기』에 나오는 내용이다.

오시 성 혼마루에서 히데요시의 영지를 빼앗겠다고 호언장담한 가이는 한동안 유키에를 바라보았다. 이윽고.

"유키에. 너도 얼간이야!"

그렇게 소리치더니 현관 안으로 달려 들어갔다.

오시 성 전투가 시작되기 직전에 시모오시구치에서 가이가 유키에에게 한 입맞춤은 거짓이 아니었다. 가이를 향한 유키에의 흔들리지 않은 사랑은 이 어린 아가씨의 마음을 흔들어놓기에 충분했다. 유키에는 그제야 가이의 속마음을 깨달았다. 하지만 이미 가이의 모습은 보이지 않았다.

"정말, 나도 얼간이로군."

유키에는 자조 섞인 웃음을 지었다.

그 뒤 사카마키 유키에의 행적은 묘연하다. 『나리타기』, 『간핫슈고전록』 등의 책도 시모오시구치에서 유키에가 분전한 모습을 전할 뿐이다. 오시 성이 있던 사이타마 현 교다 시에는 지금도 '사카마키'라는 지명이 남아 있다. 이 젊은 장수가 살았던 곳일지도 모를 일이다.

"유키에, 차였느냐?"

쩌렁쩌렁 울리는 큰 목소리가 들려왔다. 이즈미였다.

유키에는 대꾸도 하지 않고 적갈색 말에 올라탄 이즈미를 쳐다보았다. 이즈미의 손에는 뜻밖의 물건이 들려 있었다.

"아니, 그건 개주창 아닙니까?"

"드디어 단바가 나한테 넘겨줬지."

이즈미는 자랑스럽다는 듯 개주창을 들어 보였다. 개주창은 물려주고 물려받는 물건이 아니다. 주군의 허락을 받으면 스스로 마련하는 무기다. 하지만 단바는 자신의 개주창을 이즈미에게 주었다.

이즈미가 "좀 가벼운가?" 하며 은근히 자기가 단바보다 힘에 센 것을 자랑을 했다. 그때였다.

"여보."

여자 목소리가 들려왔다.

"이크."

이즈미가 머뭇머뭇하면서 말 위에서 뒤를 돌아보았다. 젊은 여자가 언짢은 듯 발을 구르며 걸어왔다. 나이는 유키에와 비슷해 보였다. 스무 살 조금 넘었으려나?

"그것 보세요. 제가 말씀드렸잖아요. 질 수밖에 없는 전투였다고. 이젠 전쟁터에는 나갈 수 없어요. 그렇게 아세요."

화가 난 젊은 여자가 이즈미에게 쏘아붙였다.

"여기 오지 말라고 했잖소."

이즈미는 기가 죽은 표정으로 대꾸했다. 처음 보는 모습이었다.

"누구죠?"

유키에가 자못 궁금하다는 듯이 물었다.

"마누라."

"저 여자가?"

유키에는 어처구니가 없었다. 자식을 줄줄이 낳은 이즈미는 아내에게 호통을 쳐 입을 다물게 한 다음 전투에 나선다고 했는데, 순 거짓말이었던 건가?

"유키에, 단바한테 이르면 안 돼."

이즈미는 유키에를 보며 히죽 웃더니 한 손으로 아내를 가볍게 들어 올리더니 말 머리를 돌렸다.

"그럼 이만."

이즈미가 말을 달려 사라졌다.

시바자키 이즈미라는 사나이도 『나리타기』나 『간핫슈고전록』 등의 책에 나가노구치에서 열심히 싸웠다는 기록만 있을 뿐, 그 뒷일은 적혀 있지 않다. 『나리타기』에는 지금의 치치부철도 모치다 역 근처에 있는 죠케이인 부근에 살았다고 적혀 있는데, 더 자세한 내용은 알 길이 없다.

단바는 나가치카를 따라 접견실을 걸어 나왔다. 한쪽 팔을 쓰지 못하는 나가치카를 업고 산노마루의 성루에 올랐다. 나가치카가 떠나기 전에 오시 성을 보고 싶다고 부탁했기 때문이다.

보루에서 나가치카를 업느라 묶은 굵은 새끼줄을 풀며 단바가 물었다.

"자네 히메를 좋아하지?"

단바는 가이가 측은해 견딜 수 없었다. 어린 아가씨를 히데요시의 첩실로 달라는 조건에 나가치카는 아무런 저항도 하지 않았다. 단바가 두 사람 사이에 끼어들 아무런 이유도 없었지만, 나가치카가 어떻게 대답하느냐에 따라 반쯤 죽도록 때려줄 작정이었다. 그는 슬며시 주먹을 쥐었다.

나가치카는 쓸쓸히 미소를 지었다. 그리고 살짝 고개를 끄덕였다.

"그럼 됐네."

단바는 쥐었던 주먹을 풀었다. 살짝 화난 목소리로 말하고, 사다리를 내려갔다. 아래 묶어 둔 말에 올라타고 사마구치 쪽으로 향했다.

호수 위의 외길을 따라 성 정문을 나서 세이젠지 앞을 지나 사마구치에 도착했다. 말을 탄 채로 문을 나와 성 밖을 둘러보았다. 자신이 한껏 살육을 저지르던 전쟁터가 펼쳐져 있었다.

(여기로 정하자.)

단바가 마음을 굳힌 바로 그때였다.

"이봐, 골목대장 마사키."

묘료의 목소리가 들려왔다.

돌아보니 묘료만 있는 게 아니었다. 수공을 겪을 때 혼마루로 피신하다가 말에 태워준 모녀도 있었다. 치요와 치도리였다. 촌장인 다베에도 고개를 숙이며 다가왔다.

"아, 영감님. 그리고 꼬마 아가씨. 지난번에는 고마웠어."

단바가 말했다. 치도리가 코를 문지르며 대꾸했다.

"괜찮아, 괜찮아."

그때 성 밖 논둑길을 한 남자가 "여기야, 여기" 하고 소리를 지르며 달려왔다. 남자를 발견한 다베에와 치요, 치도리도 함께 소리쳤다.

"누군가, 저 사람은?"

단바가 물었다.

"아버지야."

치도리가 단바에게 소리쳤다.

가조였다.

단바는 말없이 치도리를 바라보며 고개를 끄덕였다. 할 말도 없었다. 단바는 달려오는 남자에 대해 아는 바가 전혀 없었다.

치요가 가장 먼저 달려 나가고, 치도리가 그 뒤를 따랐다. 마지막으로 다베에가 가조를 향해 걸어갔다. 치요와 가조 부부는 논둑길 위에서 서로 꼭 부둥켜안았다. 치도리도 아버지의 다리에 매달렸다. 다베에는 아들의 어깨에 손을 얹었다.

그 광경을 보고 있던 단바에게 묘료가 말했다.

"앞으로 어떻게 할 거냐?"

"사무라이 노릇은 그만둘 거요. 이 사마구치 땅에 절이라도 세워 전쟁을 하다가 죽은 사람들의 넋을 달랠 생각이요."

단바는 방금 결정한 것을 이야기했다.

전쟁이 두렵다고 하면서도 무수히 많은 전쟁터에서 사람 목숨을 빼앗아온 사내의 결론이었다. 하지만 묘료는 단바의 속마음을 아는지 모르는지 투덜거렸다.

"절이라. 나하고 경쟁을 하겠구나."

"그런 셈이오."

단바는 하늘을 우러러 껄껄 웃었다.

마사키 단바는 우지나가가 몸을 의탁한 아이즈로 따라가지 않고 이곳에 머물러 살았다. 오시 성 전투가 끝난 그해, 사마구치에 고겐지를 짓고 전쟁터에서 죽은 사람들의 넋을 달랬다고 한다. 하지만 단바는 그 이듬해에 세상을 떠났다. 덴쇼 19년(1591년) 6월 2일이다. 그의 묘는 고겐지에 있다.

산노마루 성루에 오른 나가치카는 큰 키를 잔뜩 구부리고 하염없이 성 밖을 바라보았다. 성 밖에서는 약속대로 미쓰나리의 병사들이 흙가마니를 치우고 있었다. 성문으로 쌀가마니를 실은 수레를 끌고 농민들이 빠져나가는 모습이 보였다.

자기가 요구한 일들이 벌어지고 있었지만, 나가치카는 여느 때와 마찬가지로 무표정하게 눈앞의 광경을 지켜보고 있었다.

나중 이야기지만 나리타 나가치카는 가신들이 일을 할 곳을 알선하느라 심혈을 기울였다. 나리타 가문의 전투를 높게 평가한 도쿠가와 이에야스가 많은 녹을 주며 그들 대부분을 받아들였다고 한다.

나가치카는 성문을 열어 관백의 군사를 받아들인 뒤, 당주인 나리타 우지나가를 따라 아이즈로 갔다. 우지나가가 시모쓰케노쿠니에 있는 가라스야마에 영지를 받았을 때도 따라갔지만, 그 뒤에 우지나가와 불화가 생겨 헤어졌다. 『나리타계도』에 따르면 우지나가의 사과를 받아들이지 않고 삭발한 뒤 지에이사이라는 법명으로 살았다고 한다. 그 뒤에는 오와리노쿠니에 살다가 게이초 17년(1612년) 12월 4일에 세상을 떠났다. 67세였다. 그 자손은 대대로 비슈 도쿠가와 가문에서 일했다고 한다.

끝으로, 오시 성……:

오시 성은 『나리타계도』에 따르면 덴쇼 18년(1590년) 7월 16일에 미쓰나리에게 넘어갔다. 오다와라 성이 함락된 지 11일 뒤의 일이다.

그 뒤로 몇 차례 주인이 바뀌어 마쓰다이라 씨가 성주일 때 메이지 유신을 맞이했다. 지금은 성이 철거되었고 호수 대부분이 매립되어 센고쿠 시대의 모습을 떠올릴 수 없다. 미쓰나리가 쌓은 인공 둑 일부가 이시다 둑이라는 이름으로 남아 있을 뿐이다.

옮긴이의 말

소설 속에 친절하게 설명되어 있어 미리 시대배경을 공부해야 할 정도는 아닙니다. 이 소설은 오다 노부나가가 무로마치바쿠후를 쓰러뜨린 뒤의 시대를 그립니다. 아즈치모모야마 시대라고 부르기도 합니다. 오다 노부나가와 도요토미 히데요시의 시대라고 보시면 됩니다. 그 뒤를 이어 일본을 통일하고 에도 시대를 연 도쿠가와 이에야스도 이 소설에 살짝 등장합니다. 일본 역사소설이 즐겨 다루는 시대입니다.

오다 노부나가가 죽은 뒤, 일본을 이루는 가장 큰 섬인 혼슈 대부분의 지역을 손에 넣은 도요토미 히데요시는 각 다이묘들 사이에 사적인 전쟁을 금지한다는 '소무지레이(惣無事令)'를 내립니다. 하지만 분쟁은 끊이지 않습니다. 그래서 '소무지레이'를 위반했다는 빌미로 도요토미 히데요시는 수많은 다이묘들을 동원하여 규슈를 정벌합니다.

규슈 정벌 뒤, 간토 지방을 지배하던 호조 가문은 사나다 가문과 영지 분쟁을 일으킵니다. 히데요시는 분쟁 조정을 통해 누마다 성을 비롯한 넓은 땅을 호조 가문의 영지로 인정해 줍니다. 1589년의 일입니다. 대신 호조 우지마사와 호조 우지나오 가운데 한 명이 도읍인 교토로 오라고 명령합니다. 하지만 그들은 히데요시의 명령에 따르지 않습니다. 그런 와중에 호조 진영의 이노마타 노리나오가 사나다 가문의 영역인 나구루미 성을 점령하는 일이 일어납니다. 그러자 도요토미 히데요시는 자신이 내린 소무지레이를 위반했다고 하여 전국의 다이묘를 동원하여 오다와라를 공격하게 됩니다.

이 작품 속에서 히데요시가 "호조는 요 근래 조정을 무시할 뿐 아니라 불러도 도읍에 올라오지도 않는다"라며 오다와라 성 공격을 지시하는 장면이 있는데, 그 배경에는 위와 같은 사정이 있습니다.

우리 쪽에서 보자면 임진왜란(1592년~1598년) 직전의 일본 상황입니다. 오다와라 공격에 참가한 많은 다이묘들이 임진왜란 때 군사들을 이끌고 조선을 침공합니다. 예를 들면 이 소설 본문에 다음과 같은 내용이 나옵니다.

"오다와라 성 앞바다인 사가미 만은 초소카베 모토치카, 구키 요시다카, 와키자카 야스하루, 가토 요시아키 등의 수군이 봉쇄한다."

여기 언급된 모든 장수들이 임진왜란 때 참전했습니다. 특히 가토 요시아키, 구키 요시다, 와카자카 야스하루는 한산도에서 이순신 장군에게 크게 패한 장수들입니다. 이들은 이 소설에서 큰 역할을 하지 않습니다. 하지만 오시 성을 공격하는 총대장으로 이 소설에서 중요한 역할을 하는 이시다 미쓰나리 역시 임진왜란에 참전합니다. 친구인 오타니 요시쓰구와 함께 한성에 주둔하며 행주산성 전투를 치르기도 합니다. 그는 맡은 임무 때문에 강화협상에 적극 나서는 등 전쟁을 마치려는 움직임을 보여 반대파들의 미움을 사기도 했습니다.

옮긴이의 말

역사는 해석하기 나름이라고도 합니다. 역사 속의 한 사건도 들여다보는 이의 시각에 따라 조금씩, 혹은 크게 다르게 보입니다. 중요한 것은 우리가 다른 시각들 속에서 무엇을 얻느냐 하는 문제일 것입니다. 이 소설을 통해 일본 역사의 중요한 한 장면을, 그 역사를 산 '사람들'을 엿볼 기회를 얻기 바랍니다.

특히 이 소설 속의 '나리타 나가치카'가 보여주는 지도자로서의 모습은 시사하는 바 큽니다. 일본 독자들도 이 소설에서 '바람직한 지도자상'을 찾는 모양입니다. 이 작품이 많은 이들의 사랑을 받고 2011년에 영화로 만들어져 개봉되는 까닭 또한 거기 있다고 할 수 있을 겁니다.

권일영

* 이 책의 제목 '노보우'는 원래 장음 표기를 금지하는 국립국어원 표기법에 따르면 '노보'로 해야 하지만 편집부가 고민 끝에 '노보우'로 표기했습니다.
* 최대한 한자를 쓰지 않는다는 편집부 방침에 따라 극히 일부분에만 한자를 넣었습니다. 한자 표기가 궁금하시거나 문의 사항이 있는 분들은 http://mystery.or.kr/forums/의 '상담실' 메뉴, anuken@gmail.com으로 부탁드립니다.

오시 성 지도

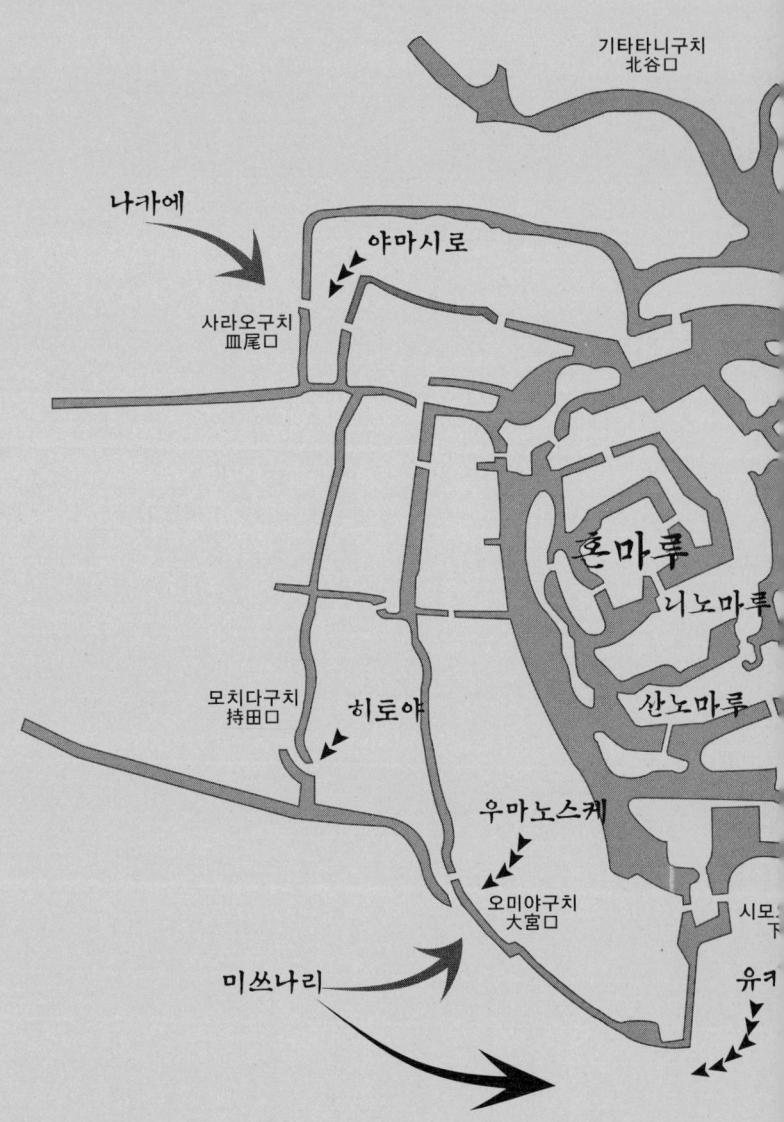

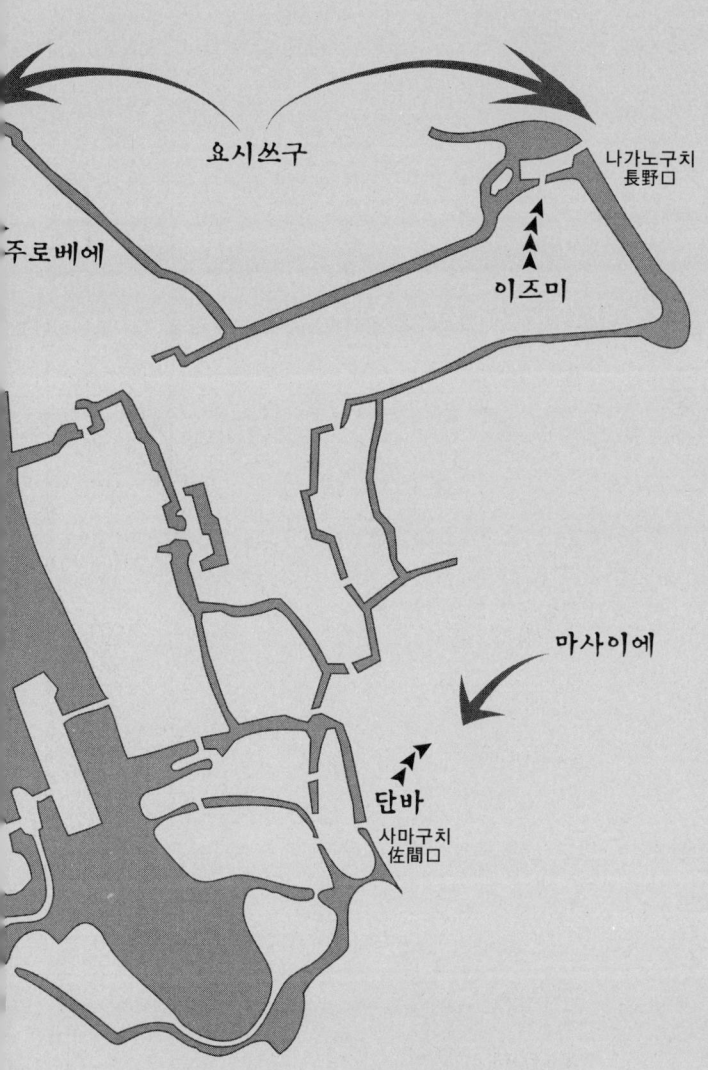